KB118243

자물쇠
잠긴 남자

Original Japanese title: KAGINO KAKATTA OTOKO

© 2015 by Arisu Arisugawa

All rights reserved.

Original Japanese edition published by Gentosha Inc.

Korean translation rights arranged with Gentosha Inc.

through The English Agency (Japan) Ltd. and Danny Hong Agency, Korea.

Korean translation copyright © 2019 by Elixir, an Imprint of Munhakdongne Publishing Group

이 책의 한국어판 저작권은 대니홍 에이전시를 통해

幻冬舍사와 독점 계약한 '엘릭시르'에 있습니다.

저작권법에 의해 한국 내에서 보호를 받는 저작물이므로

무단 전재와 무단 복제를 금합니다.

이 도서의 국립중앙도서관 출판예정도서목록(CIP)은 서지정보유통지원시스템 홈페이지(http://seoji.nl.go.

kr)와 국가자료공동목록시스템(http://www.nl.go.kr/kolisnet)에서 이용하실 수 있습니다.

(CIP제어번호 : CIP2019008928)

아리스가와 아리스
장편소설

김선영 옮김

자물쇠 잠긴 남자

鍵 の 掛 か っ た 男

하

엘릭시르

차례

나카노시마 지도

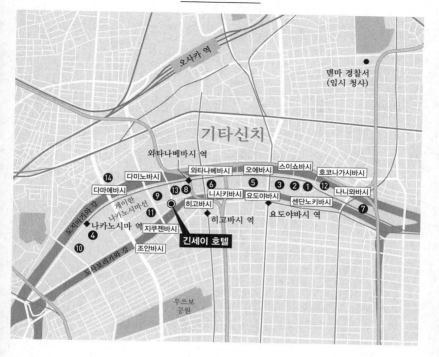

1 중앙공회당   **8** 나카노시마 미쓰이 빌딩

2 나카노시마 도서관   **9** 간사이 전력

3 오사카 시청   **10** 국제회의장

4 리가 로열 호텔   **11** 국립국제미술관

5 일본은행 오사카 지점   **12** 동양도자미술관

6 아사히 신문사   **13** 나카노시마 다이 빌딩

7 오사카 나카노시마 겐사키 공원 장미원   **14** 아사히 방송

제5장
그 비밀

1

2월 7일.

히로시마에서 찾아온 남자는 오전 11시에 긴세이 호텔에 도착했다. 남색 양복에 자잘한 무늬가 들어간 비슷한 색의 넥타이, 반짝거리는 검은 가죽구두를 차려입었다. 손잡이가 흰 지팡이를 짚은 노인으로, 우악스러운 바위 같은 생김새였지만 들어온 순간부터 표정은 조문객처럼 비통해 보였다. 얼마 남지 않은 새하얀 머리카락은 그나마도 귓가에만 몰려 있었다.

가쓰라기 부부가 마중나간 사이 라운지에서 대기하고 있던 나는 자리에서 일어섰다. 프런트 앞에서 인사를 나누고 넷이서 일단 사무실로 들어갔다. 거기서 일을 보고 있던 니와까지

가세해 다섯 명이 되었다. 호텔 관계자도 아니고 나시다와 일면식도 없는 내가 동석하는 것에 지배인이 양해를 구하자 네기시 사부로는 "상관없습니다" 하고 선뜻 답했다.

우리 넷이 명함을 내밀자 네기시는 공손히 받아들고 말했다.

"죄송합니다. 전 은퇴한 몸이라 명함이 없습니다. 이해해주십시오."

지금은 아내와 둘이서 장남 가족과 함께 히로시마 시내의 2세대 주택에 살고 있다고 한다.

우선 나시다가 이 호텔에 언제 와서, 언제부터 장기 체류를 시작했고, 어떤 생활을 했는지 가쓰라기 부부가 설명했다. 목을 맨 상태로 발견되었다는 이야기, 경찰이 자살로 보고 있다는 점까지 네기시는 질문 한마디 없이 "그렇습니까, 그렇습니까" 하며 열심히 들었다.

"나이를 먹으니 눈물이 많아져서."

긴 이야기가 끝나자 손수건으로 눈가를 훔치며 겨우 지어낸 민망한 웃음이 무너져내려 울상이 되었다.

"꼬박 오 년이나 신세를 졌단 말입니까. 거, 편안해서 움직이기 싫었던 모양이구려. 유유자적한 여생이었던 것 같아 다행입니다."

이어 네기시가 나시다가 미처 지불하지 못한 숙박비나 사후 처리 비용을 부담하겠다고 했지만 그 제안은 가쓰라기 부부가 정중히 사양했다. 객실 요금은 선불로 받았고 사후 처리도 경비가 들지 않았다는 말을 듣고 네기시는 "그렇습니까" 하고 안도한 기색을 보였다.

"저는 도저히 자살이라는 걸 믿을 수가 없습니다."

미나에가 조심스럽게 설명했지만 네기시는 그 점에 위화감을 느끼지 않는지 "쓸쓸했겠지요" 하고 넘어갔다. 그의 미련은 다른 데 있었다.

"한 번만이라도 만나서 옛날이야기를 나누고 싶었는데. 좀 더 일찍 연락해줬더라면."

1월 5일에 나시다에게 뜻밖의 전화를 받았지만 오사카의 호텔에서 살고 있다는 말만 하고 끊었기 때문에 네기시 쪽에서는 연락할 방도가 없었던 것이다.

"변덕스럽게 전화를 하다니, 사실은 만나고 싶은 게 아닐까 하는 생각이 들더군요. 또 걸려 오지 않을까 삼 주쯤 기다렸는데 와야 말이지. 그래서 내 쪽에서 찾아볼까 하고."

그는 중학생 손녀에게 인터넷으로 오사카 시내의 호텔 목록을 인쇄해달라고 부탁해 일일이 전화를 걸어보기로 했다. 하지만 "그쪽에 나시다 미노루라는 사람이 묵고 있지 않습니까?"라고 물어도 고객의 사생활 보호 차원에서 대답해주는 호텔은 없다. 이 방법으로는 안 되겠다는 것을 깨닫고 "나시다 미노루 씨 좀 바꿔주십시오"라고 부탁해보자 "그런 분은 안 계십니다"라는 대답이 돌아왔다.

"어제 이 호텔에 전화할 때까지 그런 분은 안 계시다는 말을 몇 번이나 들었는지."

네기시가 슬그머니 웃었다. 이름으로는 어느 정도 수준의 호텔인지 몰라 오십음도 순서대로 전화를 걸었다고 한다. 긴세이 호텔에 다다르기까지 인터콘티넨탈이나 웨스틴에도 문의했던 것이다.

"설마 저세상 사람이 되었을 줄이야……. 처음 들었을 때는 숨이 멎는 줄 알았습니다."

나시다의 전화 내용이 궁금해서 좀이 쑤셨다. 가급적 정확하게 재현해줄 수 있는지 부탁해보았다.

"그 녀석, 표준어 존댓말로 깍듯하게 말하더군요. 제가 두 살 위거든요. 이런 식이었지요. '갑자기 전화해서 죄송합니다. 나시다입니다. 잘 지내셨습니까?', '깜짝이야. 어디서 뭘 하고 지내?'라고 물으니 '오사카에 있습니다. 호텔에서 살고 있어 집안일을 신경쓸 필요가 없어 편합니다. 매일 느긋하게 살고 있습니다'라고 하더군요. '형수님이나 아이도 잘 지내지요?' 하고 내 생활을 묻길래 '다들 잘 지내. 손녀도 중학생

이 되었어. 할 얘기가 많은데 오사카까지 만나러 가도 될까?'
하고 물었더니 '옛 지인들과는 만날 생각이 없습니다'라고 정
없는 소리를 하지 뭡니까, 기운 빠지게."

"어째서 옛 지인은 만나기를 꺼렸던 걸까요?"

미나에가 무릎을 꼬물거리며 묻자 네기시는 쓸쓸한 표정으
로 말했다.

"그건 그냥 하는 말이고, 저를 만나기 싫었던 거겠지요. 함
께 일했을 때 싸우고 헤어졌으니."

나시다가 주고쿠 지방에서 양판점을 경영했다는 말은 사실
이었다. 주류 점포가 프랜차이즈를 해도 될 만큼 성장했는데
거기서 네기시가 주장한 확대 노선에 나시다는 강하게 반대
했다. 서로 감정적인 말을 퍼부은 끝에 나시다가 양보하고 끝
났지만 그는 "더이상 함께 일할 마음이 사라졌습니다" 하며
장사에서 물러났다고 한다.

"아니, 그건 아닐 거예요." 미나에가 말했다. "나시다 씨는
아무하고도 연락하지 않으셨던 것 같습니다. 찾아오는 분도
안 계셨고요."

"그랬습니까. ……그것도 저와 싸운 게 원인 아닐까요? 남
이라는 존재가 죄다 번거롭게 느껴진 거겠지요. 해서는 안 될
말까지 해버렸으니."

이건 흘려들을 수 없다. 나는 강하게 물었다.

"어떤 내용이었습니까?"

"말하기 거북한데……. 뭐, 그게, 그 녀석의 오래된 상처를 건드려서. 모르십니까? 나시다는 형무소에 들어간 적이 있는데……."

나를 제외한 세 사람이 깜짝 놀란 표정을 지었다. 니시와키에서 있었던 사건이 이 자리에서 네기시의 입으로 밝혀졌다. 음주운전으로 뺑소니 사망 사고를 낸 뒤 근무처 동료를 폭행하고 자동차와 돈을 빼앗아 도주했다는 사실. 강도 상해에 대해서는 본인이 "실제로는 저지르지 않았다"고 했다는 이야기를 덧붙였다. 뺑소니를 치게 된 경위까지는 말하지 않았다. 네기시가 일부러 감춘 건지 나시다가 밝히지 않았던 건지는 알 길이 없다.

"저는 작은아버지 소개로 나시다를 만났습니다. 부끄러운 이야기지만 저희 작은아버지도 상해 사건으로 오카야마 형무소에서 복역했거든요. 작은아버지와 나시다는 차례로 출소해 그후에도 가끔 연락을 주고받는 사이였는데, 그 녀석이 일자리를 찾느라 고생하는 걸 알고 히로시마로 부른 거죠. 당시 작은아버지는 제 아버지, 그러니까 형님이 하는 식품 슈퍼마켓을 돕고 있어서 그런 말을 했던 겁니다. 마침 일손이 부족해 난처하던 차였거든요."

"그때까지 나시다 씨는 어디서 뭘 하고 계셨을까요?"

"고베와 오사카, 시가에서 단기 아르바이트 일을 했다고 들었습니다. 정규직은 아니었어요."

"네기시 씨의 작은아버님께서 히로시마로 오라고 권유한 건 출소하고 얼마쯤 지났을 때였습니까?"

"두 해쯤 됩니다."

그렇다면 1995년이군요, 라고 물으려다가 관두었다. 어떻게 출소한 해를 알고 있는지 가쓰라기 부부나 니와에게 의심을 살 수도 있다.

"고베에서 지진 재해가 있던 해입니다." 네기시가 부연 설명을 했다. "지진이 나고 반년쯤 지났을 때였을까요. 나시다의 첫인상은 '영 기운 없는 사람'이었습니다. 목소리에도 힘이 없어 험한 사건사고를 일으킨 사람으로는 도저히 보이지 않았어요. 그래도 일은 어찌나 성실히 하던지, 그렇게까지 하지 않아도 될 만큼 열심히 일해서 아버지도 작은아버지도 감탄하셨지요. 그게 부자연스러울 정도라 괴로운 일을 잊으려고 정신없이 몸을 움직이는 것 같았습니다. 술도 도박도 쇼핑도 전혀 하지 않았어요. 무슨 낙으로 사는지 몰라 '보쿠넨'이라는 별명이 붙었습니다. 왜, 미노루稔라는 글자는 나무 목木 변에 염念이라고 쓰잖습니까. 거기에 '보쿠넨진朴念仁(벽창호)을 빗댄 거지요."

나무 목 변이 아니라 벼 화 변입니다, 라는 말은 차마 하지 못했다.

그러다 네기시의 아버지와 작은아버지가 노령으로 은퇴하고 네기시 사부로가 뒤를 이었는데 얼마 가지 않아 강력한 경쟁 점포가 나타나 가게에 큰 타격을 입는다. 승산이 보이지 않는 위기에 몰렸을 때 네기시의 한쪽 팔이 되었던 나시다는 의류 양판점으로 대담하게 사업을 변경해보자고 제안했다. 식품 슈퍼마켓밖에 경험해보지 않은 네기시로서는 "좋아, 그러자!" 하고 선뜻 택할 수 있는 아이디어가 아니었다. 나시다의 생가는 의류점이라 "장사 수완은 조금 알고 있습니다"라고 말한 듯싶지만 그 정도로는 불안했다. 애초에 필요한 자금이 부족했다.

"한동안은 인건비 절감과 할인으로 대항했지만 상대도 덩달아 값을 내리니 소모전이 되어 점점 더 승산이 사라졌습니다. 가게 간판을 바라보며 '내년은 이걸 내리게 되겠구나' 하고 한숨을 쉬는데 나시다가 기적을 일으켰습니다."

들어보니 실로 기적이 아닐 수 없었다. 휴일에 별생각 없이 산 복권이 일등에 당첨된 것이다.

"연말 점보 복권. 연번으로 사서 앞뒤 상까지 따라와서 상금이 일억 삼천만 엔이나 됐습니다. 그 녀석, 그걸 어쨌을 것 같습니까? 그걸 갖고 제게서 달아나기는커녕 '보세요, 이만큼 있으면 가게를 바로잡을 수 있을 겁니다' 하고 한푼도 남김없이 내미는 겁니다. 세상에, 이 녀석 혹시 내 친동생이었나? 아들이었나? 분명히 아닌데, 하고 뺨을 꼬집어보았죠."

사건 다발형 인간이라는 표현을 싫어도 떠올리지 않을 수 없었다. 나시다는 운명의 신에게 저주와 축복을 함께 받은 것이다.

"그건 대체. 대단한 행운이군요. 일등 당첨도 그렇지만 타이밍이 너무 딱 맞아떨어집니다." 니와가 처음으로 목소리를 냈다.

"정말로 그렇습니다. 당첨 복권을 똑똑히 확인하고, 둘이서 은행에 갔습니다."

네기시의 말에 부지배인이 신음했다.

"운이 따르는 분이 정말 있군요. 저는 삼십 년 넘게 사고 있는데 이제껏 십만 엔도 받아본 적이 없습니다. 나시다 씨가 복권 팬이었을 줄은 몰랐습니다."

"아니, 아닙니다." 네기시가 고개를 저었다. "그렇지가 않습니다. 그 녀석 말로는 복권은 한 번도 사본 적이 없다더군요. '우연'이라고 했습니다. 길을 가다가 가판대에 있던 점원이 예전에 반했던 여자를 쏙 빼닮아서 그만 저도 모르게 다섯 장쯤 사버렸다고 했습니다. '가코 짱한테 고맙다고 해야지'라고 중얼거리기에 '그 가코란 아가씨는 어쩌고 있는데?'라고 물어봤지만 대답해주지 않았습니다."

"이름은 가코라는 부분밖에 모르십니까?"

얼른 물어보았다. 니시와키 시절에 그가 사귀었던 여성이 틀림없다.

"예. '말이 헛나왔습니다'라며 그 이상은 말하지 않아 성은 모릅니다."

"아키시노노미야 가코 님◆하고 똑같은 이름이네."

미나에가 중얼거렸지만 가코란 호칭만으로는 판별할 수 없다. 가요코나 가즈코를 줄인 애칭일 수도 있다.

네기시가 들은 바에 따르면 훗날 나시다가 당첨 복권을 산 가판대에 가보니 가코 짱을 닮은 점원은 그만둔 후였다고 한다. 등줄기가 서늘해지는 이야기다. 운명이라는 알 수 없는 힘은 어디까지 나시다를 농락한 걸까.

일억 삼천만 엔의 자금 덕분에 네기시의 식품 슈퍼마켓은

◆ 일본의 황족으로 제125대 천황 아키히토의 둘째 손녀.

자물쇠 잠긴 남자

의류 양판점으로 거듭났고 예상을 훨씬 뛰어넘는 성공을 거두었지만 이번에도 강력한 경쟁 점포가 나타났다. 나시다가 주류 양판점으로 변경하자고 했을 때 네기시는 순순히 따랐다. 구체적인 승산이 보였던 건 아니지만 지난번 궁지에서 구해준 나시다의 발상과 당첨 복권을 뽑은 운을 믿었던 것이다.

"결과적으로 이게 또 크게 성공했습니다. '왜 처음부터 이걸 하지 않았을까' 하고 웃을 정도로 대박이 나서, 도로변에 프랜차이즈를 다섯 점포나 냈습니다. 한동안은 순조로웠지요. 저는 주제를 모르고 '이거 운발이 터졌구나. 더 크게 벌이자'라고 했는데 나시다가 말렸습니다. 기존 점포의 성장도 정체 상태고 종업원 수준도 떨어지고 있다고요. '지금 있는 가게를 정비하는 게 우선입니다'라고 주장하기에 결국 말다툼을 벌였지요. 저도 성미가 불같아서 '어이, 보쿠넨. 망해가는 가게를 구해준 건 고맙지만 언제까지 으스댈 셈이야? 형무소 출신을 누가 거둬줬는지 잊었어?' 하고 몹쓸 말을……."

네기시를 탓하는 건 쉽지만 그런 말이 튀어나오기까지는 그만한 경위가 있었을지도 모른다.

"'술로 실패한 놈이 또 술을 다루다가 실수했군요'라며 그녀석은 제 곁을 떠났습니다. 말이 심했다, 미안하다 하며 후회해도 한번 내뱉은 말은 주워 담을 수 없습니다. 말이란 건 무섭지요. '잘못했어. 여기 있어' 하고 아무리 사과해도 막을 수 없었습니다. 어쩔 수 없이 헤어질 때 일억 삼천만 엔을 배로 돌려주었습니다. '그렇게 많이는 필요 없습니다'라고 했지만 제가 그 녀석이었다면 삼억은 내놓으라고 했을지도 모릅니다. 억지로 떠안겼는데, 그게 인연을 끊는 대가처럼 되고 말았습니다."

네기시가 울적한 표정을 지었지만 나는 아랑곳하지 않고 조사 노트를 들고 질문을 던졌다.

"나시다 씨와 만나고 헤어지기까지 시간 경과에 대해 자세히 말씀해주시겠습니까? 1995년 중반에 히로시마에 와서……."

네기시는 어려워하지 않고 술술 대답해주었다.

연표에 다음과 같이 덧붙였다.

1997년(헤이세이 9년) 네기시의 식품 슈퍼마켓이 궁지에 몰리지만 나시다가 연말 복권으로 일등 당첨

1998년(헤이세이 10년) 의류 가게로 전환

2000년(헤이세이 12년) 주류 가게로 전환

2007년(헤이세이 20년) 네기시와 결별

아직 부족한 부분이 있다.

"나시다 씨의 아파트가 화재를 당한 건 언제입니까?"

"저하고 사월에 갈라선 뒤였습니다. 칠월쯤이었을까. 싸우고 갈라섰으니 서먹했지만 '어려운 일이 생기면 말해달라'고 화재 피해는 어떤지 안부 전화를 걸었습니다. 그 녀석, '물건은 잃었지만 돈이 있으니 괜찮습니다. 그걸 들고 간사이로 돌아갈까 합니다'라더군요. 히로시마에서 쫓겨나는 심정이었을지도 모릅니다."

간사이로 돌아온 나시다는 이 년 후 2009년 9월 1일에 처음으로 긴세이 호텔에 투숙했다. 아쉽게도 네기시는 나시다가 화재 피해를 입은 뒤로 이곳에 나타나기까지, 그사이의 소식은 전혀 알지 못했다. 나시다가 히로시마를 떠나면서 이사 갈 거처를 말하지 않아 그들의 연락은 완전히 끊긴 것이다. 그리고 2010년 1월 20일부터 약 오 년에 걸친 나시다의 비밀스러운 장기 체류가 시작되었다.

"팔 년이나 연락이 없었으니 전화가 왔을 때는 기뻤지요. '그때는 미안했어'라고 말할 수 있었던 것만으로도 다행이지. '또 그런 옛날 일을' 하고 웃더군요. 그것만으로 충분했다오."

과거의 파트너는 몸을 웅크리고 다시 털어놓았다. 감상에 젖어 있는 그에게 나는 거듭 물어보았다.

"히로시마 시절에 친하게 지냈던 분은 없습니까?"

"저 말고는 없었을 겁니다. 가게 사람들하고는 잘 지냈지만 사적인 교류는 없었어요."

"가까이 지낸 여성도 없었고요?"

"그런 기색은 털끝만큼도 없었습니다. 가코 짱인가 하는 옛날 연인을 잊지 못하는 건가 싶어 차마 물어보지도 못했습니다. 그 정도 배려는 할 줄 압니다."

그렇게 대답한 그는 내 얼굴을 바라보며 말했다.

"아리스가와 씨는 탐정처럼 줄줄이 질문을 던지는구려."

"실례했습니다. 궁금한 게 많아서."

"아니, 나시다에 대해 이야기하러 왔으니 상관없습니다. 그래서 지난번 전화에서 제가 이렇게 말했거든요. '어디 있는지 숨기면 사립 탐정을 고용해 조사할 테다'라고 말입니다. 그랬더니 그 녀석, '탐정은 쓸모 있지만 돈이 많이 듭니다. 낭비는 하지 마세요'라고……."

"그 부분을 조금 더 자세히 말씀해주시겠습니까?"

"자세히고 뭐고, 그게 답니다."

다카시가 의아한 표정을 지었다.

"뭔가 마음에 걸리십니까, 아리스가와 씨?"

"아니, 별건 아닙니다." 그렇게 대답했지만 나시다의 발언에는 숨은 뜻이 있을 것 같았다. 탐정은 쓸모 있지만 돈이 많이 든다. 일반론으로 볼 수도 있지만 직접 사립 탐정을 고용한 경험이 있다고 생각해볼 수도 있다.

어쩌면. 한 가지 생각이 번쩍 스쳤다.

형무소에서 나온 뒤 나시다는 사립 탐정을 고용해 가코 짱의 행방을 찾았던 게 아닐까? 그리고 그녀가 이미 다른 남자와 결혼했거나, 결혼은 하지 않았더라도 아이를 낳아 기르고 있다는 사실을 보고서로 알게 된다. 출소를 기다려주지 않았다고 탓할 처지도 아니니 실의에 잠겼으리라. 그럴 때 네기시의 작은아버지가 불러주자 히로시마로 향했을지도 모른다.

지그소퍼즐 조각을 하나씩 그러모아 부족한 부분을 상상으로 채워 넣자 나시다 미노루의 과거가 서서히 보이기 시작했다. 일억 삼천만 엔의 당첨금이라는 요행도 있었지만 그 부침은 듣기만 해도 힘겨웠다. 본인은 그런 반생을 바라지 않았으리라.

2

401호에 들어간 네기시 사부로는 나시다가 시신으로 발견된 침실에서 염주를 꺼내 유골 앞에서 두 손을 모으고 "나무

아미타불"을 읊었다. 그리고 고인이 오 년이라는 오랜 세월 동안 머물렀던 방을 둘러보고 짧은 감상을 토했다.

"홀가분하게 살았군요."

그후 지배인과 내가 동행해 덴마 경찰서로 가서 어떤 수사를 했는지 시게오카에게 설명을 듣기로 했다. 덴마 경찰서는 도지마가와 강가에 있었지만 노후에 따른 재건축으로 지금은 오기마치의 임시 청사로 이전한 상태다.

네기시의 침울한 태도에 넘어갔는지 형사는 정중하게 시신 발견부터 현재에 이르는 경위를 말해주었다.

나시다의 죽음은 변사였기 때문에 현장인 긴세이 호텔 401호에 검시관이 출동해 시신을 덴마 경찰서로 호송한 뒤에 검시. 사건성이 의심되어 오사카 대학 의학부 법의학 교실에서 감정인 검안을 거쳐 부검에 부쳤다 운운. 히로시마에서 찾아온 남자는 고개를 끄덕거리며 듣고 있었다.

"경찰 여러분께도 폐를 끼쳤습니다. 상세히 조사해주신 것 같네요. 고맙습니다."

네기시는 자기 일처럼 고마워하며 고개를 숙일 뿐, 자살이라는 판정을 의심하지 않는 것 같았다. 속마음을 들여다볼 수는 없지만 타살이 아니길 바라는 건지도 모른다.

진짜 사인보다도 네기시가 염려하는 건 유골의 처분이었

다. 이 문제에도 시게오카는 정중히 대답했다.

"부검을 마친 시신을 인수할 사람이 없을 경우 유족을 찾기 위해 일주일 정도 이쪽에서 보관했다가 혈육이 없으면 구청 복지과에 인도해 화장합니다. 나시다 씨는 긴세이 호텔에서 '저희가 화장해드리고 싶다'고 말씀하셔서 그쪽에 맡겼습니다."

네기시는 지배인에게 거듭 감사를 표하고 앞으로 어떻게 할지 물었다.

"사십구재까지는 저희가 책임질 생각이었습니다. 그후에 어찌할지는 아직 정하지 못했습니다만."

다카시가 말하자 네기시가 손을 모았다.

"숙박객에게 그렇게까지 해주시다니 감사합니다. 그다음 일은 저도 돕게 해주십시오."

두 사람이 의논을 시작해 나는 그들에게서 한 걸음 물러섰다. 하마사카에 나시다가의 묘소가 있다는 말은 기회를 봐서 하자.

"아직도 애쓰고 계십니까? 아이고, 집념이 대단하군요."

시게오카가 다가와 귓가에 대고 말했다. 진력이 난 것 같기도 했다.

"혹시 아리스가와 씨, 뭔가 알아냈습니까?"

"알아낼 수 있을 것 같은데 계속 어긋나네요."

"아아, 그것도 수사의 묘미입니다. 마음 내킬 때까지 해보십시오."

우리는 4시가 넘어서 덴마 경찰서를 떠났다. 다카시는 "혹시 괜찮으시다면" 하고 긴세이 호텔에 묵고 가길 권했지만 네기시는 "침대에서 자는 게 어색해서"라고 사양했다.

오기마치도리로 나가니 금방 택시가 지나가 지팡이를 짚은 노인은 그 차를 타고 신오사카 역으로 떠났다. 내 차로 덴마 경찰서에 왔다면 역까지 바래다줄 수 있었을 텐데 호텔 차가 전부 나가 있는 바람에 다카시가 냉큼 택시를 불렀던 것이다.

"걸어가면서 이야기 좀 할까요?"

다카시가 그렇게 말하기에 좋다고 대답했다. 복합 빌딩과 맨션이 빼곡한 살풍경한 길을 따라 우리는 남쪽으로 걸었다.

"나시다 씨가 일으킨 사고와 사건을 알고 계셨지요? 네기시 씨에게 듣고 저도, 아내도, 니와도 깜짝 놀랐는데 아리스가와 씨만은 냉정했습니다. 사흘 전, 차를 끌고 어디론가 가신 건 현지에서 조사를 하기 위해서가 아닙니까?"

날카로운 지적에 순순히 시인했다. 자제심을 발휘한 건지 지배인은 불만스러운 표정을 보이지는 않았다.

"생각하시는 바가 있어 저희에게 말씀하지 않으신 거겠지

자물쇠 잠긴 남자

요. 나시다 씨의 명예롭지 못한 과거를 드러내고 싶지 않다는 배려도 있었을까요. 나시다 씨에 대한 제 마음은 변함없으니 안심하십시오. 아마 아내도, 니와도 마찬가지일 겁니다."

나는 모호하게 끄덕거릴 뿐이었다.

"이 문제는 저와 아내, 니와의 가슴속에 묻어두고 싶습니다."

"저도 섣불리 입에 담을 생각은 없습니다만 시카우치 씨는 이미 알고 있습니다. 며칠 전에 함께 움직였거든요. 그분도 나시다 씨의 과거는 덮어두고 싶은 눈치였습니다."

다카시는 안심하는 기색이었다.

"그거 다행입니다. 나시다 씨의 수수께끼도 대부분 풀렸네요. 무거운 과거를 지고 계셨다는 걸 알고 저희 호텔에서 왜 그렇게 지내셨는지 이해했습니다. 오로지 조용히, 타인을 위해 무언가 하면서 얌전히 살아가길 바란 마음을 헤아릴 수 있을 것 같습니다. 고독은 아무것도 아니다, 이것도 다 벌이다, 그렇게 자신을 타일렀을지도 모릅니다. 그래도 시간은 잔뜩 넘쳐나 괴로웠을 겁니다. 그래서 자신에게 연극이나 음악, 예술 감상만을 허락했겠지요. 그 정도 위안도 없으면 사람은 고독을 견딜 수 없으니까요."

그의 생각에 나도 전면적으로 동의한다. 그런 삶의 저변에는 속죄하고자 하는 의식뿐만 아니라 과거에 사랑한 여성에 대한 연심도 있었으리라. 긴세이 호텔은 나시다 미노루에게 영혼의 사원 같은 존재였던 것이다.

그곳에는 언제나 청결한 시트와 베개, 수건과 비누, 봉사해주는 사람들의 미소가 있고 냉난방 시설도 완벽하다. 요리나 음료를 객실까지 가져다달라고 할 수도 있으니 현실의 사원과는 거리가 멀다. 신도 부처도 존재하지 않고, 있는 것은 서비스뿐이다.

"결론이 난 것 아닐까요? 방금 본 대로 나시다 씨는 평온하게 쉬고 계십니다. 주위에서 소란을 피워 영면을 방해하고 싶지 않습니다. 자살로 막을 내리는 게 어떻습니까?"

"생각 좀 해보겠습니다."

그렇게 대답하자 다카시는 "부탁드립니다"라고 짧게 말했다.

하지만…….

세상을 등진 나시다가 사원 생활을 선택한 곳이 어째서 긴세이 호텔이어야만 했을까? 머물 장소는 다른 숙박 시설이었어도 상관없었던 걸까?

어디라도 상관없었을지 모른다. 긴세이 호텔에 자리를 잡은 것은 적당한 가격으로 마음에 드는 방에 묵을 수 있었다거나, 베개가 머리에 잘 맞았다거나, 어디까지나 가설이지만 미나에가 어딘지 모르게 가코 짱과 닮았기 때문일지도 모른다. 그 정도 이유라면 더이상 꼬치꼬치 따져도 소용없는 일이다.

그런데 우리는 어디로 가고 있는 걸까? 전철로 돌아가려면 게이한 나카노시마선 나니와바시 역까지 가야 하는데, 그러고 나면 차라리 호텔까지 걸어가는 게 빠르다. 혹시 그럴 셈인가? 삼십 분쯤 걷는 도중에 내가 조사를 포기하도록 설득하고 싶었던 모양이다. 그 점에 대해서는 "생각 좀 해보겠습니다"라고 대답했으니 자꾸 부탁하기 힘들 터였다. 그렇다면 그가 만들어준 기회를 이용해 내 쪽에서 질문해야겠다.

"나시다 씨에 대해 더 하실 말씀은 없습니까?"

맥없는 펀치 같은 질문을 하고 말았다. 에르퀼 푸아로라면 분명 "당신, 뭔가 숨기고 있군요"라고 단언할 장면이다.

"흔한 일상이 떠오를 뿐입니다. 도움이 될 만한 이야기는 더 없을 듯싶습니다."

가차없는 대답이었다. 끈질긴 사람이라고 생각했으리라.

"이모님은 잘 지내십니까?"

질문을 바꾸자 그는 일순 알아듣지 못한 것 같았다.

"제 큰이모 말씀입니까? 아아, 누구 얘기인가 했네요. 큰이모는 이 년 전에 돌아가셨습니다. 우산 없이 장을 보러 갔다가 그만 감기가 악화되어 폐렴으로 갑자기……. 어머니 대신 정을 쏟아주셨는데, 전 어머니라는 존재와 인연이 없는 모양입니다. 장모님과도 깊이 대화할 시간을 갖지 못했습니다. 이모부는 장남 일가와 아이치 현 오카자키에 계셔서, 일 년에 한두 번쯤 찾아뵈러 갑니다."

큰이모 내외에게는 친아들이 있었던 것이다. 친자가 없었다면 다카시를 거둬들일 때 양자로 삼았을지도 모르니 가쓰라기가에 데릴사위로 들어가는 것에 난색을 표했을 수도 있겠다.

"몸은 건강한데 치매기가 있어 제 얼굴을 봐도 '뉘신지?' 이러십니다. 장남 일가가 살뜰하게 모시고 있어 진행이 느린 게 그나마 다행이지요. 저는 '형님'이라고 부릅니다만, 그 장남이 다정한 사람이라 어렸을 때부터 제가 외롭지 않도록 자주 어울려주었습니다. 고마운 일이지요."

나시다 문제와 관계없이 타인의 사생활을 들추는 건 실례인데다 지배인인 다카시로서는 숙박객에게 자기 사정을 털어놓고 싶지 않을 테니 이 화제도 부적절한가. 그런 생각을 하고 있는데 다카시가 물었다.

"아리스가와 씨 부모님은 건재하십니까?"

"예. 아버지가 정년퇴직한 뒤에 오카야마 현 우시마도로 이주해 느긋하게 지내고 계십니다."

"자주 만나십니까?"

"아뇨, 거의. 가끔 부모님이 히나세에서 나는 굴을 보내주시고, 저는 신간을 보내는 정도입니다."

이런 이야기를 다카시에게 하게 될 줄은 몰랐다. 스치는 인연에 가까운 얕은 관계라 오히려 툭 튀어나온 것이리라.

자물쇠가 잠긴 또 다른 남자, 히무라 히데오를 떠올렸다. 언제 누구를 죽이고 싶었는지 입을 다물고 있지만 어디선가 스쳐 지나가는 누군가에게 불쑥 털어놓을지도 모른다.

"우시마도인가요. 좋은 곳이지요."

"오카야마 현에는 커다란 지진도 태풍도 없으니 안전하다고 생각하시거든요. 화재하고 벼락을 조심하시라고 당부해두었습니다."

지진이라는 말이 나온 김에 나시다 이야기로 화제를 돌렸다.

"나시다 씨가 지진에 대해 뭔가 말씀하신 적은 없습니까? 특히 한신·아와지 대지진에 대해서."

"꽤 오래전에 그런 이야기가 나온 적이 있습니다. '고베 지진 때 어디 계셨습니까?'라고 여쭈었더니 '일 때문에 시가 현에'라고 하셨습니다. 아까 네기시 씨 말씀과 대조해보면 형무소에서 출소하고 이 년 후, 히로시마로 불려가기 전이겠군요.

'일 때문에 시가 현에'라는 말로 생각해보면 공장 같은 데서 단기 근무를 하셨던 걸지도 모릅니다."

"그 밖에는?"

"지진에 얽힌 이야기는 그 정도입니다. 비참한 사건 뉴스를 보는 게 싫어서 텔레비전도 거의 보지 않으셨을 정도니까요. 지진 이야기도 그다지 내키지 않는 기색이셨습니다."

살인 사건이나 테러와 지진 뉴스는 성질이 완전히 다른 것 같은데, 나시다의 정신에는 똑같이 견디기 어려운 일이었으리라.

겨울바람이 불어와 우리는 총총걸음으로 나니와바시 다리 북쪽 끝까지 갔다. 거기서 나카노시마로 들어갈 줄 알았더니 다카시는 도지마가와 강을 따라가는 길을 선택했다.

"친어머니 얼굴이 점점 흐릿해져갑니다." 다카시가 불쑥 말했다. "큰이모도 멀리 계시고, 그렇게나 까다롭게 가르쳐주셨던 장인어르신의 얼굴을 깜빡할 때도 있습니다. 떠난 사람은 나날이 멀어져간다고 하지요. 나시다 씨도 그렇게 제 안에서 사라져가겠지요. 오 년이나 머물러주셨지만 늘 바뀌는 손님 가운데 한 분이시니 금세 기억이 퇴색될지도 모릅니다."

말은 그렇지만 속마음은 반대인 게 아닐까. 나시다가 언제까지고 마음에 머물 것을 예감하고 거기에 시달릴까 봐 우려

하는 것 같았다. 나시다 미노루는 죽어서도 떠나지 않고, 영원히 체크아웃하지 않는 손님이 될지도 모른다.

오사카 변호사 회관, 오사카 고등재판소 앞을 지났다. 강을 사이에 두고 나카노시마에는 중앙공회당. 어느 각도에서 봐도 멋진 건물이다.

"이 주변에서 나시다 씨를 본 적이 있습니다. 다리 위에서. 멍하니 강을 굽어보고 계셨지요."

방금 지난 다리가 호코나가시바시鉾流橋. 오사카 덴만구의 덴진 축제 때는 이 다리 밑에서 창을 떠내려 보내는 의식을 치른다. 처음 축제가 시작된 951년에는 오카와 강에 떠내려 보낸 창이 흘러들어온 곳을 축제장으로 삼았지만 요즘은 형식적으로 이 다리 부근에 흘러들어온 것으로 친다. 그 서쪽이 계단이 있는 보행자 전용 스이쇼바시 다리. 원래는 가동식 제방, 즉 댐이었다. 커다란 네 개의 아치 속에 각각 아홉 개의 작은 아치가 있어 조형이 아름답다. 나카노시마로 통하는 주요 다리는 다양한 조명 장식이 있지만 스이쇼바시 다리에는 독특한 정취가 있다.

우리는 계단을 올라 다리 중간에 섰다. 동쪽에서 강을 굽어보니 물이 서서히 발밑을 지나 다리 밑으로 흘러 들어갔다.

"몇 달 전 일입니다. 말을 걸자 사탕을 드시며 '부끄러운 모습을 보였군요. 저는 한량의 표본이네요' 하고 미소를 지으셨습니다. 그때는 만조라 누가 버린 페트병이 상류를 향해 둥둥 흘러가고 있었습니다. 그게 재미있어 한참 바라보고 계셨다더군요. 한가한 분이라고 생각은 했지만 가을바람이 기분 좋은 오후라 저도 한동안 어울렸습니다. 나란히 박하사탕을 먹으면서."

당신은 그 시간을 영원히 잊지 못하겠지요. 그렇게 말하고 싶었다.

경찰서에서 나와 삼십 분 만에 호텔로 돌아왔다. 나는 방으로 돌아와 삼십 분을 들여 수사 노트를 정리한 다음, 한동안 텔레비전으로 세상의 동향을 보았다. 일을 해볼까 싶어 책상 앞에 앉긴 했지만 장편 구상 메모를 끼적거린 것이 다였다. 7시가 되어 기타신치 변두리까지 나가서 가벼운 저녁 식사를 했다.

서점과 카페를 기웃거리다가 호텔로 돌아온 게 10시 전. 프런트의 다카히라에게 열쇠를 받아 라운지에서 독서 타임을 가졌다. 이건 그냥 시간 때우기가 아니다.

더이상 체크인하는 손님도 없다. 다카히라는 외출에서 돌아온 중년 부부 손님에게 열쇠를 건네주었을 뿐이다. 10시가 지나자 사무 업무 때문인지 안쪽 사무실로 물러났다. 나는 때를 기다리면서 라운지에서 울리치의 『세인트 안셈 923호실』을 다시 읽었다. 고요한 로비에 현악사중주가 속삭이듯 흐르고 있었다.

기다리기만 해서는 너무 소극적인가 하는 생각이 들 무렵, 다카히라가 나왔다. 시선이 마주쳐 혹시나 했더니 똑바로 이쪽으로 걸어왔다.

그래, 지금이 비밀을 털어놓을 절호의 기회다. 어서 오시죠. 이 기회를 놓치면 다음에 언제 단둘이 이야기를 나눌 수 있을지 모르잖아요. 빙그레 웃음이 나올 뻔했다. 역시나 명탐정 푸아로라면 '제게 하고 싶은 말이 있는 것 아닙니까?' 하고 적극적으로 몰아세웠겠지만.

나는 책을 덮어 테이블에 내려놓았다. 독서는 됐으니 이야기를 나눕시다, 라는 표시다.

"잠시 괜찮으십니까?"

"예. 무슨 일이라도?"

호박색 유니폼을 입은 남자는 꼿꼿이 선 채로 소파에 앉을 기색이 없었다.

"앉지 그러세요? 그편이 말씀하시기 편할 텐데요."

"그럼 실례하겠습니다."

사흘 전부터 그는 뭔가 말하고 싶은 기색을 내비쳤다. 망설이는 건 그것이 나시다의 사생활에 관한 이야기라 호텔리어로서 판단이 서지 않기 때문이리라. 둘만 있을 기회가 되면 무거운 입을 열어줄지도 모르겠다 싶어 그가 야근하는 오늘 밤, 라운지에서 버티고 있었던 것이다.

"지금까지 미처 말씀드리지 못한 게 있어서. ……나시다 님에 관한 이야기입니다."

"말씀해주세요."

"여쭤보셨을 때 바로 대답하지 못해 죄송합니다. 고객의, 그것도 돌아가신 분의 사적인 영역에 속하는 사항이다 보니. 한번 기회를 놓치니 점점 더 말씀드리기가 어려워져서……. 면목 없습니다."

서두는 그 정도로 충분하다. 자, 빨리 폭탄 발언을.

"나시다 님이 매달 16일에 무슨 용건으로 외출하셨는지 아는 바가 있습니다. 성묘를 다니셨던 겁니다."

설마, 할 이야기라는 게 그게 다는 아니겠지?

3

2월 8일.

10시에 긴세이 호텔을 나서서 느긋하게 오사카 역까지 걸

자물쇠 잠긴 남자

어가 고베선 플랫폼에 서니 10시 18분. 10시 30분에 출발하는 신쾌속을 타고 산노미야 역으로 가서 일반 열차로 갈아탔다. 신나가타 역을 통과할 때 돌아가신 어머니와 나가타의 아파트에서 살았다는 가쓰라기 다카시가 언뜻 떠올랐다.

스마 해변공원 역을 지나자 왼쪽 차창에 바다가 나타나 풍경이 밝아졌다. 오른쪽 차창에는 산이 바짝 다가왔다. 여기서부터 아카시 역 부근까지 JR선, 산요 전철선, 국도 2호가 산으로 바다로 방향을 바꾸며 이어진다. 스마 역을 지나 기와지붕을 얹은 이인관異人館, 구舊 구겐하임 저택이 오른편에 보이자마자 시오야 역에 도착해 전철에서 내렸다. 손목시계를 보니 11시 11분.

호텔 근처 주차장에 차를 세워두었지만 나시다의 흔적을 추적하기 위해 오늘은 그와 같은 이동 수단을 이용해보았다. 좁은 길을 지나야 한다기에 차로 가면 번거로운 곳이 있을지도 몰라 내린 결정이기도 하다.

계단을 올라 개찰구를 지나 산 쪽에서 역 바깥으로 나갔다. 바다 쪽은 국도를 따라 레스토랑과 맨션이 즐비하지만 이쪽은 오래된 한적한 주택가였다. 스마트폰으로 지도를 보며 오르막길을 북쪽으로 올랐다.

계속되는 오르막길이라 운동 부족인 몸에는 쉽지 않았지만

69세의 나시다가 더운 날에도 궂은 날에도 매달 다녔던 길이다. 힘들다고 투정 부릴 때가 아니다.

시오야에서 서쪽 폭포까지는 이인관이 흩어져 있는 구역으로, 제임스 산에는 일본인은 들어갈 수 없는(에도 시대 데지마◆인가?) 외국인 거주지가 있다. 같은 고베 시내의 이인관 마을이라도 완전히 관광지가 된 기타노와는 꽤나 분위기가 다르다. 오늘의 나는 조사 목적으로 시오야까지 온 터라 이국적인 저택에는 볼일이 없었다.

주택가를 벗어나 차를 끌고 오지 않길 잘했다고 생각하면서 구불구불한 좁은 길을 걸어가니 산비탈을 깎아 만든 작은 묘지가 눈에 들어왔다.

"성묘를 다니셨던 겁니다."

그렇게 말하고 다카히라는 거북한 듯이 시선을 떨어뜨렸다. 겨우 그 이야기를 털어놓는 데 용기가 필요했던 모양이다. 이미 알고 있습니다, 하고 매정하게 말하고 싶은 욕구도 있었지만 호텔리어로서 갈등도 있었을 테니 타박하면 불쌍하다. 별 의미도 없이 처음 듣는 척했다.

◆ 1636년 에도 막부가 쇄국 정책의 일환으로 나가사키에 건설한 인공섬으로 당시 서양과의 유일한 교류 창구였으나 공무상 출입이 허용된 관리 이외에는 일본인의 출입을 금지했다.

자물쇠 잠긴 남자

"아아, 성묘를. 16일은 소중한 분의 기일이었던 모양이네요."

"예. 어떤 분인지는 모르지만."

무연고자 묘지에 성묘를 다녔으니 모르는 게 당연하다.

"다카히라 씨는 그 말씀을 하시기가 그렇게 거북하셨습니까? 사적인 영역이라고 해도 세간의 시선을 염려할 만한 일은 아닌데요."

그 점에 위화감을 느꼈는데 들어보니 그럴 만한 이유가 있었다. 그는 두 손을 무릎에 얹고 점점 더 송구스럽다는 듯이 말했다.

"거기에는 부끄러운 사정이……. 작년 10월 16일이었습니다. 야근을 하고 쉬는 날이었죠. 계절도 좋고 해서 잠깐 교외에 나가보고 싶은 생각에 휴일치고는 일찍 일어나서 훌쩍 집을 나섰습니다."

"혼자서요?"

"예. 독신이고 연인도 없으니까요."

가을의 교토를 산책하기로 한 다카히라는 미나토 구의 맨션을 나서서 JR 오사카 순환선을 타고 오사카 역에서 교토선으로 갈아타려다가 나시다를 발견했다. 딱히 특별한 기색은 없었지만 마음에 걸리는 점이 있었다.

"그날은 목요일이라 병원에 자원봉사를 가시는 날인데 어째서 오사카 역을 배회하시는 걸까? 전광게시판을 확인한 뒤에 고베선 신쾌속 승강장으로 가시기에 호기심이 일었습니다."

오사카 시내는커녕 나카노시마 부근도 거의 벗어나지 않는 나시다가 어디 멀리 떠나는 모양이다. 뭘 하러 가는 걸까 궁금해 그를 따라가기로 했다.

"교토나 가볼까 하는 마음이었으니 행선지가 고베 쪽으로 바뀌어도 상관없었습니다. 나시다 님이 니시노미야나 아시야에서 내리시면 저는 그대로 산노미야까지 놀러갈 작정이었는데……."

나시다가 산노미야 역에서 일반 열차로 갈아타기에 그 뒤를 따랐다. 같은 차량에서 떨어진 자리에 앉은 다카히라는 나시다를 관찰하면서 이렇게 된 바에야 끝까지 따라가보기로 결심했다.

"단순히 심심해서 그랬다고 할 수도 있습니다. 어렸을 때 『소년 탐정단』에 푹 빠졌던 기억이 되살아난 건지도 모릅니다. 나시다 님에게 비밀이 있다면 훔쳐보고 싶다는 마음도 있었던 것 같습니다. ……호텔업계 종사자로서 경박하고 황당무계한 짓이지만 미행을 즐기기로 했습니다."

일반 열차를 타는 걸 보니 그리 멀리 가지는 않을 모양이라고 생각하면서.

후지니시 후쿠조가 잠든 묘지는 가코가와 또는 다카사고라고 들었다. 조금 더 가서 갈아타지 않은 게 묘하다고 생각했지만 잠자코 다카히라의 이야기를 들었다.

"나시다 님이 내린 곳은 시오야 역이었습니다."

"시오야?" 그건 이상하다. "틀림없습니까?"

"예. 거기서 내려서 산 쪽으로 올라가시기에 저는 건물이나 전봇대 뒤에 숨어가며 따라갔습니다."

십오 분 가까이 가니 나무 사이로 묘지가 보였다. 근처에 몸을 숨길 데가 없어 떨어져서 보고 있으려니 나시다는 그곳으로 들어가 어느 묘비 앞에 멈춰 서서 몸을 숙였다. 선향을 피우고 합장. 뭐야, 성묘였나. 김이 빠졌다.

"고개를 숙이고 열심히 기도하셨습니다. 제가 본 건 거기까지입니다. 돌아오실 때 마주칠 테니 나시다 님이 성묘를 하시는 사이에 왔던 길로 서둘러 돌아갔습니다."

석재상 사장이 착각했던 걸까, 후지니시가 묻힌 묘지는 시오야에 있었던 것이다. 새로운 사실이지만 나시다의 비밀을 푸는 데는 아무 의미 없는 정보 같았다.

그래도 끝까지 이야기를 들었다. 다카히라는 나시다에게 절대로 들키지 않도록 중간부터 왔을 때와는 다른 길을 지나 최종적으로는 JR이 아니라 산요 전철 시오야 역으로 가서 때

마침 들어온 전철을 타고 산노미야로 향했다고 한다.

"나시다 씨가 손을 모으고 계셨던 건 무연고자를 모신 무덤 아니었습니까?"

확인차 물어봤는데 예상과 달리 다카히라는 부정했다.

"아니요, 그런 무덤이 아니었습니다. 멀어서 묘비는 읽을 수 없었지만 아무개 가족지묘家族之墓라고 새겨져 있었습니다. 나시다가 묘소겠거니 했지요."

"틀림없나요?" 재차 물었지만 다카히라의 대답은 바뀌지 않았다. 후지니시가의 묘소가 시오야에 있었던 걸까?

"그 묘지 장소와, 혹시 기억하신다면 나시다 씨가 성묘했던 무덤의 위치를 알려주세요."

"똑똑히 기억합니다. 나시다 님이 성묘하신 곳은 제일 구석에 있는 무덤이었으니까요."

호텔 메모지에 그려달라고 했다.

손그림 지도를 꺼내 들고 묘지로 들어섰다. 문제의 무덤은 제일 앞줄의 오른쪽 끝. 알기 쉽다.

눈과 바람을 어지간히 견뎌냈는지 이끼로 뒤덮여 있었지만 묘비는 똑똑히 읽을 수 있었다. 나시다가도, 후지니시가도 아닌, '야마다가 가족지묘'였다.

"응?"

저도 모르게 외마디 소리가 튀어나왔다. 나시다가도 후지니시가도 아니라니 어떻게 된 일이지? 나시다 미노루의 친구나 지인, 또는 은사가 이곳에 잠들어 있을지도 모르지만 그뿐이라면 굳이 찾아올 필요는 없었다. 헛걸음을 했구나 싶어 낙담하면서도 무덤 뒤로 돌아가 고인의 이름을 확인해보았다. 일곱 명의 이름이 적혀 있고 가장 오래된 것은 쇼와 3년(1928년)이었다. 가장 최근 것은 헤이세이 5년 9월 16일, 나쓰코夏子라는 이름이었다.

여기까지 왔으니 메모 대신 사진이라도 찍어둘까 싶어 숄더백에서 스마트폰을 꺼냈을 때, 온몸에 전율이 흘렀다.

나쓰코. 가코.

네기시가 들었던 '가코 짱'은 나쓰코의 애칭이 아니었을까?◆ 세상을 등진 나시다가 기일에 빠짐없이 찾아간 무덤이니 평범한 친구나 지인일 리 없다. 그곳에 잠든 이는 마지막으로 사랑한 여성이어야 마땅하다.

헤이세이 5년이라면…… 1993년인가.

최근에 그 연호를 노트에 기록했던 것 같아 페이지를 들춰

◆ '나쓰코'라는 이름의 한자를 뜻이 아니라 음으로 읽으면 '가코'가 된다.

보니, 있었다. 두 번째 전율이 나를 덮쳤다. 다카히라가 건네준 것은 '나시다의 비밀을 푸는 데 아무 의미도 없는 정보'이기는커녕 비밀을 푸는 열쇠일지도 모른다.

진정해. 스스로를 타이르며 긴세이 호텔에 전화를 걸었다. 머릿속을 어지러이 오가는 가설이 적중했는지 이 자리에서 바로 확인할 수 있다.

"전화 감사합니다. 긴세이 호텔입니다."

전화는 미나에가 받았다. 지배인을 바꿔달라고 하자 공교롭게도 손님 응대중이라고 했다. 긴세이 호텔을 손에 넣으려는 투자 펀드 관계자가 또 찾아왔는지도 모른다.

"그리 오래 걸리지는 않을 텐데 손님이 돌아가시면 연락하라고 할까요?"

전화를 부탁해도 되지만 한시라도 빨리 답을 맞춰보고 싶었다.

"부인도 아시는 일이니 여쭙겠습니다. 다카시 씨의 결혼 전 성이 어떻게 됩니까?"

"야마다입니다."

그래! 비어 있는 왼손으로 주먹을 불끈 쥐었다.

"다카시 씨의 돌아가신 어머님 성함은 아십니까?"

남편이 일곱 살 때 사별한 모친의 이름을 미나에가 바로 대

자물쇠 잠긴 남자

답하지 못하더라도 이상할 것 없다고 생각했는데 그녀는 꾸물꾸물 기억의 서랍을 뒤지지도 않고 바로 대답해주었다.

"야마다 나쓰코입니다. 무슨 문제라도 있나요?"

정답입니다, 라고 말할 뻔했다.

"한 가지만 더. 야마다 나쓰코 씨의 기일은 언제입니까?"

"9월 16일입니다만……."

만난 적도 없는 시어머니의 기일을 용케 알고 있구나 싶어 감탄했다. 어쨌거나 바로 대답을 들을 수 있어 고마웠다.

"저희 시어머니에게 무슨 문제라도 있나요?"

"생각을 좀 정리하고 말씀드리겠습니다. 바쁘신데 감사합니다. 몸은 좀 어떠세요?"

"염려해주셔서 송구스럽습니다. 기운이 철철 넘칩니다."

"그거 다행이네요." 그렇게 말하고 전화를 끊었다.

고개를 드니 나무 저편으로 스마의 바다가 보였다. 날이 흐려 어두운 색을 띠고 있었는데 모든 건 마음먹기 나름이라, 내 발견을 축복하려고 반짝반짝 빛나는 것처럼 보였다.

장인에게 철저하게 교육을 받았던 이야기를 했을 때, 다카시는 이렇게 말했다.

제 어릴 때 별명이 '가카시'라서.

이름이 아리스가와 다카시였어도 가카시란 별명이 붙을 수는 있지만 야마다山田 다카시라면 '산전山田 가운데 외다리 허수아비'로 시작하는 동요 〈허수아비〉의 가사를 따서 가카시라고 불릴 개연성이 비약적으로 상승한다. 머릿속에 떠오르는 생각들이 전부 정곡을 찔러 하늘로 날아오를 듯한 기분이다. 산비탈을 내려오는 바람의 냉기도 몰아낼 정도로 몸이 달아올랐다.

마침내, 드디어, 끝내, 묵직한 사실을 찾아냈다. 나시다가 긴세이 호텔을 마지막 보금자리로 정한 이유는 평생을 바쳐 사랑한 가코 짱, 야마다 나쓰코가 남긴 가쓰라기 다카시 곁에 머물고 싶었기 때문이다. 젊은 지배인인 그를 지켜보고 싶었던 것이리라.

나쓰코의 기일에 나시다가 찾아간 무덤의 사진을 몇 장 찍고 나니 흥분도 가라앉았다. 간신히 자력으로 찾아낸 사실에 과분한 평가를 내리는 게 아닌가? 또 다른 내가 싸늘하게 물었다.

야마다 나쓰코가 남긴 자녀가 어떻다는 말인가? 과거에 나시다와 그녀가 얼마나 사랑했는지는 모르지만 그렇게까지 나쓰코의 아이에게 집착하는 건 기묘한 일이다. 나시다가 형무소에 들어간 사이에 그녀는 다른 남자를 만나 아이를 가졌다. 멀리 떨어진 외로움을 견디지 못해서 그랬을지도 모르지만,

나시다가 체포되고 이 년쯤 지났을 때는 이미 유모차를 몰고 있었던 것이다. 남들 눈에는 어쩔 수 없는 일로 비치겠지만 나시다 입장에서는 냉담한 처사라고 느끼지 않았을까? 그가 저지른 죄에 나쓰코가 책임을 질 이유는 전혀 없지만 '나를 사랑해서 이성을 잃고 말도 안 되는 일을 저질렀군요. 당신도 불쌍해요'라고 동정할 법도 한데, 냉큼 다른 남자를 만났구나 싶은 생각도 든다.

나시다의 성격이나 정신 상태가 조금만 달랐어도 나쓰코를 엉뚱하게 원망했을지 모른다. 네기시의 이야기로 보아 그러지 않고 그녀를 계속 마음에 품었던 모양이지만 과연 그녀가 남긴 아이 곁에 머물려 했을까?

만약 나라면 어땠을까 생각해보았다. 출소를 기다리지 못하고 다른 사람과 결혼했다면 슬퍼도 받아들일 수밖에 없지만, 감옥에 갇힌 지 얼마 되지 않아 누군가의 아이를 낳았다는 걸 알면 상대 남자는 물론이고 그 아이에게도 한 줌의 정도 느끼지 못할 것이다. 곁에서 살며 지켜보다니 질색이다.

대체 어떤 마음으로 그랬을까 고민하는데 전화가 왔다. 다카시였다.

"아까는 짬을 내지 못해 실례했습니다. 제 어머니에 대해 질문하셨다고 미나에가 그러던데, 무슨 일입니까? 나시다 씨 문제에 어머니가 얽혀 있을 것 같지는 않습니다만."

그야 그렇겠지. 나도 몹시 혼란스럽다. 일단 다카히라가 숙박객을 미행했다는 사실은 덮어두자.

"자원봉사 동료에게 들은 이야기를 단서로, 나시다 씨가 매달 16일에 무엇을 했는지 알아냈습니다. 시오야에 있는 야마다가 가족지묘에 성묘를 다녔던 겁니다. 거기 잠들어 있는 나쓰코 씨에게 두 손 모아 기도를 했던 모양입니다."

다카시가 숨을 삼키는 소리가 들렸다.

"……그건 제 어머니가 계신 무덤입니다. 나시다 씨가 어째서?"

"모르겠습니까?"

"전혀 모르겠습니다. 어째서 나시다 씨가 체류하는 호텔 지배인의 모친이 잠든 묘소에 성묘를 다녔는지, 영문을 모르겠습니다. 게다가 돌아가신 날짜에 맞춰 매달 빠짐없이 그랬다니……."

"16일에 나시다 씨가 어째서 외출하는지 짐작 가는 바가 없냐고 물었을 때도 상상조차 못 하셨나요?"

"어떻게 하겠습니까!"

"다카시 씨가 어머님 묘소를 찾는 일은?"

"기일이 가까워지면 보통은 갑니다. 그리고 피안◆에 적당히. 일 년에 두세 번은 찾아뵙니다만…….”

“누가 성묘한 흔적을 느낀 적은 있었습니까?”

“예. 선향 재가 남아 있거나 주변 잡초를 뽑은 흔적은 있었지만 사촌형이 왔겠거니 했습니다.”

“사촌형이라니요?”

“어머니께는 언니 말고 오빠도 있는데 그 아들입니다. 외숙모가 병약해서 저를 거둬들이기 어려워 큰이모 댁에서 신세를 졌습니다.”

“외삼촌도 계셨군요.”

“예. 외삼촌도 사촌형도 히메지에 사는데, 소원해진 지 오래라 연락하는 일도 거의 없습니다.”

그렇다면 누가 가족 묘를 돌봤는지 의아하게 여기지 않은 것도 이해가 간다.

“나시다 씨와 대화하다가 돌아가신 어머님 이야기가 나온 적은 없었습니까?”

“잡담을 하다가 한두 번은 말한 것 같기도 합니다. 무슨 얘기 끝에 제가 어렸을 때 어머니를 여의었다는 말이 나왔는데 나시다 씨가 ‘어떤 일이 기억에 남아 있습니까?’라고 물어보

◆ 춘분, 추분을 중심으로 앞뒤 사흘씩 칠 일간의 잡절기로 과거에는 불교 행사가 중심이었으나 점차 선조를 공양하는 행사로 바뀌었다.

셨던가……. 고베 오리엔탈 호텔에 들어갔던 날을 가볍게 얘기한 적이 있습니다만…… 그 정도밖에 기억나지 않는군요."

"그때 나시다 씨의 반응은?"

"흐음, 그렇습니까, 그런 느낌이었는데……. 딱히 특별한 반응은 없었습니다."

"어머님께서 나시다 씨로 추정되는 분의 이야기를 하신 적은? 기억 한구석에 없습니까?"

"나시다 씨라는 이름은 들은 적이 없습니다. 어머니와 이야기한 것도 오래전이라, 절대로 없다고 단언할 수는 없지만."

"자꾸 거북한 질문만 해서 정말 죄송합니다. 형무소에 들어간 사람에 대해 어머님께서 말씀하신 적은?"

"없습니다. 기억에 없군요."

다카시에게 사과하는 게 조금 빨랐던 모양이다. 훨씬 불쾌한 질문이 남아 있었다.

"실례되는 질문을 해서 죄송합니다. 다카시 씨 아버님은 어떤 분이셨습니까?"

지금까지 다카시에게 들은 이야기에서는 부친이 한 번도 등장하지 않았다. 돌아가셨다는 말도 없었으니 이혼했구나 싶어 묻지 않았던 것이다.

"어머니는 '네 아버지는 일 때문에 먼 곳에 계시단다'라고 하셨습니다. 일곱 살이었던 저는 산타클로스의 존재를 의심하기 시작했지만, 아버지는 먼 곳에서 일을 하고 있다는 어머니의 말씀은 믿었습니다. 어머니가 돌아가시고 여덟 살 때, 큰이모가 '아버지가 먼 곳에 계시다는 말은 너를 상처 입히지 않기 위한 거짓말이고 사실은 이미 죽었다'고 하셨습니다. 중학생이 되니 그것도 그저 방편일 뿐 어머니를 버리고 어디론가 가버렸다고 생각하게 되었고, 고등학생이 되어 큰이모에게 '사실은 그런 거지?' 하고 물었더니……."

다카시는 단숨에 쏟아낸 다음 거기서 숨을 골랐다.

"'언젠가 호적을 보면 알 테니 말해주마. 너희 부모님은 결혼하지 않았단다. 네 아버지가 어떤 사람인지 이모는 몰라'라고 하셨습니다."

"어떤 일을 했는지, 어디 사는지도 말씀해주지 않았던 거군요?"

"'아무것도 모른다'는 말씀뿐이셨습니다. 이모님은 그 화제를 싫어하셔서……."

말이 뚝 끊겼다.

"여보세요?"

"아리스가와 씨, 생각났습니다. 이모님은 불쑥 이런 말씀을 하셨습니다. '그걸 못 기다렸던 걸까'라고요. 무슨 뜻인지 물었더니 '아무 말도 안 했다'고 얼버무리셨지만요. 가코 짱은 나쓰코의 애칭이고 나시다 씨의 연인이었다는 여성이 혹시 제 어머니입니까? '그걸 못 기다렸다'는 건, 나시다 씨가 형무소에서 나오기를 못 기다렸다는 뜻입니까?"

"그렇다면 나시다 씨가 어머님의 기일에 맞춰 매달 성묘를 다닌 이유를 이해할 수 있지 않겠습니까?"

다카시는 침묵했다. 그를 삼킨 혼란은 나에 비할 바가 아닐 것이다.

4

그날 밤 10시경.

뜻밖에도 히무라가 전화를 했다. 한창 바쁠 때 같아서 내쪽에서는 자중하고 있었는데.

"너 혼자 오해한 것 같은데." 그가 말했다. "입시 위원장도 뭣도 아닌 내가 입시 기간에 할 일은 시험 감독 업무야. 옴짝달싹할 수 없는 상황이긴 하지만 감독자로서 시험에 입회할 뿐이지, 퇴근하고 딱히 다음날을 위해 준비를 하는 건 아니야."

"그래? 그렇지만 시험이 끝나면 채점 때문에 눈코 뜰 새 없이 바쁠 것 아냐?"

"주관식 문제가 있는 국어나 영어 채점자가 아니니 할 일은 없어. OMR 답안지는 기계로 열심히 돌리면 그만이고."

듣고 보니 맞는 말이지만 나는 문외한이니 미리 그렇다고 설명해줄 수도 있지 않나.

"신경써준다고 자제하는 것 같아서 먼저 걸어봤어. 지난 엿새 동안의 활약상을 들려줘."

"얘기가 길어."

"시작해." 그렇게 재촉하기에 소파에 앉아 이야기하기 시작했다. 엿새 전에는 나시다가 과거에 일으킨 사고와 사건을 아직 몰랐으니 할말이 산더미처럼 많다. 샛길로 빠지지 않도록, 하지만 빠뜨리지 않도록 꼼꼼히 이야기하자 순식간에 삼십 분이 흘렀다.

"……그래서 매달 16일에 외출한 이유는 성묘였어. 시오야에서 야마다 나쓰코의 무덤만 찾았다면 세 시간만으로도 충분하겠지만 가코가와인지 다카사고인지에 있는 후지니시 후쿠조가 잠든 무연고자 묘지에도 갔을 테니 반나절은 걸렸을 거야."

억측이지만 분명 그럴 것이다. 다카히라가 미행을 계속했더라면 후지니시의 묘지가 어디 있는지도 알아낼 수 있었으리라.

말만 했는데도 지친다. 그러자 히무라가 격려해주었다.

"시게오카 씨에게 들은 정보를 출발점으로 용케 거기까지 알아냈군. 탐정 저리 가라야. 석재상 사장을 만나 이야기를 들을 수 있었던 건 행운이었지만 야마다 나쓰코의 이름을 보고 지배인의 모친이라는 걸 맞힌 점은 훌륭해."

"너무 칭찬하니 찜찜하네. 대단하지 하고 자랑하고 싶었는데 냉정히 생각해보니 눈부신 전진을 이룬 것도 아니란 말이지, 이게."

"겸손 부릴 필요 없어."

겸양의 미덕을 내세우려는 게 아니라 실제로 조금 의기소침했다. 나시다의 비밀은 아직도 남아 있고 골은 아득히 멀다.

"난 말이야, 제자리걸음이 아니라 앞으로 나가고 있다고 생각했어. 하지만 생각해보면 정말 목표를 향해 가고 있는 건지 의심스러워. 나시다에게 전과가 있었다는 사실, 히로시마로 옮겨가 재산을 모은 경위, 긴세이 호텔 지배인이 그가 사랑했던 여성이 남긴 자녀였다는 사실은 알아냈지만 그게 뭐? 그의 죽음이 자살인지 타살인지도 아직 전혀 모르겠고, 사랑했던 여성이 낳은 아이가 가쓰라기 다카시라 해도 어째서 그 사람 곁에 있으려 했던 건지도 이해 못 하겠어. 제자리걸음은 아니지만 혹시 사막 한가운데에서 원을 그리며 맴돌고 있는

자물쇠 잠긴 남자

것 아닐까?"

"그건 아니야." 히무라가 강하게 말했다. "목적지를 향해 똑바로 전진하는 건 아닐지 몰라도 같은 지평을 빙글빙글 맴돌고 있는 건 아니야. 너는 돌면서 나선처럼 상승하고 있어."

"긍정적으로 해석해주는군. 기쁘긴 한데 나로서는 그런 자각이 없어."

"나도 진상은 모르겠지만, 우울해하지 마. 지금처럼 나선 계단을 끝까지 올라가. 분명 그런 방법이 아니면 해결할 수 없는 문제일 거야."

격려해주는 건 고마운데 아무래도 맥이 빠진다. 히무라의 말을 풀어보자면 나시다 미노루의 죽음의 수수께끼는 얇은 껍질을 벗기듯 풀라는 뜻인데, 양파 껍질을 벗기는 것만 같아 대체 언제 끝나려나 싶다.

"향후 방침에 대해 조언 좀 해줘." 그렇게 요청해보았다.

"야마다 나쓰코의 신변을 조사해. 그녀의 친구를 찾아서 가쓰라기 다카시의 부친을 아는지 물어봐."

"남의 일이라고 쉽게 말하네. 당사자는 이십이 년 전에 죽었단 말이야."

"네가 청한 조언이니 일단 받아들여."

다카시에게 돌아가신 어머니의 졸업 앨범이라도 빌려 동

급생을 한 명씩 찾아보는 수밖에 없을 것 같다. 그 시절엔 개인 정보 관리도 허술했으니 주소록도 실려 있겠지. 하지만 당시 거주지에 계속 살고 있는 사람은 드물 테니 벌써부터 아득하다.

"다카시의 이모부 이야기도 궁금하군." 히무라는 그런 말도 했다. "나쓰코의 형부니 뭔가 알지도 몰라."

"오카자키까지 출장 가라고? 그건 괜찮지만 이모부는 치매가 있으니 질문에 대답 안 해줄 것 같은데."

"이모부가 안 되면 그 장남한테 물어봐. 아버지에게 뭐 들은 게 없는지."

조언은 일단 받아들이라고 했지만 그런 조사로는 기대할 수 있는 게 너무 적다. 다카시의 부친에 대해 이모부나 그 장남이 아는 정보가 있었다면 다카시 본인에게 숨기지 않고 말하지 않았을까?

"나시다의 친구를 찾아내서 그쪽 이야기도 들을 수 있다면 좋을 텐데. 그러면 또 니시와키에 가봐야 할 거야."

"……다 해볼게. 우선 지배인에게 이모부와 그 장남한테 연락 좀 넣어달라고 부탁해야겠군."

"직접 만나서 이야기를 들어봐. 전화는 믿을 수 없어."

"그 밖에는?"

"생각이 안 나는군. 할 수 있는 일부터 해야지."

시게오카가 말하는 '수사의 묘미'를 맛볼 수 있을 것 같다.

"나시다를 둘러싼 수수께끼를 풀 열쇠는 야마다 나쓰코가 쥐고 있어. 너도 같은 생각이지? 그렇다면 거기를 공격하는 수밖에 없어."

"공격하다니…… 용맹한 표현이네. 조심스레 여쭙겠는데, 히무라 선생은 언제쯤 출동할 수 있을 것 같아?"

"입시가 끝나면 바로 그쪽으로 가지."

마지막날이 언제인지 생각해보지도 않았다.

"그래. 입시가 끝나는 날에 올 거지?"

"모레, 10일이야. 감독 업무가 끝나면 바로 허기를 채우고 긴세이 호텔에 들어갈 거야. 이미 예약했어."

"예약했다니…… 언제?"

"너한테 연락하기 직전에. 오너가 받아서 자기소개도 미리 했어. 어찌나 감격하던지 가기 겁날 정도던데."

꽉 막힌 국면을 타파해줄 구세주로 보였으리라. 가게우라가 유별나게 소개한 탓도 있을 것 같다.

"아까 지배인은 오너만큼 진상 규명에 적극적이진 않은 것 같다고 했는데, 자기 모친이 나시다와 얽혀 있다는 걸 알고 나서는 반응이 어때?"

"당혹스러워했지. 모친이 그렇게 큰 비밀을 숨기고 있었다는 걸 알면 심란한 것도 당연해."

"사실은 알게 모르게 눈치채고 있었던 것 아니야?"

"의심 많은 녀석일세. 아니, 설마 그렇지는……."

"단정하기는 어렵겠군. 부인 쪽 반응은?"

"잔뜩 인상을 쓰고 생각에 잠겼던데. 손님인 줄 알았던 상대가 지배인을 잘 알고 있었다면 기분 좋은 얘기는 아니잖아."

그래도 나시다에게 혐오감을 느낄 정도는 아니었던 모양이다. 조사할수록 수수께끼가 깊어지니 당혹스러운 것이리라.

"가게우라 씨에게 중간 보고는 할 거야?"

"고민스럽긴 한데 한동안은 덮어두려고. 나시다 미노루 한 사람에게만 국한된 게 아니라 지배인의 사생활도 얽힌 문제니까."

"찬성이야. 정식 탐정이 아니니 네 재량으로 판단해도 되는 범위겠지. 조금 더 윤곽이 드러나면 보고해."

한 시간쯤 이야기했다. 끝으로 "그럼 10일 밤까지 힘내"라는 말을 들으니 히무라가 오기 전에 공을 한두 개쯤은 더 세우고 싶었다. 내일 얼마나 진척이 있을지가 관건이다.

탕에 들어가 몸을 확실하게 녹이고 수사 노트를 들고 침대에 누우니 금세 졸음이 쏟아져 불을 껐다.

그러자 꿈속에 나시다 미노루가 찾아왔다. 봄기운이 물씬 느껴지는 재킷에 트레이드마크였던 사냥모와 애스콧타이. 햇살로 보아 계절은 사월 아니면 오월 같았다. 장소는 벤치와 화단이 있는 스이쇼바시 다리 위.

그는 박하사탕을 입에 물고 우두커니 서서 콘크리트 난간에 기댄 채로 강을 굽어보며 말했다.

'가코 짱의 배신에는 상심했습니다. 제가 출소할 때까지 기다려줄 거라 믿었건만 너무 뻔뻔했던 모양입니다.'

어떻게 위로해야 할지 몰라 잠자코 있었다.

'그렇게 빨리 다른 남자를 만나 아이를 낳을 줄은. 소식을 풍문으로 듣고 원망할 처지가 아니라는 걸 알면서도 들끓는 감정을 억누를 수 없었습니다. 만나서 한마디해주고 싶었는데, 속세에 나와보니 그녀도, 상대 남자도 저세상 사람이더군요.'

꿈속에서도 나는 탐정이라 마음에 걸리는 점을 그에게 물었다.

'나쓰코 씨가 사고로 돌아가신 건 나시다 씨가 출소하기 한 달 전이었죠. 만나지 못해 억울했을 텐데요. 상대 남성도 이미 죽었다는 건 사실입니까?'

'나쓰코보다 먼저 죽었습니다.'

'그래서 어떻게 하셨지요?'

'남은 아들의 행방을 가까스로 찾아내고 보니 오사카에 있는 호텔 주인의 외동딸을 만나 데릴사위로 들어가 지배인이 되었다더군요. 손님을 가장하고 어떤 녀석인지 살피러 갔습니다.'

나시다는 네기시에게 "탐정은 쓸모 있지만 돈이 많이 든다"라고 했다. 그건 나쓰코와 다카시의 소재지를 찾을 때 탐정을 고용한 경험에 근거한 발언이었을지도 모른다.

'죽은 남성은 어떤 사람이었습니까?'

'대답하고 싶지 않습니다.'

나시다는 관심 없다는 표정으로 말했다. 사실은 그 남자가 아직 살아 있어서 말하기 싫은 것 아닐까? 혹은 그의 생사를 모르는 건?

'긴세이 호텔에서 다카시 씨를 직접 만나보니 어땠습니까?'

'나쓰코의 핏줄이라고 애틋하진 않았습니다. 그렇기는커녕…… 다카시의 얼굴이 나쓰코를 빼앗아간 남자를 쏙 빼닮았다는 사실에 격렬한 증오를 느꼈습니다. 다카시에게는 아무 죄도 잘못도 없다는 걸 알면서도.'

'유쾌하지는 않았겠지요. 그렇다면 냉큼 호텔을 나가서 두 번 다시 발길을 하지 않아도 되었을 텐데, 당신은 다시 찾아

가 오 년 동안이나 머물렀습니다. 대단히 모순되는데 어째서 그런 행동을 한 겁니까?'

나시다는 손에 들고 있던 봉투에서 새 사탕을 꺼내 입안에 넣었다. 귀밑털이 산들바람에 흔들렸다.

'기회를 봐서 다카시를 죽일 작정이었습니다. 엉뚱한 원한이라고 부르기도 뭐한 이상심리지만, 살아갈 의욕을 잃은 제가 겨우 되찾은 목표였습니다. 살의는 마음에 뿌리를 내리고 쑥쑥 자랐습니다.'

어리석은 소리라 믿음이 가지 않았지만 여기서 입씨름을 하면 대화가 끝나버릴지도 모른다.

'그렇군요. 그렇다고 해도 오 년은 너무 긴데요. 기회를 엿보다가 다카시 씨에게 정이 들어 증오가 사라진 건가요?'

'당신 상상에 맡기겠습니다.'

'다카시 씨에게 품었던 살의는 줄곧 가슴속에 묻어두고 아무에게도 털어놓지 않았습니까? 누군가 눈치챘을 가능성은?'

나시다는 희미하게 웃었다.

'다카시 씨에게 복수하려 했다니 거짓말이 어설프시군요. 진짜 이유는 뭐였습니까?'

나시다가 뭐라고 중얼거렸지만 알아들을 수 없었다. 그 부분만 잡음이 들어간 비디오 영상처럼.

'당신의 사악한 마음을 감지한 사람이 있었습니까? 그 인물이 당신을 죽인 건가요?'

나시다가 고개를 들어 나를 쳐다보았다.

'그건 말입니다, 아리스가와 씨, 저는 대답할 수 없답니다. 죽었으니까요.'

당연한 소리를 왜 하지 싶은 찰나, 꿈이 끝났다.

5

이튿날 9일은 다카시에게 부탁해 오카자키에 연락했다. 이모부는 낯선 사람을 만날 상황이 아니라고 해서 그의 장남과 만나기로 했다. 내일부터는 이삼일 바쁘지만 오늘이라면 괜찮다고 해서 오후 2시에 약속을 잡았다. 장남은 치과 의사로 진료 시간 사이에 짬을 내준 것이다.

"이모부는 회사원이었지만 부친이 치과 의사였고, 친척 중에도 치과 의사로 개업한 사람이 몇 명 있습니다. 장남 아쓰야 형님은 그쪽 길을 선택해 오카자키에서 조부의 병원을 이어받았지요."

오카자키에 2시까지 가려면 여기서 11시 넘어 출발해도 충분하다. 아직 시간이 있어 야마다 나쓰코의 친구를 찾기로 했다.

다카시에게 모친의 유품에서 중학교, 고등학교 시절 졸업 앨범과 사진 앨범을 꺼내달라고 해서 그 앨범을 보면서 나쓰코와 친분이 있을 인물을 찾아냈다. 어머니가 아들에게 "고등학생 때 친했던 아키코라는 친구랑 여행을……" 하는 식으로 추억을 털어놓은 적도 있겠지만 나쓰코가 사망했을 때 다카시는 일곱 살이었다. 어머니 친구의 이름을 들은 기억은 없다고 했다.

졸업한 후에도 교류한 친구가 졸업할 때 같은 반이라는 법은 없으니 다른 반 사진도 꼼꼼하게 봐야 한다. 일단 앨범 스냅사진에서 함께 찍혀 있는 친구로 보이는 소녀의 얼굴을 기억하고, 그 소녀가 졸업 앨범에 없는지 대조해 두 사람을 찾아냈다. 메모한 다음 다시 사진 앨범을 뒤졌다.

"어머님께서 미인이시네요."

동그스름한 얼굴, 눈매가 또렷한 게 영리해 보이는 인상이었다. 웃는 얼굴마다 자연스러운 게 보기 좋았다.

"고맙습니다." 다카시가 진지한 얼굴로 말했다. "제 눈에는 그리 미인으로 보이진 않지만 무척 귀엽다고 생각합니다."

마음이 푸근해지는 한마디였다.

"다카시 씨는 어머님을 닮았다는 말을 들은 적은 있습니까?"

"아니요. 보시다시피 전 군이 따지자면 갸름한 얼굴이라, 어머니를 닮지는 않았습니다."

"그럼 아버님을 닮은 건지도 모르겠군요."

"글쎄요."

다카시와 닮은 사람은 누가 있을까 생각해봤지만 해당자가 없다. 시대극의 귀공자만 떠올랐다.

앨범을 살펴보니 나도 가보지 못한 하와이에서 찍은 스냅 사진이 몇 장 있었다. 그중에 호텔 입구를 배경으로 긴 머리에 쾌활해 보이는 여성과 나란히 찍은 사진이 하나 있었다. 오른쪽 밑에 찍힌 날짜는 "1985.8.15".

나시다가 그 사건을 저질렀을 때, 야마다 나쓰코는 하와이로 휴가를 갔다고 했다. 이게 바로 그때의 사진이다. 함께 찍힌 여성은 그 밖에도 사복 차림으로, 즉 휴일에 스마 리큐 공원에 갔을 때 찍은 사진 속에도 있었다. 졸업 앨범으로 살펴보니 이름은 야마자키 노부에. 출석 번호가 가까웠을 테니 그 인연으로 친해졌는지도 모른다.

주소는 아카시 시내였다. 지금도 거기 사는지는 모르겠지만 가령 홋카이도나 오키나와로 이사 갔더라도 이 여성의 이야기는 꼭 들어봐야만 한다. 당장 전화를 걸어보려는데 다카시가 "제가 걸어보겠습니다"라고 했다. 아들인 다카시가 "어머니 일로 말씀 좀 여쭙고 싶습니다"라고 운을 떼는 게 나을 것 같아 그에게 맡겼다.

옆에서 듣고 있는 나를 위해 다카시는 일일이 복창해주었다. 전화를 받은 건 야마자키 노부에의 노모인 듯했다.

"……그럼 어제 여행에서 돌아오신 거군요? 피곤하실 텐데 죄송하지만 잠시 시간을 내주시면 대단히 고맙겠습니다만……. 예. ……예, 찾아가보겠습니다. 전화번호를 알려주실 수 있으신지요?"

노부에는 현재 예순넷. 오사카의 상인 집안으로 시집가서 어제까지 남편과 동남아시아 여행을 다녀온 모양이다. 상대가 허락해준다면 당장 만나러 가고 싶다.

노모가 가르쳐준 현재 연락처로도 다카시가 전화를 걸어주었다. 나시다의 죽음을 조사하는 데는 소극적인 태도를 보였지만 모친의 옛친구 이야기는 무척 궁금한 듯했다. 전화를 하는 눈이 반짝거렸다.

노부에는 집에 있었다. 여독 때문에 오늘은 안 되겠지만 "내일 오후라면"이라고 해서 대번에 오늘과 내일 일정이 결정되었다. 그래, 이거다. 나는 나선계단을 올라가고 있다고 스스로를 타일렀다.

앨범을 계속 뒤지니 갓 태어난 아이를 가슴에 품은 사진이

나왔다. 날짜는 "1986.11.7." 다카시의 생일이라고 했다. 그 다음 페이지부터 나쓰코 혼자 찍은 사진은 한 장도 없었다. 전부 다카시와 함께 찍혀 있었다. 그렇지 않은 것은 다카시만 찍은 사진이었다. 아버지로 보이는 인물은커녕 어머니를 빼면 다른 피사체는 없었다.

"어머님은 모자를 좋아하셨나 보군요. 이런 걸 뭐라고 하는지 모르겠는데, 맵시 있게 써서 무척 잘 어울리십니다."

"꼭지가 편평한 이것 말입니까?" 다카시가 손가락으로 짚었다. "포크파이 해트라고 합니다. 어머니처럼 동그스름한 얼굴보다 제게 더 잘 어울리는 타입의 모자입니다. 성별을 불문하고 애호가가 있지만 원래는 남성용이기도 하고요."

그런 지식도 호텔리어로서 익힌 것이리라. 다카시는 그리운 눈빛으로 말했다.

"이 모자를 참 좋아하셨어요. 오리엔탈 호텔에 갔을 때도, 사고를 당했을 때도 쓰고 계셨습니다. 어머니에게서 빼놓을 수 없는 이미지라 지금도 유품으로 간직하고 있습니다. 피가 묻어 있는데…… 도저히 버릴 수 없었습니다."

그의 슬픈 기억을 들추고 말았다. 모자 이야기는 하지 말걸.

방으로 돌아와 준비를 하고 지배인에게 "다녀오십시오"라고 배웅을 받으며 11시에 호텔을 나섰다. 장남 일가에게 줄

자물쇠 잠긴 남자

선물로 어디서 과자라도 사려고 했는데 빈틈없는 미나에가 미리 준비했다가 손에 들려주었다.

"안부 전해주세요. 이건 그 댁에서 좋아하는 화과자입니다."

"하나부터 열까지 준비해주셔서 감사합니다. 단서를 찾을 수 있으면 좋을 텐데."

미나에의 표정이 영 어두웠다. 나시다가 다카시의 어머니와 얽혀 있다는 사실을 알자 심경이 복잡한 듯했다. 어떤 결말이든 진상을 알고 싶어 했는데, 그것이 남편의 마음을 어지럽힌다면 괴로운 걸까. 나시다를 아는 사람들의 마음이 흔들린다는 것은 곧 내가 나선계단을 올라가고 있다는 증거이다.

"다녀오겠습니다."

차로 신오사카 역으로 가서 바로 들어온 노조미 열차를 탔다. 나고야에서도 거의 기다리지 않고 메이테쓰 급행에 올라탈 수 있었다. 도요아케 역에서 갈아타서 오카자키 공원 앞 역에 도착하니 1시 13분. 조금 이르지만 모처럼 오카자키까지 왔다는 생각에 복원한 텐슈카쿠를 에워싼 공원 안을 거닐었다.

벚꽃의 명소라고 하니 사월 초에 왔으면 끝내줬을 텐데. 그래도 노能♦ 악당이나 다실이 흩어져 있는 공원 안은 걸으니

___
♦ 가면극으로 일본의 대표적인 전통 예능.

기분이 좋아 뜻하지 않은 소소한 여행이 기뻤다. '미카와 무사 저택—야스이에 관'을 견학할 시간 여유는 없어 공원에서 나와 강가를 산책했다. 오카자키 성은 오토가와乙川와 오토가와男川라는 강에 에워싸여 있는데, 두 강은 성 남쪽에서 만나 바로 야하기가와 강으로 흘러들어간다. 우아하게 굽이치는 강물 너머로 보이는 텐슈카쿠는 더욱 아름답게 비쳐, 그림처럼 호젓한 성 밑 마을의 풍치를 느낄 수 있었다.

오사카에는 없는 풍경이다. 때로는 상업 도시로, 때로는 공업 도시로, 또 어느 시절에는 혼간지 사찰이 본거지를 튼 종교 도시로 다양한 역할을 맡았던 탓에 색이 바랜 것도 있지만 도시라는 것이 일정한 규모를 넘어서면 소박한 정취를 잃기 때문인지도 모른다.

오사카에서는 희대의 악역인 도쿠가와 이에야스도 이 도시에서는 자랑스러운 영웅이다. 겨우 두 시간 이동했을 뿐인데 이리도 훌쩍 뒤바뀌다니 재미있다.

뜻하지 않았던 짧은 오카자키 여행을 즐기고 나서 하나후사 치과로 향했다. 조부에게 물려받았다는 병원은 리모델링으로 새하얀 외벽이 눈부신 3층 건물이었다. 면담을 얼른 끝내고 싶어 이제나저제나 기다리고 있을지도 몰라, 약속한 2시 정각에 찾아가자 하나후사 아쓰야가 바로 나왔다.

"바로 오시느라 고생하셨습니다. 3시부터 오후 진료라 시간이 별로 없어서 죄송합니다."

나이는 마흔이라고 들었는데 복스러운 얼굴에 붙임성이 좋다. 겁에 질려 찾아온 어린 충치 환자도 이 선생님이라면 두려움이 가라앉을 것이다.

주거 공간인 3층 응접실로 올라가 먼저 인사를 나누었다.

"다카시하고 미나에 씨는 잘 지냅니까? 아아, 그거 다행이군요. 금슬 좋은 부부라 둘이서 힘을 합해 애쓰고 있겠지요. 낡고 작은 호텔이라 고생도 많겠지만. 그 녀석은 부모하고는 인연이 짧지만 좋은 배우자를 만났어요. 하느님이 보상해준 걸까요."

짧게 끝낼 셈이었는데 하나후사 아쓰야는 느긋했다.

"진료를 보시는 와중에 귀중한 시간을 내주셨으니 짧게 끝내겠습니다."

"제가 대답할 수 있는 내용이라면 다행입니다만."

치매를 앓고 있는 부친은 어차피 처음 만나는 사람과 제대로 대화할 수도 없고, 오늘은 최고의 낙인 주간보호센터에 갔다고 하니 면담은 하나후사 아쓰야만으로 충분하다. 다카시가 미리 용건을 전달해준 터라 매끄럽게 본론으로 들어갈 수 있었다.

"다카시의 아버지가 누군지는 모르지만 마음에 걸리는 일이 있습니다. 그 녀석이 저희 집에 오고 얼마 안 됐을 때 수상한 남자가 찾아왔다더군요. 당시에 전 고등학생이었는데 어머니께 '무슨 일 있어?'라고 물어도 자세히 대답해주지 않았습니다. '별일 아니야. 수상한 남자가 다카시는 자기 아이라고 그랬는데, 말도 안 되는 엉뚱한 거짓말이라 아버지가 쫓아냈어. 또 올지도 모르니 조심해야겠구나. 너도 밖에 나갈 때는 피해 다니렴. 문제가 생길 것 같으면 바로 경찰에 연락해'라고 하셨습니다."

"그 인물의 이름이나 연령대는요?"

"초라한 행색의 남자란 말씀밖에는. 짐작 가는 사람이 있습니까?"

"아니요."

"그렇습니까. 그 수상한 남자는 어느 날 불쑥 찾아왔다고 합니다. 어머니는 계속 신경을 곤두세우셨지만 저희 집에 찾아온 건 한 번뿐이었던 모양입니다. 다만 전화는 몇 번 걸려왔던 것 같아요. 어머니가 '그만 좀 하세요!' 하고 수화기를 험악하게 내려놓은 적이 있었거든요. 그후에 주방 개수대에서 뭔가를 불태우셨습니다. 편지 같은 걸."

"편지인가요, 편지 같은 것인가요?"

"정정하겠습니다. 편지였습니다. 한 통이 아니었습니다. 두세 통, 혹은 그 이상. 쟤는 음식물 쓰레기와 함께 갖다버리셔서 자세히는 보지 못했습니다."

"마치 증거를 인멸한 것 같군요. 아, 실례."

"제가 보기에도 그렇습니다." 치과 의사가 쾌활하게 말했다. "그 모습을 몰래 훔쳐보던 저는 그 사람이 정말 다카시의 아버지인 게 아닐까 생각했을 정도니까요. 하지만 만약 그렇다면 어머니가 그토록 부정하는 것도 이상해요. 다카시를 좋아하셔서 아끼긴 했지만 친아버지가 찾아왔는데 그리 매정하게 쫓아낼 리는 없겠죠. 상대가 착각했거나, 혹은 뭔가 속셈이 있어 시비를 걸러 왔다고 생각했습니다."

"그 일에 관해 아버님은 무슨 말씀이 없으셨습니까?"

"부모님이 몰래 이야기하시는 걸 들은 적이 있습니다. 아버지는 '다카시를 확실히 지켜주자'라고 하셨어요. 무슨 일인지 궁금했지만 묻거나 끼어들지는 않았습니다. 그때는 아버지가 무섭고 어려웠거든요. '넌 몰라도 돼. 들어가 있어'라고 하실 게 뻔했죠."

다카시는 이모 일가의 애정을 듬뿍 받으며 성장한 듯했다. 그에 관해 말할 때 아쓰야의 눈매가 은근히 누그러졌다.

"나이가 비슷했다면 거부감이 있었을지도 모르지만 열한

살이나 차이가 있으니까요. 갑자기 남동생이 생겼으니 신이 났지요. 저희 집에 적응하고 나서는 '형, 형' 하고 잘 따라주었고, 일곱 살 때 어머니를 여의고 참 외로웠을 텐데도 씩씩하게 애쓰는 모습이 대견했어요."

아쓰야가 치의대에 다닐 때, 아르바이트 수입으로 한턱내려고 하자…….

"그 녀석은 중학생이었는데, '호텔에서 런치를 먹고 싶어'라고 하더군요. '다카시하고 데이트라니!' 하고 웃으며 뉴 오타니 호텔에 데려갔던가. 디너가 아니어서 다행이었습니다. 옛날부터 호텔을 좋아하는 아이였어요. 돌아가신 어머니와 호텔에서 주스를 마셨던 추억이 강렬했겠지요. 그 녀석에게 호텔은 꿈의 세계였던 겁니다. 지금은 지배인이 되어 현실과 싸우고 있겠지만, 좋아서 하는 일이니."

다카시의 고충을 헤아리고 하는 말인 듯했다.

"그 녀석은 저희 가족의 일원이었지만 다카시 입장에서는 온전히 정을 붙이기 어려웠을지도 몰라요. 그렇다 한들 어쩔 수 없죠. 호텔에 장기 투숙하는 기분이었을지도 모릅니다."

아쓰야는 한숨 섞인 목소리로 털어놓았다.

"다카시 씨가 친아버지에 대해 궁금해했던 적은 있나요?"

"제게는 전혀 내색도 하지 않았습니다. 하지만 어머니께는 조심스레 물어보지 않았을까요? 어머니는 들어도 얼버무릴 수밖에 없었겠지만요."

여기서 나시다 미노루의 이름을 꺼내보았다. 아쓰야는 충치가 아닌 것처럼 손으로 뺨을 짚었다.

"나시다, 미노루……인가요. 들어본 적 없는 이름이군요. 긴세이 호텔에서 돌아가신 분이지요?"

"예. 한때 다카시 씨의 어머님과 사귀셨던 듯합니다."

"아아, 니시와키에 살던!" 아쓰야가 큰 소리로 외쳤다. "뺑소니로 체포된 사람이지요? 이름까지는 몰랐습니다. ……혹시 그 사람이 다카시의 부친이라고 생각하시는 겁니까?"

"아뇨, 그럴 리 없습니다. 다카시 씨의 부친은 따로 계십니다."

"그게 누군지 조사하고 계신 거군요. 음, 그거 힘들겠는데요. 저희 어머니가 살아 계셨다면 뭔가 알아낼 수 있었을지도 모르지만 이제 와서는……."

손목시계를 힐끔 보고 질문에 마지막 박차를 가했다.

"야마다 나쓰코 씨에 대해 아는 사실을 말씀해주시겠습니까?"

"나쓰코 이모는 박복한 분입니다. 니시와키에서 좋아하는 사람이 생겼나 했더니 끔찍한 사고를 저지르고 형무소에 들어가질 않나, 심기일전해 고베에서 새로 출발하나 했더니 웬 남자를 만나 아이가 생기고, 남자는 도망가버리질 않나. 아들 하나만 바라보며 소박하게 살았는데 교통사고로……."

"고베에서는 어떻게 생활을 꾸려나가셨습니까?"

"차곡차곡 모았던 저금을 조금씩 찾아 쓰면서 다카시가 태어나기 전에는 슈퍼마켓 계산대 점원 일을 했다고 합니다. 아이가 태어난 후에는 그러지도 못했으니 생활 지원을 받았던 시기도 있었다던가. 저희 어머니도 몰래 도와주었지만 다카시가 어린이집에 들어갈 무렵부터 다시 파트타임으로 일하셨습니다. 계산대에 서거나, 식당에서 서빙을 하거나. 어머니께는 그렇게 들었습니다."

"남성 관계에 대해서는?"

"어머니가 어린 제게 그런 이야기를 하실 리 없죠. 다만 이모가 임신했다는 소식을 들었을 때는 화를 내셨습니다. '그런 애일 줄 몰랐다. 니시와키에서 그 남자가 형무소에 들어갔을 때는 펑펑 울더니'라고요. 하염없이 한탄하는 어머니를 다독이는 아버지 목소리를 문 너머로 들었습니다."

"어머님께서 화를 내셨다면…… 눈물로 이별한 지 일 년도 지나지 않았는데 벌써 다른 남자를 만나 아이가 생겼다는 소식을 듣고 박정하다고 생각하셨던 걸까요?"

"니시와키에서 시시한 남자에게 열을 올리고, 일 년도 지나지 않아 다른 시시한 남자한테 걸려든 경솔함에 화를 냈던 것 같습니다. 어머니는 무책임한 남자를 무척 싫어하셨거든요. 나쓰코 이모와 달리 남자 보는 눈은 확실해서, 저희 아버지는 또 얼마나 성실한지."

3시가 다가와 그만 물러나기로 했다. 인사를 하자 치과 의사는 도움이 못 되어서 미안하다며 고개를 숙였다.

다카시의 이모 내외를 찾아온 수상하고 초라한 남자란 누구일까?

이모 내외는 다카시의 아버지가 누군지 짐작했던 걸까?

그들은 다카시를 무엇으로부터 지키려 했던 걸까?

이모가 불태운 편지란 무엇인가?

역으로 걸어가면서 계속 고민했지만 아무것도 보이지 않았다. 나는 여전히 열리지 않는 문 앞에 멀거니 서 있었다.

나시다의 비밀은 지금도 단단히 잠겨 있다.

6

그날 밤, 나는 수사 노트에 끼적인 내용을 컴퓨터에 입력하면서 정리했다. 몇 년 전에 무슨 일이 있었고, 그때 관계자가 몇 살이었는지 떠올리기 어려워졌기 때문이다. 각 인물의 연령은 마지막 한 줄만 빼고 그해 생일을 기점으로 계산했다.

1926년(쇼와 원년) ······ 긴지, 호시미 출생

1945년(쇼와 20년) ······ 나시다 출생

1952년(쇼와 27년) ······ 긴세이 호텔 설립(긴지, 호시미 26세)

1961년(쇼와 36년) ······ 호시미 타계(35세)

1976년(쇼와 51년) ······ 긴지 재혼(50세), 부인(25세)

1985년(쇼와 60년) ······ 나시다(40세) 사망 사고 일으킴, 다카시 모친(34세)

1986년(쇼와 61년) ······ 나시다(41세), 다카시 모친(35세) 출산, 미나에 출생(긴지 60세, 부인 35세)

1987년(쇼와 62년) ······ 나시다(42세) 오카야마 형무소 입소

1993년(헤이세이 5년) ······ 나시다(48세), 9월 다카시 모친 타계 (42세), 다카시(7세), 10월 나시다 출소

1995년(헤이세이 7년) ······ 나시다(50세) 다카시(9세) 나시다, 히로시마로 ※한신·아와지 대지진 발생

1997년(헤이세이 9년) ······ 나시다(52세) 복권 당첨

2007년(헤이세이 20년) ······ 나시다(62세) 동업자 네기시와 결별. 나시다, 화재를 당함

2009년(헤이세이 21년) …… 나시다(64세) 처음으로 긴세이 호텔
에 투숙(9월 1일). 다카시(23세)

2010년(헤이세이 22년) …… 나시다(65세) 긴세이 호텔에서 장기
체류 시작(1월 20일). 다카시(24세)

2011년(헤이세이 23년) …… 나시다(66세), 다카시와 미나에 결
혼(25세) ※ 동일본 대지진

2012년(헤이세이 24년) …… 긴지 타계(86세)

2013년(헤이세이 25년) …… 미나에 모친 타계(62세)

2015년(헤이세이 27년) …… 나시다(69세), 다카시·미나에(28세)

＊2015년은 1월 기준 연령

완성한 연표를 보고서 미나에의 부모가 스물다섯 살이나
나이 차이가 나는 것이나, 다카시와 미나에의 모친이 같은 나
이고 둘 다 서른다섯 살로 당시 기준으로는 고령 출산이라는
점을 깨달았지만 거기에는 아무 의미도 없을 것 같다. 그리고
새삼 나시다가 파란만장한 인생을 보냈다는 사실에 놀라면서
하다못해 마지막 정도는 평온하게 눈을 감았으면 좋았을 거
라 생각하지 않을 수 없었다. 나시다만큼은 아니지만 야마다
나쓰코와 다카시 모자도 나시다가 저지른 죄의 여파로 힘겹
게 살았으니, 이쪽 역시 나쓰코의 비극적인 최후에 가슴이 아

팠다.

나쓰코는 나시다가 입소한 사이 다른 남자를 만나 아이를 얻었지만, 그녀가 두세 달만 늦게 사고를 당했어도 출소한 나시다를 만나 이야기를 주고받을 수 있었을 텐데, 그마저도 이루어지지 않았다. 운명은 어디까지나 무정하다.

내일 밤 히무라가 오면 이야기할 내용이 많다. 이 연표가 있으면 서로 부담이 훨씬 덜할 것이다. 오늘밤 정리해두길 잘했다. 자기만족에 젖어 있는데 호텔 전화가 울렸다.

"밤늦게 죄송합니다. 지금 바쁘신가요?"

내선으로 전화를 건 사람은 시카우치 마리카였다. 그녀는 어제 도쿄에서 돌아왔는데 얼굴을 마주할 기회가 없었다.

"아니요, 시간은 있습니다. 무슨 일로?"

"혹시 괜찮으면 톱을 들고 그쪽으로 갈까 하는데요."

"저는 괜찮은데 벌써 10시 반이에요. 시카우치 씨야말로 괜찮은가요?"

"괜찮지 않으면 묻지도 않았겠죠."

시시한 대화는 그만하자고 말하고 싶은 눈치였다. 쓴웃음을 지으며 "오셔도 됩니다"라고 대답했다. 시카우치 마리카는 일 분도 지나지 않아 찾아왔다. 가죽으로 된 이등변삼각형 케이스를 어깨에 메고 손에는 토트백을 들고 있었다.

자물쇠 잠긴 남자

"이 방에는 처음 들어와봐요. 주방이 없어서 그런가 조금 아담해서 401호하고는 다른 느낌이네요."

소파를 권했지만 그녀는 1인용 의자에 앉았다. 그편이 악기를 연주하기 편한 것이리라.

"그게 음악 톱인가요?"

"네. 이렇게 생겼어요."

가죽 케이스에서 나온 물건은 어디를 보나 서양식 톱으로 정말 울퉁불퉁한 톱날까지 붙어 있었다. 목공 작업에는 쓸 수 없다고 들었지만 섣불리 다루면 손가락을 베일 것 같다. 이어서 토트백에서 바이올린 활을 꺼내 들었다.

"이상한 시간에 찾아와서 죄송해요. 내일은 아침 일찍 나가야 하고, 아리스가와 씨도 낮에는 바쁠 것 같아서 무심코 전화를 해버렸네요."

관심 있으면 기초 레슨을 받아보라고 내게 말했던 것을 잊지 않고 있다가 짬이 나자 찾아와준 것이다. 그녀는 무릎 사이에 톱 손잡이를 단단히 고정하고 본체를 왼손으로 크게 꺾어 "이런 느낌이에요" 하고 활을 쥐었다. 톱은 반발력이 꽤나 강해 보여 꺾으려면 왼손, 특히 엄지손가락에 상당한 힘이 필요할 것 같았다.

"일단 한 곡 들려주시겠어요?"

내 말이 끝나기도 전에 그녀는 활을 아래에서 위로 밀고 있었다. 수면에 비친 달처럼 아련한 소리를 예상했는데 굳세고 강한 소리가 나왔다. 첫 세 음을 듣고 바로 동요 〈고향〉이라는 걸 알았다. 그런 소박한 선곡도 의외였다.

공기가 진동하는 것뿐인데 마음을 뒤흔든다. 감상적인 연주가 아니라 힘차게 부르는 〈고향〉이다. 절묘한 비브라토 때문인지 아름다운 고향을 그리며 부르는 사람의 모습이 떠올랐다. 나는 물론이고 테이블도, 의자도, 장식품까지도 귀를 기울이는 듯했다.

여운을 물씬 남기며 곡을 끝내고 활을 멈춘 그녀에게 박수를 보냈다.

"가슴을 적시는군요. 식상한 표현이라 죄송합니다만."

"아까 텔레비전에 지진 관련 뉴스가 나왔는데 거기에 이 노래가 나와서 연주해봤어요. 마음처럼 되지는 않네요."

그러더니 또 갑자기 연주를 시작했다. 이번에는 슈베르트의 〈자장가〉였다. 자애로운 어머니가 어린아이를 어르는 이미지가 아니라 정체 모를 장소로 끌려들어가는 몽환적인 연주. 활을 어떻게 쓰는지 고음부에서는 여자가 비명을 지르며 흐느끼고, 저음부에서는 남자가 가련하게 신음한다. 이걸 한밤중에 아이가 들으면 무서워서 울겠다. 그런 생각을 하는데

자물쇠 잠긴 남자

시카우치가 씩 웃었다. '착한 아이'가 아닌 나를 위해 호러판 〈자장가〉를 연주해준 모양이다. 잘못했습니다, 엄마. 더는 말썽부리지 않을 테니 이제 그만! 말썽꾸러기에게 반성을 부르는 효과가 있을 것 같다.

"마음에 드는군요." 박수를 보내자 뿌듯해했다.

"그렇죠? 연주해보시겠어요?"

그녀와 자리를 바꾸어 앉아 똑같이 무릎 사이에 손잡이를 끼웠다. 톱날은 내 쪽으로. 왼손으로 톱 본체를 꺾으려 하는데 상상 이상으로 힘을 줘야 했다.

"빡빡하네요. 엄지손가락 하나로 팔굽혀펴기라도 해서 단련하시나요?"

"그렇게 요란한 훈련은 안 해요. 지나치게 연습하다가 부러지는 사람도 있기는 한 모양이지만."

"네? 왼팔이요?"

"엄지손가락요."

무서운 소리를 듣고 말았지만 극히 드문 경우라고 하니 의식하지 않기로 했다. 말투는 다소 무뚝뚝하지만 그녀는 '처음 배우는 뮤지컬소'를 알기 쉽게 지도해주었다. 톱은 S 자로 꺾어 커브 중간의 한 점을 활로 긁어 소리를 내는데 물론 표시가 있는 게 아니니 정확한 운지점을 찾기가 어려웠다. 한동안은 흉측한 소리만 새어 나왔다. 아무리 처음 잡아보는 초심자라지만 이래서는 체면이 서지 않는다 싶어 초조해하는 순간 절묘한 소리가 났다. 대번에 으쓱해졌다.

"비브라토는 무릎으로 내요. 간단히 말해 다리를 덜덜 떨면 소리가 떨려요."

"아, 되네. 이 소리는 레인가? 도는 어디로 내나요?"

"톱을 꺾는 각도를 조절해서 직접 만들어내는 거예요."

당연히 장난삼아 만져본 정도로 음계를 연주할 수는 없어 절망적인 수준의 음치가 된 기분이었다. 겨우 한 번 배우고 주제넘는 소리를 하자면, 이건 깊이가 있는 악기다.

현악기나 취주악기를 중심으로 소리를 내는 것부터 시작하는 악기는 많다. 그 점에서 내가 지금 하고 있는 조사를 연상했다. 지금까지 지켜봤던 히무라의 필드워크에서는 수사원들이 그러모은 데이터로 진상을 추리했지만 이번에는 그와 달리 데이터를 찾아내는 단계에서 발버둥치고 있다. 연주하기 전에 제대로 된 소리를 내는 것과 비슷하지 않나?

시카우치 마리카는 활에 이어 해머로 하는 연주도 들려주었다. 물론 망치가 아니라 피아노 안쪽에 붙어 있는 현을 때리는 해머. 그걸로 톱의 몸통 부분을 때려 소리를 내며 우치야마다 히로시와 쿨 파이브가 부른 〈나카노시마 블루스〉

를 연주해주었다. 삿포로, 오사카, 나가사키의 나카노시마가 등장하는 세 파트로 구성된 지역색 짙은 가요다. 쇼와 시대의 가요곡은 몇 번 들으면 금세 외울 수 있어 마지막은 살짝 따라 부르고 말았다.

"이걸 나시다 씨에게 들려드리고 싶었는데 후회스러워요. 분명 좋아하셨을 텐데."

시카우치가 톱을 무릎에 얹고 진지한 얼굴로 말했다.

"좋아하셨겠지요. 지금쯤 천국에서 듣고 기뻐하실 겁니다."

"그렇게 생각하는 수밖에 없겠죠."

뮤지컬소 강습은 여기서 끝나고 나시다의 이야기로 화제가 바뀌었다. 지배인의 기적과 내가 오늘 어딘가 멀리 다녀왔다는 사실에서 그녀는 조사에 진전이 있는 것으로 짐작한 모양이다. 제법 날카롭다.

동업자 네기시 사부로가 찾아와 히로시마 시절의 나시다에 대해 이야기해주었다는 사실은 그대로 털어놓았다. 그것만으로도 큰 진전이다. 나시다와 가쓰라기 다카시의 어머니 사이의 관계는 일단 숨겨두었다.

"나시다 씨는 지배인 부부를 정말 좋아했던 건지도 몰라요."

시카우치는 나시다의 히로시마 시절 생활에 대해서는 별말 없이 그렇게 말했다.

"왜 그렇게 생각하십니까?"

"호텔 손님이니 소중하게 대해주는 건 당연하지만 나시다 씨는 그런 대접에 익숙하지 않았겠지요. 그래서 멋대로 가족이라도 된 것처럼 생각하고 여기에 줄곧 머물렀던 거고요. 그뿐인 것 아닐까요?"

그녀가 천장을 가리키기에 왜 저러나 싶어 시선을 들었다.

"이 바로 위가 지배인 부부가 쓰는 방이에요. 이 호텔은 오래되어서 그런지 방음이 잘되어서 이런 시간에 악기를 연주해도 불평을 들은 적이 없지만, 딱딱하고 묵직한 물체를 바닥에 떨어뜨리면 소리가 울려요. 부부끼리 조용히 살아도 가끔은 뭔가를 떨어뜨려 쿵 하는 소리가 나기도 하겠죠. 그런 생활음도 나시다 씨의 고독을 달래주었을 거예요. 호의를 품고 있는 상대가 내는 소리는 듣기 좋거든요."

소리에 착안하는 게 음악가답다. 다카시의 어머니에 대해 이야기하면 거봐요, 역시, 이럴 것 같다.

오카자키에서 돌아온 나는 하나후사 아쓰야에게 들은 이야기를 가쓰라기 부부에게 보고했다. 그의 아버지라고 주장하는 인물이 다카시를 거둬들인 이모 내외를 찾아왔다는 사실, 이모가 그를 쫓아내고 남편과 함께 '다카시를 확실히 지켜주자'고 말했다는 이야기를 듣고 당사자는 가벼운 충격을 받았

자물쇠 잠긴 남자

다. 금시초문이었던 것이다.

"아무도 말해주지 않았어요. 괜한 이야기는 모르는 게 낫다고 생각한 건지, 옛날 일이라 잊어버린 건지…… 알아봐주셔서 감사합니다, 아리스가와 씨."

인사를 받았지만 '초라한 남자'가 누군지 알아낼 단서가 없어, 말마따나 '괜한 이야기'를 전했을 뿐인지도 모른다.

"아리스가와 씨 친구라는 선생님이 오신다면서요." 시카우치가 말했다. "아까 부지배인하고 얘기하다가 들었어요. 가게우라 씨가 이번 일을 부탁한 범죄학자라면서요?"

이미 알고 있나. 시카우치에게도 도움을 구할 일이 있을 테니 미리 소개해두면 수고가 줄어 편할 것 같다.

"예, 내일부터 여기 묵을 겁니다. 히무라 히데오라고, 교토의 에이토 대학 부교수예요. 전공은 범죄사회학입니다."

"범죄가 있었다고 확정된 것도 아닌데 뛰어드는군요. 가게우라 씨하고 어떤 관계인가요?"

"아무 관계도 아닙니다. 가게우라 씨가 히무라의 범죄 수사 능력이 뛰어나다는 말을 듣고 저를 통해 조사를 의뢰했을 뿐입니다."

"범죄학자, 그것도 사회학자인데 사건 수사를 한다고요? 특이하군요."

의심스러워하는 눈치다.

"특이하다는 건 부정하지 못하겠군요. 또 비슷한 질문을 하게 되겠지만 잘 부탁드립니다."

"이 타이밍을 노린 건가요? 모레부터 또 요로즈 씨 부부가 묵으러 온다던데."

그 이야기는 나도 지배인에게 들었다. 인테리어 공사에 큰 하자가 있어 이번 주 내내 새로 고친다고 한다.

"히무라가 이제야 오는 건 내일까지 입시 감독 업무에 매여 있기 때문입니다. 그 이상의 의미는 없지만…… 좋은 타이밍이기는 하네요. 이번 주 안에 히네노야 씨와 쓰유구치 씨도 숙박하러 온다고 했으니."

"단숨에 결론이 나면 좋겠네요. 살인 사건이라면 끔찍하니 자살이었기를 바라요."

그녀는 내뱉듯 말하고 악기를 케이스에 넣다가 뭔가 떠올랐는지 손길을 멈췄다.

"나시다 씨의 요청을 들어드리지 못해서 그런 것도 있지만 또 한 가지 마음에 남는 일이 있어요."

"뭡니까?"

"방에 와서 한 곡 연주해달라는 건 핑계고, 사실은 이야기를 하고 싶었던 게 아닐까 하는 생각이 들어요. 근거는 없지만, 비밀 이야기 같은 걸."

"어째서 그렇게 생각하시죠? 뚜렷한 근거는 없지만 그렇게 느끼게 만드는 기색이라도 있었습니까?"

"제대로 말하지 못하겠어요. 말로 표현하는 데는 프로가 아니라서."

"직감인가요. 그럴싸하게 가다듬은 대답보다 그게 더 정답에 가까울지도 모릅니다. 당신이 그렇게 생각할 만한 뭔가가 있었던 거군요."

뮤지컬소 연주자는 케이스를 어깨에, 토트백은 손에 들고 의자에서 일어났다.

"자의적인 해석일 뿐이니 지금 한 말은 무시하세요."

"잠깐만요. 표현에는 프로도 아마추어도 없습니다. 당신에게 말을 걸었을 때, 나시다 씨는 어딘가 평소와 달랐습니까?"

"사람은 항상 조금씩 평소와 다른 법이에요."

내가 맞장구를 치지 못하고 있자 그녀가 말을 덧붙였다.

"나시다 씨의 호텔 생활은 클라이맥스에 달했던 것 같아요. 어떤 형태로든 막을 내리자, 그렇게 생각한 것 아닐까요? 저수량이 한계에 달해 수문을 열기 직전의 댐. 터지기 전의 댐이랄까. 그런 느낌이 있었어요. 그 사람의 눈은……." 시카우치가 자기 오른쪽 눈을 가리켰다. "줄곧 품어온 비밀을 털어놓을 상대를 찾는 것 같았어요."

여기가 법정이라면 일말의 가치도 없는 애매모호한 증언이지만 그녀가 그런 말을 내게 하는 데는 나름의 이유가 있을 터였다. 실제로 그렇게 직감했거나, 그렇지 않으면…….

"혹시 당신은 나시다 씨의 고백을 들은 것 아닙니까?"

"아니요. 어째서 그렇게 생각하시죠?"

언젠가 밝혀질 어떤 사실에 예방선을 치는 게 아닌가 싶었지만 지나친 생각인가. 나시다가 털어놓은 비밀을 잠자코 덮어두고 싶었다면 터지기 전의 댐 같았다고 의미심장하게 말할 리 없겠지.

"니시와키에 갔을 때 타임머신을 갖고 싶다고 하셨죠. 있다면 언제로 돌아가고 싶습니까?"

"제가 그런 말을 했어요?"

어리둥절한 얼굴이다. 정말 기억 못 하는 눈치였지만 그래도 내 질문에 대답해주었다.

"함께 살았던 남자의 따귀를 때리기 일 초 전요. 겨우 옛날 애인 한 번 만났다고 그렇게 화낼 필요는 없었는데. 헤어지고 넉 달 가까이 지났지만 후회하고 있어요. 미련을 버리지 못하는 제게 너무나 화가 나요. ……편히 쉬세요."

부츠 코를 성큼 치켜들더니 그대로 나갔다.

2월 10일.

느지막이 조식을 마치고 레스토랑을 나오는데 지배인이 불러 세웠다. 침울한 표정으로 보아 좋지 않은 소식이 있는 듯했다. "사실은" 하고 그가 말하길······.

"방금 전 야마자키 노부에 씨의 전화를 받았습니다. '오늘 오후 3시에 저희 집에 오신다고 했는데, 근처에 사는 딸에게 열이 나는 손주를 봐달라는 연락을 받았습니다. 단순한 감기인 것 같으니 내일 아침에는 괜찮아질 겁니다. 그래서 말씀인데, 내일 3시로 약속을 바꿔도 될까요?'라고 하시더군요. 사정이 그러니 알겠다고 했습니다."

"손주가 감기에 걸렸나요. 그건 어쩔 수 없네요."

오늘의 메인이벤트가 사라졌지만 하루 연기되었을 뿐이다. 내일은 히무라도 동행할 수 있으니 오히려 잘됐다고 볼 수도 있다. 하지만 다카시는 오늘이라는 날을 낭비하지 않기 위해 아침부터 어느 인물을 찾기 위해 전화를 걸었다.

"어머니 앨범에는 친해 보이는 친구가 야마자키 씨 외에도 또 한 사람 있었습니다. 구니미 리오코 씨라는 분입니다. 어머니하고 야마자키 씨, 구니미 씨 셋이서 찍은 사진도 두 장 있었습니다."

"예. 구니미 씨 이름도 메모해두었습니다. 야마자키 씨를 만나기로 했으니 어제는 연락을 하지 않았는데. 연락해보셨군요?"

"졸업 앨범에 있던 번호로 전화해보았습니다. 야마자키 씨 현주소는 금방 알아냈는데, 그렇게 쉽게 풀리진 않더군요. 이쪽은 '현재 사용하지 않는 번호입니다'라고 해서 사립 탐정이라도 고용하지 않으면 찾기 어려울 것 같습니다."

"일단 야마자키 씨 이야기를 들어보도록 하죠. 결정적인 정보를 말해준다면 그걸로 충분할 테고, 야마자키 씨와 구니미 씨가 계속 교류하고 있다면 연락처를 알아낼 수 있을지도 몰라요. 오늘은 히무라가 도착할 때까지 얌전히 조사 내용을 되짚어보겠습니다."

나는 일단 유히가오카로 돌아가기로 했다. 매일 호텔에서 세탁은 하고 있지만 속옷 이외의 옷가지를 바꾸고 싶기도 했고 우편물도 확인해야 했다. 돌아가보니 우편함에 대단한 건 없어, 세상에서의 내 왜소한 존재감을 곱씹었다. 튀김우동으로 점심 식사를 때우고 잠시 쉬다가 갈아입을 옷을 몇 벌 가방에 넣어 나카노시마로 돌아가자 오후 3시를 바라보고 있었다.

문을 밀고 호텔에 들어가자마자 프런트 안쪽에서 미나에가 나왔다. 모니터로 내 모습을 보고 나온 것이리라. "괜찮으시면 5층에서 애프터눈 티를 함께 하시지 않겠어요?" 가쓰라기 부부의 사적인 공간에 처음으로 초대받았다.

"실례해도 될까요?"

"누추한 방이라 손님 모시기가 민망하지만요."

매번 사무실 안 응접 공간에서 이야기하는 것도 미안하고, 그렇다고 해서 레스토랑에서 비밀 이야기를 나누기도 어렵다는 이유도 한몫 거든 듯했다.

손님용 엘리베이터는 펜트하우스로 연결되지 않는다. 전에 미나에가 그쪽으로 출입하는 모습을 본 적이 있는데, 사무실 안쪽 문 너머에 종업원 및 화물용으로 튼튼한 대형 엘리베이터가 있어 그걸로 5층에 올라갈 수 있었다. 참고로 숙박객이 이용하는 계단은 5층까지 이어져 있지만 4층에 철문이 있고 평소에는 잠겨 있어 손님은 펜트하우스로 들어갈 수 없다.

엘리베이터가 5층에 도착했다. 타일 바닥에 정면에는 목제 현관문. 미나에가 커다란 여닫이 손잡이를 당기며 "들어가시죠" 하고 권했다. 호텔 안쪽인데 다른 집에 온 듯한 구조라 구두를 벗고 슬리퍼로 갈아 신었다.

"호텔하고 연결된 느낌이 없네요."

"예. 차분하게 생활할 수 있어요."

들어가자마자 아홉 평은 족히 넘을 만한 거실이 나왔다. 당연히 객실과 달리 생활감이 풍기기는 했지만 깔끔하게 정리되어 있었다. 벽에는 해외 명문 호텔을 그린 듯한 그림과 사진이 걸려 있어 이곳에 사는 사람이 얼마나 호텔을 좋아하는지 실감했다. 의자와 테이블, 소파도 캐주얼한 디자인으로 호텔 공간과 대비되어 마음이 놓였다.

권해주는 대로 붉은색과 검은색의 체크무늬 소파에 앉아 실내를 두리번거리고 있는데 다르질링 홍차와 인형 모양의 생강 쿠키가 나왔다. 쿠키는 그녀가 직접 만든 것이리라.

"마침내 히무라 선생님이 오시는군요. 아리스가와 씨 옆방 404호로 모실까 해요."

"방에 차이가 나네요." 그걸로 불평할 남자는 아니지만. "저도 403호 정도로 바꿀까요?"

"귀찮으실 텐데 지금 그대로가 편하지 않으시겠어요? 넓은 방이 있어야 회의하시기도 편할 테고."

수사본부로 사용할 수 있다는 뜻인가. 그건 괜찮지만 내 방이니까 히무라가 흡연은 바로 환기하면 될 정도로 자제해주면 좋겠다.

"지배인도 곧 올라올 겁니다. 아리스가와 씨가 돌아오시면 차를 대접하겠다고 말해놓았거든요."

다카시가 없는 곳에서 하고 싶은 이야기가 있다면 지금이 기회라고 재촉하는 듯했다. 모처럼 만들어준 기회니 활용해야겠지.

"니시다 씨와 어머님이 연인 사이였다는 사실을 알고 다카시 씨는 어떻게 생각하셨을까요? 일단 놀라셨을 테고, 이어서 복잡한 감정이 복받쳤겠지요. 새삼 돌아가신 니시다 씨에게 비애나 연민을 느꼈다거나, 반대로 지금까지는 없었던 혐오감을 느꼈다거나."

맞은편 옆 의자에 앉은 미나에는 어젯밤 여기서 남편과 나눈 대화를 재현해주었다. 이러한 내용이었다.

"이미 인연이 끊긴 여자가 남긴 아이 곁에서 사는 심리를 이해할 수 없어. 게다가 매달 적지 않은 숙박비까지 내면서. 그런 짓을 한들 뭐가 재미있다고."

다카시는 연방 고개를 갸웃거렸다. 미나에도 통 짐작이 가지 않았다.

"나를 관찰했던 걸까?"

그렇게 말하자마자 다카시의 표정이 험악해졌다. 자기 발상에 일말의 현실성을 느낀 것이다.

"당신을 관찰해서 뭘 어쩌려고?"

"나시다 씨가 내 아버지가 어떤 사람이었는지 꼭 알아내고 싶었다면……. 대답해줄 사람은 어디에도 없지만 만약 그가 아직 살아 있다면 친아들을 만나러 올지도 모르잖아. 그런 생각으로, 말하자면 내 옆에서 감시를 하고 있었던 것 아닐까?"

"그런 불확실한 기대가 오 년이나 지속될까?"

"기대할 만한 이유가 있었던 거야. 아니, 이유는 없었더라도 달리 방도가 없어서 미미한 가능성에 매달렸다고 볼 수도 있지."

"엄청난 집념이네. 상대 남성을 찾아내서 어쩔 작정이었을까?"

"설마 복수할 생각은 아니었겠지만……. 어머니와의 관계에 대해서나, 궁금한 점이 있었던 것 아닐까? 일흔을 앞두고 자기 반생을 정리하려고……."

"'일흔을 앞두고'라니, 나시다 씨는 예순다섯 살 때부터 여기 묵으셨잖아."

"그럼 '환갑이 넘어서'로 바꿀게. 억지스러운 가설일까?"

"응. 당신을 관찰할 목적이었다면 그렇게 열심히 봉사 활동에 참가해 호텔을 비울 리 없잖아."

"그도 그러네."

풀이 꺾인 남편에게 이번에는 아내가 다그쳤다.

"나시다 씨가 어머님의 옛 연인이었다는 거, 당신은 정말 몰랐어?"

다카시는 그런 질문을 받을 줄은 예상도 못 했던 듯했다.

"물론이지! 왜 그런 걸 물어?"

"지난 오 년 동안 어디선가 그 점에 대해 나시다 씨에게 들은 적이 없었나 싶었을 뿐이야."

"들었다면 당연히 당신에게 말했겠지. 우리 어머니가 과거에 죄를 저지른 것도 아닌데 왜 숨기겠어?"

"응. 하지만 '굳이 말할 필요 없나' 하고 잠자코 있었을지도 모르잖아?"

"맹세코 그런 적 없어. 결혼할 때 부부 사이에 비밀은 만들지 않겠다고 약속했잖아. 지금도 잘 지키고 있어."

"당신이 둔해서 모르는 거고 나시다 씨는 넌지시 알리려 했을 가능성도…… 미안, 화났어?"

"아니, 그게 무슨 화낼 일이라고." 다카시의 눈은 웃고 있었다. "유감스럽지만 이제 와서 보니 그때 나시다 씨는 에둘러서 속을 내비쳤던 거구나, 하고 짐작 가는 구석조차 없습니다, 사모님."

"알겠습니다. 이상한 소리는 이제 안 할게."

"당신이 호텔 경영 관리를 장악하고 있어서 다행이야. 그렇지 않았다면 불온한 상상을 했을지도 모르잖아. '우리 남편이 나시다 씨에게 약점을 잡혔던 건 아닐까? 시어머님의 과거에 얽힌 뭔가를 빌미로 시달려서, 매달 돈을 뜯기고 있었던 건지도 몰라. 통장에 흔적이 남지 않도록 현금으로 지불했다면 알 길이 없어'라거나."

농담에도 정도가 있다. 미나에는 남편을 타일렀다.

"그런 건 생각만으로도 어머님께 실례야. 나시다 씨가 갈취꾼일 리도 없고. 형사 놀이는 이제 그만하자."

"그러네." 다카시는 머리를 긁적였다.

미나에는 지금 앉은 의자에, 다카시는 지금 나처럼 소파에 앉아 나눈 대화였다고 한다.

"오늘 야마자키 노부에라는 분을 만나길 남편도 기대하고 있었어요. 기대 반, 불안 반이겠죠." 미나에가 말했다. "어떤 이야기가 튀어나올지 모르니까요. 자기가 모르는 어머니의 옛날이야기를 들을 수 있는 건 기쁘지만 나시다 씨와 얽힌 유쾌하지 않은 이야기를 들을지도 모른다는 걱정도 있을 거예요. 이게 마지막이겠지요."

"마지막이라니요?"

"아리스가와 씨가 니시와키에서 삼십 년 전에 있었던 일을 알아내고, 히로시마에서 네기시 씨가 찾아오시기도 했지만 더이상은 과거를 밝혀낼 단서가 없어 보여요. 나시다 씨를 잘 아시던 분이 '그쪽 호텔에서 사망한 남자의 친구입니다. 신문을 보고 놀랐습니다'라고 연락할 것 같지도 않고요. 그러니 야마자키 씨에게 들을 이야기가 마지막이 되겠지요."

굳게 닫힌 나시다 미노루라는 문. 그 자물쇠를 풀기 위해 몇 개나 되는 열쇠를 구멍에 꽂아보고 이건 아니네, 이것도 아니네, 하고 내던졌다. 남은 열쇠는 마지막 하나뿐이다.

"어머나."

현관문이 열리는 소리에 미나에가 일어섰다. 다카시가 올라온 것이다.

"먼저 들어왔습니다."

"어서 오세요. 펜트하우스라고 하면 대부호의 성처럼 들리지만 저희 호텔은 보시다시피 소박합니다. 아, 괜찮으니 앉아있어. 내가 할게."

다카시는 가뿐한 몸놀림으로 주방에서 홍차를 끓였다. 손님 앞에서 좋은 남편을 연기하는 게 아니라 이게 본모습이리라. 나시다의 죽음을 둘러싼 조사에 관해서는 부부 사이에 미묘하게 의견 차이가 있는 모양이지만 그걸로 분위기가 어색해진 것 같지는 않다.

"야마자키 씨를 만난 적은 없지만……." 다카시가 찻잔을 들고 말했다. "어머니가 밤에 길게 통화하셨던 건 어렴풋이 기억합니다. 아니, 떠올랐다고 할까요. '노부 짱'이라고 불렀던 것 같습니다. 야마자키 씨에게 하소연이라도 했던 거겠지요. 심각한 전화는 아니었는지 많이 웃으셨어요. 제가 대여섯 살 때였는데, 친구인가 본데 통화가 하도 길어 언제 끝나나 서운하기도 했습니다."

상대는 야마자키 노부였다고 생각하는 게 자연스러울 것이다.

"장례식에도 와주셨을 텐데 거기서 어머니 친구분을 만난 기억은 없습니다. 자리를 지켰던 게 이모라 그랬겠지요."

상대는 이제 와서 나쓰코의 아들이 전화를 했으니 깜짝 놀랐을 것이다. 무슨 일인가 의아해하고 있을지도 모른다.

"내일부터 요로즈 내외분도 오신다면서요. 히네노야 씨하고 쓰유구치 씨는 예약하셨습니까?"

미나에가 대답했다.

"요로즈 씨 댁은 공사에 하자가 있었다고 해서 경황이 없으신 모양이에요. 두 분은 내일 밤부터 묵을 예정이고, 히네노야 씨하고 쓰유구치 씨는 모레 오십니다."

"쓰유구치 씨가 이쪽에 오시는 이유는 알겠는데 히네노야 씨 쪽은 잘 이해가 안 갑니다. 그분, 어지간히 집에 계시기 거북한 걸까요?"

무심코 묻고 말았지만 이 두 사람이 단골 고객의 사생활을 경솔하게 말해줄 리도 없고 그쪽 사정은 애초에 알려고 하지도 않았으리라. 나시다 문제와 상관없는 일로 무례한 탐색은 자제하기로 했다.

"히네노야 씨는 오래전부터 이 호텔이 신경쓰였다고 하시더군요. 그래서 훌쩍 묵으러 오셨던 게 첫 인연입니다. 작은 호텔이나 여관을 좋아하시는 것 같아요."

히네노야 이야기는 그만 접어두어도 되는데 미나에가 문제없는 선에서 이야기를 꺼냈다.

"예약하셨을 때 히네노야日根野谷라고 메모해두었더니 지배인이 히네노日根野 씨와 다니谷 씨라는 두 사람으로 착각할 뻔했어요. 히네노야는 오사카에 비교적 많은 성이라고 하더군요."

그런가? 오사카에 쭉 살고 있는데 나도 지금 알았다.

"히무라 선생님은 오후 9시쯤 체크인하신다고 들었습니다." 다카시가 말했다. "오늘은 저녁 식사를 마치고 오신다던데, 내일 밤은 두 분 다 코멧에서 드시지요."

"고맙습니다. 그럼 그렇게."

만반의 태세를 갖추고 맞이하려는 모양이다.

"아리스가와 씨와 동갑이라니 젊은 부교수님이시네요. 보나마나 우수하시겠지요?"

미나에가 말했다. 치켜세워서 기대가 커지면 히무라도 곤란하겠지만 그렇다고 본인 대신 겸손을 떨 상황도 아니다.

"예, 뭐. 경찰의 신뢰도 두텁습니다. 무뚝뚝하긴 하지만 요구 사항이 있으면 확실하게 말하는 타입이니 너무 신경쓰지 마세요."

"방이나 식사에 주의할 점은 있나요?"

"딱히 없을 겁니다. 아아, 한 가지. 뜨거운 걸 못 마시니 커피는 미지근하게 내주셔도 됩니다."

"알겠습니다." 미나에가 웃었다. 까다로운 손님은 아닌 것 같다고 받아들였으리라. 그녀는 바로 표정을 가다듬고 말했다.

"오늘밤은 그대로 쉬시겠지만, 저희에게 질문할 게 있으면 염려 말고 말씀해주세요. 401호도 보여드리겠습니다."

"선생님께서 원하신다면 말입니다. 시험 감독으로 피곤하실 테니 오늘밤은 푹 쉬시는 게 좋겠지요."

다카시가 덧붙였다. 미나에는 "그러네" 하고 남편에게 동의했지만 마음이 급해 보였다.

더 물을 것도 없어 "잘 마셨습니다" 하고 일어나기로 했다.

다카시도 쉬러 왔을 테니 내가 오래 머물면 불편할 줄 알았는데, 홍차만 마시고 다시 호텔로 돌아간다고 했다.

먼저 구두를 신고 현관 앞에서 다카시가 나오길 기다리는데 거기에 눈길이 멈췄다. 긴세이 호텔에 머문 지 오늘로 딱 일주일째인데, 지금까지는 그걸 볼 기회가 없었다.

어떻게 된 거지?

"저……."

"예?"

물어보려다가 자중했다.

"아니, 아무것도 아닙니다. 방 열쇠를 잃어버린 줄 알았는데 주머니에 있었습니다."

커다란 표식이 달린 열쇠를 주머니에 넣어놓고 잃어버렸다고 허둥댈 리 있나. 내가 봐도 유치한 연기였지만 다카시는 상큼한 미소를 지었다.

"찾으셨다니 다행입니다. 방으로 돌아가시는 거면 계단을 이용하시겠어요?"

그편이 빠르지만 계단실 열쇠를 여닫는 수고가 생기니 엘리베이터를 이용해 1층으로 내려가기로 했다. 희미한 기계음과 함께 내려가면서, 나는 방금 전 목격한 광경의 의미를 열심히 고민하고 있었다.

수사라는 이름의 주사위 놀이는 오늘 '1회 휴식'이었는데, 한 발 전진해 이상한 칸에서 멈추었다. 이제 곧 찾아올 히무라에게 이 일을 문자로 알리기로 했다.

8

밖에서 저녁 식사를 마치고 9시 전에 돌아와 프런트에서 다카히라에게 열쇠를 받았다. 히무라는 아직 도착하지 않은 모양이다.

나시다가 성묘를 다녔다는 정보를 알려준 덕에 중대한 사실이 드러났지만, 다카히라에게는 따로 알리지 않았고 지배인 부부도 잠자코 있다. 그 일은 덮어두었습니다, 하고 넌지시 내비치자 프런트 담당은 안도하는 기색이었다.

라운지 소파에 앉아 책장에서 꺼낸 세계의 호텔 사진집을 보다 보니 삼십 분이 훌쩍 지났다. 늦는 모양인데 방에 가서 기다릴까, 하는 찰나 히무라 히데오가 여행 가방을 들고 들어왔다. 어두운 색조의 양복 위에 검은 트렌치코트. 빨간 줄무늬 넥타이를 여전히 느슨하게 메고 강림하셨다. 저기에 넥타이만 검은색이면 올드패션드 살인 청부업자라고 해도 믿겠다. 시험 감독으로 일하고 온 대학 교수지만.

자물쇠 잠긴 남자

자리에서 일어나 관엽식물 위로 고개를 내밀자 히무라는 바로 나를 알아보고 오른손을 들었다. 기다렸지, 라는 뜻이다.

"드디어 오셨군, 선생."

원군은 기쁜 법이다. 탐정으로서의 그의 수완을 듣고 가게 우라가 조사를 의뢰했으니 원군이 아니라 본진이라고 해야 하나. 나는 척후병에 지나지 않았을지도 모르지만 나름대로 노력했다.

"거북이처럼 느릿느릿 굼뜬 등장이라 미안하군. 내가 할 일은 아직 남아 있어?"

"확실하게 남아 있어."

재빨리 지배인 부부가 안에서 나와 정중히 탐정을 맞이했다. 히무라는 "신세를 지겠습니다"라고 짧게 말하고 체크인 수속을 마쳤다.

"방에서 한숨 돌린 다음 잠시 이야기를 나눠도 되겠습니까?" 그가 부부에게 말했다. "나시다 씨가 묵었던 방도 볼 수 있다면."

오늘밤은 편히 쉬고 내일부터 조사할 생각은 없는 모양이다. 나는 내 방을 제공하기로 했다. 그러면 가쓰라기 부부와 이야기한 뒤에 바로 401호를 볼 수 있다. 히무라는 "그럼 그러지"라고 바로 결정했다.

둘이서 엘리베이터를 타고 4층으로 가면서 주거니 받거니.

"대학에서 바로 달려왔을 텐데 저녁은 먹었어?"

"도중에 대충 때웠어. 네가 보낸 문자는 봤어. 상당히 전진, 아니 상승했어."

"그러면 다행인데. 천장에 머리를 쿵 부딪히고 막다른 곳이 나올까 봐……."

"그럼 확 뚫고 천장 위로 나가면 되지. 머리 좀 박았다고 끝나는 건 아니야."

"오오, 연일 시험 감독 노릇으로 녹초가 됐을 줄 알았는데 왜 이리 팔팔해?"

"네가 전화에 문자로 문제를 마구 보내는데 좀이 안 쑤시겠어?"

"천생 탐정이야, 넌."

그의 눈은 형형히 빛나고 있었다.

4층에 도착하자 좌우로 갈라져 각자의 방으로 들어갔다. 나는 넷이서 대화하기 편하게 의자 위치를 옮기고 배우들이 모이길 기다렸다. 정확히 십오 분 뒤, 히무라와 가쓰라기 부부가 차례로 찾아왔다. 히무라는 부부에게 소파를 권하고 자기는 다른 의자에 앉았다. 남은 팔걸이의자가 내 자리가 되었다.

"아리스가와가 연락해줘서 지금까지의 경위는 파악하고

있습니다." 범죄학자는 그렇게 물꼬를 텄다. "아리스가와가 여기에 와서 조사를 시작했을 때보다 나시다 씨에 대한 정보는 크게 늘었습니다. 그걸 염두에 두고도 역시 나시다 씨의 죽음은 자살이 아니라고 생각하십니까?"

바로 "예"라고 대답한 것은 미나였다. "그럴지도 모릅니다"라는 다카시의 대답은 그보다 조금 늦었다. 가장 핵심이 되는 자살인가 아닌가 하는 의문은 내가 여기 왔을 때와 변한 게 없다. 다카시는 어머니와 고인의 접점을 어떻게 해석해야 할지 몰라 점점 더 당혹스러워하는 눈치였다.

"나시다 씨의 인상은 어땠는지 말씀해주십시오."

그런 건 내가 이미 보고했는데, 히무라는 그들이 직접 설명하는 이야기를 듣고 싶었으리라. 이 탐정은 지금 여기서 중요한 정보를 입수하려는 게 아니라 면담으로 가쓰라기 부부가 어떤 사람인지 알아내려는 모양이다. 그래서 나는 의자에 기대 긴장감 없이 세 사람의 대화를 관찰했다. 부부가 각자 오 분가량 들여 이야기한 내용은 역시나 다 아는 내용들이었다.

올해 들어 나시다는 심기가 좋았다고 했다. 그 이유를 히무라는 진지하게 궁금해했지만 부부에게서는 아무 단서도 끌어내지 못했다. "그렇습니까" 하고 유감스럽다는 듯이 머리를 긁적인 히무라가 목소리를 낮추어 말했다.

"아리스가와가 여기 묵으면서 조사하는 동안 나시다 씨의 숨겨진 얼굴이 조금씩 드러나기 시작했습니다. 오 년이나 가까이 계셨던 두 분께는 놀라움을 금치 못할 사실도 많았을 겁니다. 하지만 정말 놀라운 사실은 이제부터 드러날지도 모릅니다. 위협처럼 들린다면 실례. 그게 어떤 건지, 아직 저는 짐작도 가지 않습니다."

미나에가 평소보다 더 촉촉한 눈으로 말했다.

"여기까지 왔으니 가령 그게 어떤 것이라 해도 꼭 진실을 알고 싶습니다. 나시다 씨가 시어머님과 가까운 사이였다는 걸 알고 나니 그런 마음은 더 강해졌습니다. 그렇지?"

아내가 동의를 구하자 다카시는 서슴없이 끄덕였지만 표정에는 어딘가 그늘이 있어, 정체를 알 수 없는 진실에 불안을 품고 있는 것처럼 보였다.

"나시다 씨가 계셨던 방을 보여주십시오."

다 함께 401호 앞으로 가서, 다카시가 문을 열었다.

검은 실크 장갑을 낀 범죄학자가 천천히 스위트룸을 살펴보는 동안 우리 세 사람은 거실 벽에 붙어 있었다. 부부는 히무라의 일거수일투족을 주시하며 흥미로워하는 것 같기도 했다. 책상 서랍을 확인할 때, 내내 입을 다물고 있던 히무라가 한 가지 질문을 던졌다.

"편지지를 몇 장 사용한 흔적이 있군. 어딘가에 편지를 보냈을까요?"

부부는 모른다고 했다. 그에게 오는 우편물은 프런트에서 받으니 눈여겨본다 해도 보내는 것까지는 모르는 게 당연하다.

히무라는 장갑을 낀 채로 편지지가 몇 장 남아 있는지 살펴보고 "열하나"라고 중얼거렸다.

"스무 장짜리 묶음에서 아홉 장이 사라졌습니다. 객실 담당은 체크했겠지요?"

"예." 다카시가 대답했다. "남은 매수가 절반 이하로 떨어지면 새걸로 보충합니다. 열한 장 남아 있는 경우라면 그대로 둡니다."

별똥별 그림과 함께 긴세이 호텔 로고가 들어있는 편지지다. 서랍에는 같은 디자인의 봉투도 두 장 들어 있었다. 큼직해서 편지지 아홉 장도 거뜬히 들어갈 것 같다. 아홉 장이라면 상당히 긴 편지인데.

"객실에 상비되어 있는 봉투는 항상 두 장입니까?"

히무라의 질문에 다카시는 직립 부동 자세로 대답했다.

"아니요, 세 장입니다. 이것도 한 장이 남아야 새로 보충합니다."

"편지지와 봉투는 언제 사용한 걸까요. 담당 직원에게 물어봐주셨으면 합니다만."

"내일 물어보겠습니다만…… 대답할 수 있을지는 모르겠습니다. 나시다 씨가 자주 편지를 쓰는 손님이었다면 신경을 썼겠지만."

"모른다면 어쩔 수 없지요."

히무라는 전기스탠드를 켜고 편지지를 빛에 비추어 보다가 서랍에 도로 넣었다.

그리고 앨범을 훑어보고, 창가로 가서 커튼을 조사하고, 시신이 누워 있던 부근의 카펫은 무릎을 꿇고 살펴보았다. 대단한 행동을 한 건 아닌데 미나에가 가벼운 탄식을 흘렸다. 엄숙한 의식을 지켜보는 기분이었는지도 모른다.

거기서 다카시가 방 열쇠와 책상 열쇠가 달린 키홀더를 히무라에게 내밀었다.

"앞으로도 필요하면 이곳을 보셔야 할 테니 선생님께 열쇠를 맡기겠습니다. ……처음부터 아리스가와 씨에게 드릴걸 그랬네요. 그만 생각이 미치지 못했습니다."

그런 일로 마음 상하지는 않는다. 아마도 중요한 건 가급적 맡고 싶지 않습니다, 라는 무언의 메시지를 내가 보냈으리라.

거실로 돌아온 히무라는 팔걸이의자 부근 카펫에서 거무스름한 얼룩을 발견했다. 아주 작은 흔적이라 지금껏 전혀 의식

자물쇠 잠긴 남자

하지 못했던 얼룩이다. 히무라가 안주머니에서 펜라이트를 꺼내 비추자 검붉은색을 띤 게 핏자국처럼 보이기도 했다.

"이건 뭘까요. 알고 계셨습니까?"

"예." 부부가 동시에 대답했다. 미나에가 설명했다.

"경찰이 조사한 바로는 초콜릿이라고 합니다. 나시다 씨는 방에 난방을 틀고 차가운 간식을 드시는 걸 좋아하셨습니다. 특히 초콜릿을 씌운 아이스크림을 좋아하셔서 몇 개씩 미리 사두셨을 정도였어요."

"이 방은 나시다 씨가 돌아가신 뒤로 청소하지 않았지요?"

"예. 경찰 수사가 한차례 끝난 뒤에도 제 판단으로 청소는 시키지 않았습니다. 혹시나 자살이 아니라 사건으로 판명되었을 때를 위해 보존해두었습니다."

"경의를 표하고 싶을 정도로 현명한 판단입니다."

나시다 사후 그대로 보존해두었다는 냉장고를 보니 아니나 다를까 냉동실에 아이스크림이 두 개 있었다. 아무 편의점에서나 팔 듯한 제품이다. 팔걸이의자에 앉아 좋아하는 간식을 먹다가 초콜릿이 녹아 바닥에 떨어진 것이리라.

히무라는 욕실과 화장실을 살펴본 다음 옷장 속을 조사했는데, 뭔가를 만지작거리며 우리 쪽을 돌아보았다. 손에 든 것은 나시다가 애용했던 사냥모였다. 볼록하게 솟은 꼭지가 타원형을 이루는 모나코 헌팅캡이다.

"앨범에 붙어 있던 최근 사진에서도 이걸 쓰고 계셨지요. 너무 작을지도 모르지만 지배인께서 한번 써봐주시겠습니까? 나시다 씨처럼."

히무라가 쓱 내민 모자를 다카시는 반쯤 반사적으로 받아들고 진지한 표정으로 머리에 얹었다. 히무라는 옷장 문을 열고 거울을 보여주었다.

"이런 느낌인데…… 이게 무슨 문제라도 있습니까?"

그 말에는 대답하지 않고 주문을 덧붙였다.

"조금 더 깊이 써보십시오. ……아아, 좋습니다. 예, 됐습니다."

의아해하는 다카시의 머리에서 모자를 휙 낚아채 옷장에 넣었다. 이유도 밝히지 않는 무례한 행동에 나는 내심 철렁했다.

"선생님, 지금 그건 무슨 실험입니까?"

"나시다 씨가 어떤 분이었는지 살펴볼 단서입니다. 도와주셔서 고맙습니다."

점쟁이도 아니고 그런 걸로 나시다의 인물상을 알아낼 수 있을 리가. 뭔가 의도가 있어서 한 행동일 테지만 이 자리에서는 묻지 않기로 했다. 히무라는 계속 옷장을 보면서 나시다가 사망했을 때의 복장을 궁금해했다.

"오른쪽 끝에 걸려 있는 스웨터와 와이셔츠, 바지를 입고 계셨습니다." 미나에가 대답했다. "경찰이 돌려준 걸 빨지 않고 그대로 두었습니다. 세탁하면 소중한 증거가 사라질 것 같아서."

"그 또한 대단히 현명한 판단이군요."

히무라는 일부러 고개를 돌려 말하더니 옷걸이에 걸린 옷가지 세 점을 꺼내 테이블 위에 펼쳐놓고 바닥에 무릎을 꿇어 조사했다. 나도 그 옆에 웅크리고 앉아 그의 손가락과 시선을 좇았다. 우선 다갈색 래글런 스웨터.

"자세히 보면 여기 한쪽 면에 카펫 섬유가 붙어 있지. 알겠어? ……등 쪽에는 없어."

히무라의 말을 듣고 시선을 집중하니 루페를 쓰지 않아도 가까스로 보였다.

"시신은 엎드린 상태로 발견되었으니 이상할 건 없잖아?"

"확인하는 거야."

와이셔츠 가슴께에도 남색 카펫 섬유의 잔재가 붙어 있는 것을 확인한 다음 히무라는 바지를 꼼꼼히 조사했다. 주머니는 비어 있어 실오라기 하나 없었다. 스웨터와 달리 이쪽에는 카펫 섬유가 거의 붙어 있지 않았는데, 히무라는 대신 뭔가를 발견했는지 왼쪽 정강이 부분의 한 점에 얼굴을 들이대더니 그대로 멈추었다.

"왜 그래?"

"초콜릿색 얼룩이 희미하게 있어. 위에서 아래로 쓸어내린 듯한 흔적이야."

어디, 하고 들여다보니 그런 흔적이 있었다.

"아까 초코 아이스크림이 녹아서 떨어진 자국이겠지. 작은 얼룩이지만 이게 혈흔이었다면 경찰이 놓칠 리 없어."

"그래, 맞아. 이것도 피가 흐른 흔적은 아니야."

나시다는 목을 매고 죽었는데 혈흔에 집착하는 게 이상했지만 단순히 유혈 흔적이 없었는지 확인하는 것뿐인지도 모른다.

히무라가 확인을 마친 스웨터, 와이셔츠, 바지를 옷걸이에 걸어 옷장에 돌려놓았을 때, 미나에가 말했다.

"양말하고 슬리퍼도 보시겠어요? 아래쪽 구석에 있을 거예요. 소품 상자에는 손목시계도."

"돌아가셨을 때 나시다 씨는 손목시계를 차고 계셨군요?"

히무라는 그 사실에 주목했다.

"예. 요즘은 손목시계를 차지 않는 분도 많지만 휴대전화 같은 기기와 인연이 없었던 나시다 씨에게는 필수품이었던 것 같습니다."

"저는 밖에서 돌아오면 바로 손목시계를 풉니다만, 나시다 씨는 그렇지 않았다?"

"자기 전에 푸는 타입이셨을 겁니다. 방에 계실 때 용건이 있어 찾아뵌 적이 몇 번 있는데 항상 손목시계를 차고 계셨던 기억이 있습니다."

손목시계를 보고 "벌써 시간이 이렇게 되었군요"라는 대화를 주고받은 적이 있어 기억한다고 했다.

"자살이라면 손목시계를 풀어놓았을 거라고 생각하십니까?"

양말과 슬리퍼를 확인하는 히무라에게 다카시가 물었다.

"아니요, 그렇게 단정할 수는 없습니다. 평소에 차지 않는 사람이 차고 있었다면 이상하겠지만."

손목시계는 흔한 세이코 제품으로, 내 눈에는 기껏해야 이만 엔 안쪽의 물건으로 보였다. 금속제 벨트 틈에 가루 같은 게 묻어 있어 신경쓰였는데 범죄학자의 말로는 "지문을 채취한 흔적이겠지"라고 했다.

"나시다 씨는 어느 쪽 손을 쓰셨습니까?"

히무라가 누구에게랄 것 없이 묻자 미나에가 재빨리 "오른손입니다"라고 대답했다. 손목시계를 어느 쪽 손목에 찼는지까지 확인하고 싶은 건가?

조사를 끝마친 히무라는 부부에게 정중히 인사를 했다. 오늘밤은 이걸로 족하다고.

"내일부터도 도움을 구할 일이 많을 텐데 잘 부탁드립니다. 저희는 조금 더 여기 있겠습니다."

부부는 "그럼" 하고 방에서 나갔다. 히무라가 오자마자 휘둘리는 것 같아 다소 미안했다.

9

"자."

정작 범죄학자는 태연한 기색이었다. 거실 한복판에 서서 허리에 두 손을 얹고 실내를 천천히 둘러보고 있다.

"어때, 아리스. 네가 여기서 목을 맨다면 어쩌겠어?"

이거 또 재수없는 질문을 하시는군, 하고 생각하면서도 미스터리 작가로서 항의할 수도 없다. 농담이 아니라 수사의 일환일 테니 진지하게 대답했다.

"밧줄을 걸 수 있는 천장 대들보가 없으니 비정형 액사를 고를 수밖에 없겠지. 나시다 씨하고 똑같은 형태를 취하든지, 아니면…… 문손잡이인가. 아주 튼튼해 보여."

"나도 그럴 것 같아. 목을 맬 생각이라면 이 방 어디에 있어도 눈에 들어오는 저 손잡이는 번쩍번쩍 빛나 보였을 거야. 물론 손잡이에 밧줄을 걸지 않았다고 자살이 아니라고 할 수는 없지만."

무슨 말을 하려는지 알겠다.

"자살로 위장한 타살이라면 손잡이는 쓰기 어렵겠지. 범인이 방에서 나갈 때 피해자의 시체가 거치적거려."

"그렇지? 하지만 그런 상황을 아무리 늘어놔도 타살을 뒷받침할 결정적인 증거는 되지 않아. 발견자가 너무 놀라지 않도록 안쪽 방에서 죽음을 선택했다거나 문가보다 깨끗한 침실을 선택했다고 반론하면 반박할 수 없어."

"그렇다면…… 글쎄, 어쩌지?"

히무라가 소파에 앉는 것을 보고 나는 팔걸이의자에 앉았다.

"내일 오전 9시 반에 덴마 경찰서에 가서 이 문제에 대한 조사 자료를 전부 살펴봐야겠어. 시게오카 경사에게는 이미 부탁해놨어."

"준비가 철저한데. 야마자키 노부에를 찾아가기 전에 그런 예정을 세웠단 말이야? 역시 본진은 다르네."

"본진?"

"아니, 아무것도 아니야."

히무라는 나라는 척후병의 보고를 궁금해했지만 그전에 든고 싶은 대답이 있었다.

"편지지 아홉 장과 봉투 한 장이 사라진 건 몰랐어. 거기에 어떤 의미가 있어?"

"나시다가 어딘가에 편지를 써서 보냈다. 혹은 편지 이외의 내용을 적어 봉투에 넣었다. 둘 중 하나겠지. 전자라면 어디 사는 누구에게 보냈는지 이제는 조사할 길이 없어. 후자역시⋯⋯."

"조사할 방도가 없네."

"그래. 하지만 상상해볼 수는 있지. ⋯⋯가령, 유언장."

갑자기 자살설로 기울었나 했더니 아니었다.

"유서는 자살하는 사람만 쓰는 게 아니야. 언젠가 다가올 자신의 죽음 이후에 뭘 어떻게 처분해주길 바라는지 심신이 건강할 때 적어두는 거니까, 나시다처럼 거액의 예금을 가지고 있었다면 쓰지 않는 게 더 부자연스럽겠지."

"건강할 때 호텔 편지지에 적어서 호텔 봉투에 넣어두었다고?"

긴세이 호텔을 마지막 보금자리로 정했다면 그곳 편지지를 쓴 건 심정적으로 이해가 가지만⋯⋯.

"정말 유언장을 썼을까?"

"단정할 수는 없어. 남아 있는 가장 위쪽 편지지에 자국이 있을까 싶어 빛에 비춰 보았지만 아무것도 없었어. 딱딱한 받침을 깔고 필압이 없는 필기구로 작성한 모양이야."

"유언장이었다고 가정하면 그건 어디 간 거야? 이 방 어디에서도 찾지 못했는데."

"그렇게 소중한 걸 쓰레기로 착각해 버렸을 리는 없으니 생각해볼 수 있는 가능성은 첫 번째, 나시다가 자기 뜻으로 파기했다. 두 번째, 범인이 가지고 갔다. 두 번째 경우는 말할 것도 없이 그의 죽음이 타살이라고 전제해야 성립해."

"타살이었다면 범인은 왜 유언장을 가지고 간 거야?"

"지금 시점에서는 그 내용이 범인에게 불리해서 그랬다고 상상해볼 수밖에 없지."

"이해가 안 가네." 나는 웃음이 나왔다. "그럼 이런 건가? 포경 활동을 반대하는 단체에 막대한 유산을 기부하려는 나시다에게 분노한 고래 고기 애호가 범인이 그를 살해하고 유언을 어둠 속에 묻어버렸다. 살인 사건의 동기로는 너무 광적이잖아?"

"넌 지금까지 내 필드워크에 몇 번이나 동행해 광적인 사건을 몇 건이나 경험했잖아. 물론 그런 이유만으로 굳이 사람을 죽였다고 생각하긴 어렵지."

승복하기 어려운 점은 그것만이 아니다.

"나시다 미노루는 '나니모 나시다' 씨였고, 미스터 미스터 리였어. 그런 사람이 이억 엔이 넘는 유산을 가지고 있었다는 사실과 그걸 어떤 식으로 처분하려고 했다는 걸 범인은 어떻게 알았을까?"

"우연히 알았다고밖에 말 못 하겠군."

아무리 히무라라도 당장 대답할 수 있을 리 없다. 짓궂은 추궁은 그만두고 마음에 걸렸던 다른 문제를 물어보았다. 나시다의 사냥모를 다카시에게 씌운 이유다.

"설명해주지."

히무라는 자리에서 일어나 옷장에서 문제의 모자를 꺼내왔다. 그리고 내게 안쪽을 보여주었다.

"지배인의 모발이 필요했거든. 봐, 여기 있지. 여기에도. 모근이 제대로 붙어 있는 게 세 가닥 있어. 하나로도 충분한데, 훌륭한 성과군. 나중에 보존용 봉투에 넣어 경찰에 감정을 의뢰할 거야."

"DNA 감정……. 그런가."

약 여섯 시간 전, 내가 보낸 문자를 보고 다카시의 모발을 채취할 생각을 한 것이다.

"내게 속보를 보내줬잖아. 가쓰라기 부부의 방에 들어갔을 때 다카시의 새끼발가락이 유난히 긴 것을 보았다고."

양말 위로 보았을 뿐이지만 일반적이지 않았다. 저래서는 기성품 구두를 못 신지 않을까 싶을 정도였다.

"나시다의 사후 검안 조서에 적혀 있었지. '선천적으로 양쪽 다섯 번째 발가락이 길다.' 단순한 우연일 가능성도 제로는 아니지만 주목하지 않을 수 없을 정도로 신체적 특징이 일치해."

그렇다, 그래서 그의 새끼발가락을 보았을 때 나는 내심 흥분했다. 히무라가 오기 전에 공을 세우진 못했지만, 거기로 이어질 중대한 발견을 한 게 아닐까?

"알아차렸을 때 흥분했지?"

"솔직히, 조금."

"아마 나시다도 그랬을 거야. 왜, 가쓰라기 부부의 방에 초대받아 욕조 배수 상태가 나쁜 걸 와이어로 고쳐주었을 때 말이야."

별 의미 없는 사소한 일이라고 생각하면서도 나는 히무라에게도 보고했다.

─ 물이 빠져서 저희 부부가 기뻐하자 나시다 씨도 어찌나 기쁜 표정을 지으시던지. 노래라도 부를 것처럼 흥겹게 오늘은 좋은 날이라고 웃으시며 차를 드셨습니다. 이상하게도 저희가 좋은 일을 한 것처럼 착각할 정도였지요.

다카시는 그렇게 말했다.

"욕실에서 욕조가 막혀서 씨름하고 있었으니 다카시는 맨발로 작업하고 있었겠지. 거기서 나시다는 본 거야, 다카시가 자기하고 같은 신체적 특징을 갖고 있다는 걸. 공중목욕탕에서 그런 인물을 보면 잠깐 놀라고 말겠지만, 나시다는 눈치챘던 것 아닐까? '노래라도 부를 것처럼 흥겨워'했다고? 사실은 다카시의 손을 잡고 춤이라도 추고 싶었을지 몰라. '너와 난 피가 이어져 있다. 너는 나와 한핏줄이다!' 하고 펄쩍펄쩍 뛰면서."

"……히무라."

오한이 들어 나는 그를 제지했다.

"너, 아까부터 침실 쪽을 보면서 얘기하는데. 저쪽 방에서 '예, 그렇습니다' 하는 대답을 기대하는 것처럼. 오싹하니까 그만해."

"할아버지가 들려주는 괴담에 벌벌 떠는 어린애야? 왜 그래, 아리스? 나는 침실 쪽을 보고 말한 적……."

"무의식 중에 그러고 있다니까. 네가 강경한 무신론자에 유령이나 귀신, 도깨비의 존재도 믿지 않는다는 건 아니까…… 몸 좀 이쪽으로 돌려."

어깨를 으쓱 움츠리는 히무라는 오랜만에 보았다.

"지배인의 모발로 DNA 감정을 해서 나시다와 혈연관계 유무를 알아보려는 거지? 경찰이 해줄까?"

"다카시에게 사정을 설명하고 동의서를 받고 모발을 제공받으면 좋았겠지만 비장의 카드로 쓰고 싶어서 그런 수단을 취했어. 경찰은 싫어할지도 모르지만 설득할 거야."

"비장의 카드라고 해도, 어쩌면 다카시 본인은 자기와 나시다의 혈연관계를 눈치챘을지도 몰라."

"그럴 리는 없어."

"단언할 수 있어?"

"물론. 나시다와 혈연이 있다는 걸 알았다면 스스로 말했을 거야. 유일한 혈육이라면 이억 이천만 엔이나 되는 유산을 상속할 수 있으니까. 두 눈 멀쩡히 뜨고 그 권리를 포기할 리는 없어. 하물며 이 호텔이 재정적으로 어려운 시기에."

"흠, 맞는 말이네."

기회를 보아 말하려 했다는 건 너무 꼬인 생각이겠지.

"네 말대로 '너는 나와 한핏줄이다!'라는 건 우연한 만남이 아니라 나시다가 탐색 끝에 얻은 결과겠지. 하지만 그 발견에 한없이 기뻐한 뒤에 나시다는 딱히 다른 행동을 취하지 않았어. 유산상속인을 찾은 걸로 만족한 걸까?" 의문점은 더 있다. "나시다는 천애 고아 처지였어. 형제자매도 없었으니 가쓰라기 다카시가 조카일리도 없어. 혈연인 건 그렇다 쳐, 구체적으로 두 사람은 어떤 관계란 거야?"

"앞으로 조사해서 밝혀낼 거야. 그의 부모는 아담과 이브가 아니야. 계보를 더듬어가면 먼 친척이 현존할 테고, 형제자매가 없다는 것도 호적상 그럴 뿐이지 사실은 있을지도 몰라."

"거기까지 조사할 능력이 우리한테 있을까? 개인 정보 보호가 엄격한 요즘 시대에 어려울 텐데."

나시다에게 호적에 실리지 않은 형이나 남동생이 있었다고 가정하자. 그 남자는 나시다가 형무소에 들어가 있는 동안 야마다 나쓰코와 육체관계를 맺어 다카시를 얻은 셈이 된다. 어떤 경위로 그렇게 되었든 나시다로서는 유쾌하지 않은 상황이었으리라. 다카시가 자기 조카라는 사실을 알았을 경우 '너는 나와 한핏줄이다!' 하며 환희했을 턱도 없다.

야마다 나쓰코와 사랑을 맹세한 게 자기 아닌 다른 남자였어도 진심으로 기뻐할 수 있는 인물이었을까? 입장을 바꿔 생각해봤지만 어떤 사람이 그럴 수 있을지 영 모르겠다. 나라면 상대 남자를 원망할 테고, 그렇게 된 게 내 탓이라고 체념한다 해도 태어난 아이에게 애정은 느끼지 못할 것이다. 사랑한 여성의 분신이라도 불가능하다.

"이 나선계단은 아무리 올라가도 끝이 안 보이네. 끝없이 이어지면 차라리 낫지만, 이러다가 두 갈래로 갈라지는 것 아니야?"

시시한 투정에도 아랑곳없이 히무라는 방 어딘가를 바라보며 침묵하고 있었다.

"이런 조사는 처음이야." 이윽고 그가 말했다. "우리는 언제나 경찰이 살인 사건 소식을 알려주면 수사에 참여했지. 혹은 우연히 살인 현장에 있었을 때 수사에 뛰어들었어. 그런데 이번 경우는 달라. 자살인지도, 타살인지도 모를 죽음의 진상을 찾기 위해 먼저 피해자를 이해하려고 애쓰고 있어. 현장에 들어오기 전부터 네 리포트를 보고 들으며 나도 줄곧 생각하고 있었어. 필드워크에 임하면 언제나 피해자에게 깊은 관심을 기울여왔다고 생각했지만 이렇게 죽은 자를 똑바로 마주한 기억은 없어."

밤이 깊어 오늘이 끝나가고 있었다. 0시가 되면 2월 11일인가, 하고 생각하니 마음이 3·11로 날아갔다.

지진이나 쓰나미로 희생자가 몇 명만 나와도 큰 재해인데 오 년 전 삼월이나 이십 년 전 일월에 발생한 지진의 피해는 그 규모가 너무 커서, 죽은 사람들의 이름보다도 숫자가 폭력적으로 다가와 생명의 무상함마저 느낄 정도였다. 우리는 죽은 이들을 기리고, 애도하고, 기억이 얼마나 소중한지 새삼스럽게 깨닫고 살아남은 자로서 세월을 버티고 있다. 죽은 이는 돌아오지 않지만 그들을 위해 산 사람이 할 수 있는 일이 있다. 그저 기도만 하는 게 아니라 죽음을 가져온 대상을 분석하고, 같은 재난을 입었을 때 얼마나 피해를 줄일 수 있는지 고민하는 것도 우리의 역할이다. 해야 할 일은 많다.

나시다 미노루의 죽음을 마주한 히무라와 내가 할 수 있는 일은, 탐정이 되어 알아내는 것. 그런다고 이 세상에서 살인을 근절할 수는 없지만 죽은 이를 기리고, 애도하고, 기억하는 실마리는 되리라.

"조사 노트를 만들었다면서?" 히무라가 내 감회를 끊었다. "그걸 보면서 지난 열흘간 네가 알아낸 사실을 자세히 들려줘. 경위를 보고해주긴 했지만, 복습이야."

그렇다면 402호로 이동해야지.

"형사 놀이의 성과를 이제야 말할 수 있겠네. 뭐든 물어봐. 이 순간을 기다렸어."

401호에서 나가기 전에 히무라가 나를 보고 말했다.

"형사 놀이란 말로는 부족할 정도로, 넌 정말 열심히 애썼어."

제6장
그 정체

1

2월 11일.

호텔에서 살면서 일찍 자고 일찍 일어나는 생활을 하다 보니 7시에는 일어나 샤워를 했다. 가방을 메고 아침 식사를 하러 레스토랑으로 내려가니 히무라는 이미 창가 자리에 앉아서 내가 추천하지도 않았는데 알아서 죽을 먹고 있었다.

"아까 부지배인에게 인사했을 때 이걸 먹어보라고 하더군. 상당히 괜찮은데. 점심, 저녁은 프렌치인데 아침에는 이런 게 나오다니."

어찌나 좋아하던지, 다른 호텔에서는 물기가 많아 질척하기만 한 음식을 먹느라 고역이었다고 하더니 거기서 그치지 않고 묻지도 않았는데 재료를 면밀히 관찰해 전날 남은 식재료를 얼마나 합리적으로 활용했는지 설명해주었다. 필드워크를 하러 와놓고 이 호텔 분위기에 긴장이 탁 풀린 것 같았다. 위풍당당하게 등장한 어제와는 너무 딴판이라 '어이, 괜찮은 거야?' 하고 생각하고 말았다.

"니와 씨하고는 죽 말고 또 어떤 얘기를 했어?"

"삼 분쯤 서서 이야기를 나눈 것뿐이라 정말 인사 정도야. 강인하고 충직한 가신 같은 인상이더군. 아니, 조금 더 격이 높은 중신인가. 젊은 주군과 공주님을 굳건히 모시겠다는 마음이 배어 나오는 것 같았어. 다른 손님들 눈에 띄지 않는 기둥 뒤에서 '부디 잘 부탁드립니다'라고 고개를 숙이더군."

"어차피 경찰 말대로 자살이니 적당히 조사를 마무리해달라고 바라는 기색은 배어나지 않았고?"

"긴세이 호텔에 대한 강한 애정을 호소한 건 '이쯤에서 막을 내려달라'는 완곡한 메시지였을지도 모르지만 이제 막 여기에 온 내가 '그럼 그러겠습니다'라고 할 리는 없지. '당신도 조사하는 시늉은 하고 나서 결론을 내보시지'라는 게 그의 본심일지도. 네 탐정 활동은 높이 평가하던데. 아무것도 알아내지 못할 줄 알았는데 나시다가 지배인의 돌아가신 어머니와 연결되어 있었다는 사실을 밝혀내서 깜짝 놀라더군."

자물쇠 잠긴 남자

"당연히 그러겠지. 히무라 선생님께서도 인정해주셨으니."

높이 평가하니 더욱 분투해주길 바라는가 하면 그 반대로, 니와는 이제 만족하지 않았느냐고 말하고 싶은 모양이다. 아무리 새로운 사실을 찾아내도 나시다의 죽음이 자살이 아니라고 부정할 수 없으니 나 역시 자랑할 처지는 아니다. 본업까지 내던지고 조사하던 내가 기권하기 전에 히무라가 달려왔으니 니와는 내심 혀를 차고 싶은 심정이 아닐까?

식사를 마치고 그대로 호텔을 나서서 내 차로 덴마 경찰서를 찾아갔다. 시게오카가 어떤 얼굴로 맞이해줄지 궁금했는데, 이게 의외로 좋았다. 함박웃음으로 살갑게 굴지는 않았지만 중요한 용건에 응해주려는 자세가 엿보였다. 소문의 히무라 히데오 부교수를 만나게 되어 그런 줄 알았더니 나시다의 자살설 재검토에 대해서 서장도 큰 관심을 보이고 있다고 했다.

"지금이라면 아직 되돌릴 수 있으니, 저희는 수사 궤도 수정도 두렵지 않습니다. 해야 할 일을 할 따름입니다."

경사는 듬직하게 말하더니 범죄학자의 참전에 환영의 뜻을 밝혔다. 그것만으로는 설명이 부족했는지 이렇게 덧붙였다.

"솔직히 말씀드리자면 긴세이 호텔에 오 년이나 머물렀던 연고 없는 손님이 거액의 돈을 지닌 채로 수수께끼의 죽음을 맞이했다는 사실이 어느 주간지에 흘러들어가, 문의가 들어왔습니다. 대중의 호기심을 자극하는 사안이니 큰 기사로 다룰지도 모릅니다."

설마 경찰을 채찍질하려고 가게우라가 제보한 건 아니겠지, 하는 생각도 했지만 그건 아니고 신문사 계열 주간지가 사회부 기자의 취재를 주워듣고 관심을 보이는 것 같았다. 타살이었을 경우에 대비해 경찰은 가능성을 열어두고 대응하고 싶은 것이리라.

자료가 준비되어 있는 회의실로 들어가자 히무라는 냉큼 부검 소견서부터 훑어보았다. 나는 그 옆에 앉아 가쓰라기 부부를 포함한 참고인들의 진술서를 읽었는데 딱히 새로운 발견은 없었다. 페이지를 넘기는 메마른 소리만 조용한 실내에 삼십 분쯤 이어졌다.

새로운 큰 발견은 없겠지, 하며 고개를 드는데 히무라가 자료를 노려보고 있었다. 그 시선 끝을 들여다보려고 엉거주춤 일어서다가 히무라와 눈이 마주쳤다.

"왜 그래?"

"아니, 같은 부분을 열심히 읽는 것 같아서 뭔가 있나 하고."

히무라는 자료 파일을 내 쪽으로 밀었다. 현장 잔류 지문이 기록된 페이지였다.

"여기야."

히무라가 가리키는 부분을 읽어보니 나시다의 손목시계에 지문이 묻어 있지 않았다는 내용뿐, 중요한 의미가 있을 것 같지는 않았다.

"손목시계 지문이 왜……."

물어보려는데 시게오카가 문을 열었다. 그의 뒤에 또 한 명, 낯익은 얼굴이 있다. 반짝거리는 천연 스킨헤드, 말할 것 없이 오사카 부 경찰 본부의 후나비키 경감이다.

"고생 많으십니다, 선생님들."

복부가 특히 두둑한 체격 좋은 경감이 회의실로 들어오는 모습은 마치 마을 씨름판에 들어서는 장사 같았다. 몇 달 만에 만나는데 그사이 또 체중이 늘어난 게 아닐까? '우미보즈◆'라는 별명이 '호테이 님◆◆'으로 바뀌지 않을까 걱정이다.

후나비키가 온다는 소식은 히무라도 듣지 못했던 모양이다.

"오실 줄 몰랐습니다. 어쩐 일입니까, 경감님?"

"어쩌긴요, 겸사겸사 일을 만들어 히무라 선생님과 아리스가와 선생님이 어쩌고 계신가 보러 왔지요. 명색이 오사카 부

◆ 바다에서 풍랑을 일으키고 선박을 파괴하는 대머리 요괴.

◆◆ 당나라 말기에 실존했던 승려 설차가 모델로 흔히 커다란 자루를 들고 있는 배불뚝이로 묘사되며 일본에서는 칠복신 중 하나로 모신다.

경府警인데 두 분께 까다로운 문제를 내던지고 모르는 척할 수야 없지요. 관리관◆도 주목하고 있습니다. 선생님들이시니 다짜고짜 나서서 저희 체면을 짓밟지는 않으시겠지만 결과적으로 그렇게 될 수도 있으니."

히무라가 조사에 뛰어들었다는 소식을 듣고 본부도 한가로이 구경할 수는 없게 된 모양이지만, 지금까지는 나 혼자 움직였다. 내가 오사카 부경을 뒤흔든 듯한 착각이 들었다.

"뭔가 파악한 사실이 있으면 알려주시겠습니까? 일단 정보를 공유하고, 저희가 할 수 있는 일이 있다면 뭐든지 하겠습니다. 원래 저희가 할 일이니까요."

경감과 시게오카는 우리 맞은편 의자에 앉았다.

"저는 어제까지 시험 감독을 하느라 아리스가와 혼자 조사를 했습니다. 밝혀진 사실을 본인에게 들어보도록 하지요. 시작하실까요, 아리스가와 형사님."

갑작스러운 명령에 당황하면서도 나는 노트를 참고하며 조사한 내용을 순서대로 보고했다. 네기시 사부로를 데려왔을 때 시게오카에게는 말했지만 삼십 년 전에 나시다 미노루가 일으킨 사건의 전말과 그후 그가 보낸 인생에 대해 후나비키

◆ 일본 경찰 본부 관직의 하나로 관할서에 수사 본부가 설치될 때 진두지휘를 맡는다.

자물쇠 잠긴 남자

가 진지한 표정으로 경청하기에 마치 진짜 형사가 된 기분이었다. 나시다가 가쓰라기 다카시의 돌아가신 어머니의 연인이었고, 죽을 때까지 기일에 성묘를 다녔다는 사실에 형사들이 놀라는 모습을 보니 기뻤다. "그뿐만이 아닙니다" 하고 다카시의 새끼발가락에 나시다와 같은 특징이 있다는 사실을 알리자 경사는 어깨를 축 늘어뜨렸다.

"대단하십니다. 그 호텔에 묵으며 그런 것까지 혼자 조사했단 말입니까? 현직 형사 저리 가라군요."

"훌륭합니다." 후나비키도 말했다. "용케 거기까지 알아내셨군요. 나시다가 시오야에 성묘를 다녔다는 사실을 경찰에 말하지 않은 프런트 담당 다카히라는 괘씸하지만 정보의 중대성을 몰랐을 테고, 호텔리어로서 손님을 미행했다고 말하기 어려웠겠지요. 아리스가와 씨의 인덕과 열의가 그 정보를 끌어낸 겁니다. 세상에, 히무라 선생님도 없이 아리스가와 씨가 여기까지…… 아니, 정말 대단합니다."

경감이 무심코 하려던 말은 너그럽게 흘려듣고 "여러모로 행운이 따랐습니다"라고 겸손하게 마무리했다. 그사이 히무라는 계속 고개를 숙이고 자료를 되읽고 있었는데 내 이야기가 끝나자마자 주머니에서 투명한 봉투를 꺼냈다.

"여기에 든 건 가쓰라기 다카시의 모발입니다. 그와 나시다가 혈연관계라는 사실을 증명하기 위해 DNA 감정을 부탁드려도 되겠습니까? 수사에도 중요하지만 나시다의 유산상속도 얽힌 문제입니다."

"임의로 제출한 겁니까?"

경감은 역시 그 점을 등한시하지 않았다.

"아니요, 본인이 썼던 모자에서 채취한 겁니다. 입회인의 적격 요건을 갖춘 아리스가와가 그 자리에 있었지만 애초에 제가 경찰관도 아니고, 발견 상황을 사진으로 찍어놓지도 않았으니 증거 능력은 없는 물건입니다. 마음이 급해서 그만 저질러버렸습니다. 나중에 경찰관이 정식 절차를 밟아 가쓰라기 다카시에게 모발을 제출받기로 하고, 일단 이걸 감정해주실 수 없겠습니까?"

그만 저질러버렸습니다, 라는 표현이 어리광처럼 들려 지금이라도 그를 말리고 싶었지만 이미 늦었다. 후나비키는 비닐 봉투를 들고 이중턱을 삼중턱으로 만들며 끄덕였다.

"해주시는 거지요?"

"과학수사연구소에 맡기겠습니다. 만약 나시다와 혈연관계라는 결과가 나오면 그때는 정식으로 본인에게 임의 제출서를 받고 증거를 새로 채취하도록 하지요."

경감은 히무라를 안도시킨 다음에 말했다.

"하지만 어떤 감정 결과가 나오든 나시다 미노루의 죽음이 자살이었는지 타살이었는지는 모르는 상태군요. 가장 중요한 그 점을 선생님은 어떻게 보고 계십니까?"

여기서 범죄학자는 주저하지 않았다.

"아마도 타살일 겁니다."

2

"허어. 그렇게 생각하시는 근거는 뭡니까?"

문손잡이에 태슬을 걸지 않았다는 점을 말할 줄 알았는데 히무라는 스마트폰을 꺼내 어느 사진을 열어 후나비키와 시게오카 앞으로 돌려서 내밀었다. 나시다의 바지에 묻어 있던 얼룩 사진이었다. 어젯밤은 눈으로 보기만 했으니 오늘 아침에 찍은 것이리라. 바지 왼쪽 정강이 부분임을 알 수 있도록 촬영한 사진도 있었다.

"해상도에 한계가 있어 선명하지는 않지만 이걸로 설명할 수 있을 겁니다."

"그것만으로요?"

"아닙니다, 이것도 보실까요?"

이어서 화면에 나타난 것은 카펫에 묻은 초콜릿 얼룩이었다. 그 자국이 팔걸이의자 옆에 있었다는 사실을 말로 전한 다음 나시다가 입고 있던 스웨터 사진도 보여주었다.

"스웨터 사진은 아무래도 잘 보이지 않는군요. 앞쪽에는 카펫 섬유가 묻어 있었지만 등 쪽에는 그런 흔적이 전혀 없습니다."

"흐음." 고개를 끄덕거리는 경감 옆에서 시게오카는 눈썹을 찌푸리고 있었다. 그런 것에 무슨 의미가 있는지 의심스러운 눈치다. 미리 듣지 못한 나도 히무라가 무슨 말을 하려는지 짐작이 가지 않았다.

"카펫에 묻은 얼룩은 혈흔처럼 보이기도 하지만 초콜릿이라는 사실이 감정으로 판명되었습니다. 그렇지요?" 여기서 시게오카의 동의를 구했다. "나시다는 사망 전, 난방이 도는 방에서 그가 좋아하는 초콜릿으로 코팅된 아이스크림을 먹고 있었던 듯합니다."

"죽기 직전에 말입니까?" 후나비키가 물었다.

"부검 소견으로는 거기까지 알 수 없지만 고려할 필요는 없습니다. 어쨌거나 나시다가 따뜻한 방에서 먹던 아이스크림에서 초콜릿이 흘렀거나, 조각이 바닥에 떨어져 녹았습니다."

경감의 두 번째 "흐음".

"거기까지는 아시겠지요? 하지만 초콜릿이 녹아 떨어졌든

　　　　　　　　　　　　　　　　자물쇠 잠긴 남자

조각이 날아갔든, 그것이 나시다가 입고 있던 바지 왼쪽 정강이에 묻는 건 부자연스럽습니다."

경감은 이 말에 승복하지 않았다. 어떤 모습으로 먹고 있었는지 모르니 그럴 수도 있다는 것이었다.

"의자에 기대 아이스크림을 먹을 때 흔히 하는 실수는 녹은 아이스크림이 셔츠 가슴께에 떨어지는 경우입니다. 상체를 일으킨 경우에는 허벅지에. 정강이에 떨어지는 경우는 거의 없습니다. 하물며 오른손잡이인 사람이 왼쪽 정강이를 더럽히는 경우는 생각하기 어렵습니다."

팔걸이의자에 딸린 발받침에 다리를 뻗고 있었다면 정강이가 멀어지니 더더욱 불가능한 일이다.

"선생님 말씀은 알겠습니다."

"어째서 바지 왼쪽 정강이에 초콜릿 얼룩이 묻었을까요? 위에서 아래로 쓸어내린 듯한 흔적이던데."

"바닥에 떨어뜨린 무언가를 주우려다 바지를 더럽힌 것 아닐까요?"

"아닐 겁니다. 무릎이라면 그럴 수도 있겠지만 정강이니까요."

"왜지? 선생님 추리를 듣는 게 빠르겠습니다."

나도 답이 궁금했지만 히무라는 실컷 애를 태워놓고는 이야기를 다른 방향으로 돌렸다. 무슨 생각인지 자료 파일을 끌어당겨 현장 잔류 지문 페이지를 펼쳤다.

"아까 이걸 보고 떠오른 생각이 있습니다. 나시다의 손목시계에서는 지문이 검출되지 않았지요. 잘 알아봐주셨습니다."

후나비키와 시게오카가 내게 슬쩍 눈길을 던졌지만 눈을 안 마주치려 애썼다. 노 아이디어니까.

"저는 이렇게 생각했습니다." 히무라가 말했다. "그저 무릎을 꿇은 것만으로는 바지 정강이에 초콜릿 얼룩은 묻지 않는다. 나시다는 바닥에 엎드린 자세로 누웠을 겁니다. 장난으로 드러누운 게 아니라, 누군가 수면제로 의식을 빼앗고 통나무처럼 굴린 겁니다."

"누가 수면제로 재웠다면 나시다 타살설을 채용하시는 거군요. 일단 그 타살설의 근거를 듣고 싶은데……."

부교수는 후나비키의 말을 제지했다.

"전제 없이 타살로 가정하고 말씀드리니 잠시만 들어주십시오. 범인이 나시다를 바닥에 떨어뜨린 건 당연히 축 늘어진 그를 끌어안아 침실로 옮기는 것보다 끌고 가는 편이 편했기 때문입니다. 힘이 약한 범인이라면 그럴 수밖에 없을 테고, 튼튼한 남자라 해도 수고를 덜려 했을 겁니다. 나시다의 몸을 끌었을 때 바지 정강이 부분에 카펫의 얼룩이 쓸려서 초콜릿

자물쇠 잠긴 남자

이 묻었습니다. 방금 전 사진으로 보여드린 위에서 아래로 쓸린 흔적과 맞아떨어집니다."

성별도 확실치 않은 검은 그림자가 나시다를 질질 끌고 가는 광경을 상상했다. 후나비키와 시게오카도 머릿속에 그 장면을 그리고 있으리라.

"그리고 거실에서 침실로. 이것만으로도 고약한 짓이지만 범인이 잔인함을 발휘하는 건 이제부터입니다. 나시다의 몸이 침대와 평행을 이루도록 한 뒤에 커튼 태슬을 풀어 놋쇠 기둥에 묶고 끝에 고리를 만들었습니다. 그리고 나시다의 목을 고리 속에 집어넣고 중력이 그의 경부를 압박해 죽음에 이를 때까지 지켜보았습니다."

"그렇게 생각하면 바지 왼쪽 정강이에 묻은 얼룩은 일단 설명이 되는군요." 경감은 그 점에 대해서는 인정했다. "그렇지만 일단 그렇다는 거지, 반드시 그랬다고 생각하기는 어렵습니다만."

"후나비키 씨의 의문에는 답해드릴 수 있습니다. 여기서 지문이 묻어 있지 않은 손목시계를 근거로 들겠습니다. 손목시계에 누구의 지문도 묻어 있지 않았던 이유는 무엇일까요?"

"이유를 물어보셔도……."

후나비키는 뭐라 말하려다 입을 다물었다. 그와 동시에 나도, 그리고 아마 시게오카도 범죄학자가 하려는 말을 눈치챘으리라.

"오른손잡이였던 나시다는 평소 왼쪽 손목에 시계를 찼고 침대에 들기 전까지 풀지 않았다고 합니다. 원래 그런 습관이 있었는지도 모르고, 호텔이 으레 그렇듯 그 스위트룸 벽에는 큰 시계가 없었으니 언제나 바로 시간을 알 수 있도록 깨어 있는 동안에는 항상 손목시계를 차고 있었던 건지도 모릅니다. 왼쪽 손목에 손목시계를 차려면 반드시 오른손을 써야 하니 오른손의 지문이 묻어야 합니다. 그런데 나시다가 사망 당시 차고 있던 손목시계에는 오른손은커녕 왼손 지문조차 남아 있지 않았습니다. 어째서 그런 일이 벌어졌는가, 생각해볼 수 있는 이유는 두 가지밖에 없습니다. 누군가가 싹 닦아냈거나, 혹은 장갑을 낀 손으로 쥐어서 지문이 지워졌거나."

"그 누군가가 범인이란 말씀이지요?" 경감이 물었다. "손목시계에 나시다의 지문이 없는 건 확실히 이상하지만 범인이 왜 손목시계의 지문을 닦아냈는지 모르겠군요. 범인이 있었다고 가정하고, 그자는 어째서 손목시계의 지문을 지운 겁니까?"

"자기 지문을 남기지 않기 위해서입니다. 범인은 나시다의 손목시계를 만졌습니다. 상황으로 추리하면 그 자리에서 본

자물쇠 잠긴 남자

것처럼 뻔하지 않습니까?"

상황이라면 바지에 초콜릿 얼룩이 있었다는 점과, 스웨터 앞쪽에만 카펫 섬유가 묻어 있었다는 두 가지 사실이리라. 거기서 도출되는 결론은 범인이 의식을 잃고 엎드려 있는 나시다를 거실에서 침실까지 끌고 갔다는 것.

"범인은 나시다의 팔을 잡고 끌고 갔을까? 아니면 다리를 잡았을까? 바지 얼룩이 위에서 아래로 쏠린 사실로 보아 다리가 위로 가 있을 리는 없습니다. 애초에 두 발목을 잡고 끌었다면 정강이가 허공에 떠서 바지에 초콜릿이 묻지 않았겠지요. 두 팔을 잡았던 겁니다. 그저 침실로 옮기면 끝나는 게 아니라 침대에 바짝 붙여 눕혀야 했으니 대충 한쪽 팔만 잡아끌었을 리는 없습니다. 두 손으로 단단히 나시다의 양쪽 손목을 붙잡았기 때문에 범인은 나시다가 차고 있던 손목시계를 만질 수밖에 없었습니다. 그래서 장갑을 끼고 일을 저질렀거나, 사후에 지문을 닦아낼 필요가 있었던 겁니다."

처음 시게오카를 만났을 때, 나는 당당하게 말했다.

―자살인지 타살인지 고민하다가는 꼼짝도 못 하겠어요. 그러니 발상을 전환해 일단 나시다 미노루 씨의 죽음이 타살이었다고 추정하겠습니다.

그것도 하나의 방법론이라고 믿으면서 막상 조사에 착수한 다음에는 '역시 자살이었을까? 타살이라는 증거가 나오지 않아. 뭘 조사하면 되지?' 하고 헤매기만 했을 뿐 철저하지 못했다. 히무라처럼 실천했어야 했다.

"손목시계에 지문이 없었다는 사실이 타살임을 말해준다는 건가요. 그런 생각은 미처 못 했습니다." 시게오카가 말했다. "선생님은 어제 호텔에 들어가 바로 그 추리에 이른 겁니까?"

본인을 대신해 내가 대답했다.

"히무라는 현장을 이십 분 정도 본 게 다였습니다."

경사는 소문으로 듣던 것 이상의 탐정이라고 감복한 눈치였다.

"역시 히무라 선생님이십니다. 하지만……."

후나비키는 멜빵에 양쪽 집게손가락을 걸고 슬며시 웃고 있었다.

"바지 얼룩은 어쩌다 초콜릿이 묻은 손으로 만진 흔적일지도 모르고, 실수로 넘어져 바닥의 얼룩이 묻었을 수도 있습니다. 손목시계에 지문이 없었던 것도 뭐가 묻어서 나시다가 직접 손수건으로 닦아서 그렇다고 볼 수도 있습니다."

바닥의 초콜릿 얼룩에도 쓸린 흔적이 있었으니 나시다가 만져서 묻은 자국이 아니고, 아무것도 없는 곳에서 나시다가 실수로 넘어졌을 리도 없다. 히무라의 가설은 충분히 설득력이 있고, 손목시계에 뭐가 묻었다고 손수건으로 꼼꼼히 닦아 내는 게 더 부자연스럽다고 생각하지만 경감은 굳이 엄격한 입장을 취한 것이리라. 이 굳건한 반론에 히무라는 다시 반론하지는 않았다.

"경감님 말씀대로 제가 한 말은 개연성의 문제에 지나지 않습니다. 그래서 단정을 피하고 '아마도 타살입니다'라고 말한 겁니다. 그래도 자살설을 어느 정도 흔들었다고 생각합니다만."

"예, 그야 물론. 나시다에게 자살 동기가 없다는 점이나 현장에 수면제 약봉지가 없었다는 점과 대조하면 자살설은 휘청거리는군요. 또 알아내신 점은 없습니까?"

그 질문에 히무라는 호텔에 상비된 편지지 아홉 장과 봉투 한 장이 사라졌다는 사실을 알렸다.

"어딘가에 편지를 보냈을지도 모르지만 유언을 남겼을 가능성도 있습니다. 자살에 이르는 심경을 면면히 적은 게 아니라, 유산 처분 방법을 기록한 극히 일반적인 유언장일 겁니다. 그게 현장에서 사라진 건 나시다를 살해한 범인의 소행이 아닐까요? 우연한 기회에 범인은 유언장의 내용을 알게 되었고, 자기에게 불리하거나 불이익이 생기는 걸 참을 수 없어 범행에 이르렀다고 생각해볼 수도 있습니다."

"유산 처분 방법이 범인에게 불이익을 주는 내용이었다는 말씀입니까?"

시게오카가 고개를 쑥 내밀고 물었다.

"꼭 금전적인 문제라는 법은 없습니다. 나시다 씨가 지난날을 회고하며 쓴 사실이나 감상 속에 범인의 살의를 자극하는 무언가가 있었다고 볼 수도 있습니다. 어떤 내용이었는지 궁금하지만 유서가 정말 있었다면 이미 범인이 파기했겠지요."

"그렇다면 범인을 잡아 물어보는 수밖에 없겠군요." 경감이 콧김을 씩씩거렸다. "자살이었습니다, 라는 말로 끝낼 수 없게 되었습니다. 본부로 돌아가 당장 이쪽 수사에 인원을 보낼 수 있도록 과장님께 말씀드리겠습니다. 시게오카 씨, 당신도 서장님께……."

"예에. 타살 의혹을 간과할 수 없다는 점을 설명드리고 저만이라도 전담으로 수사하게 해달라고 하겠습니다!"

주간지 문의도 영향을 미쳤겠지만 이리하여 히무라는 긴세이 호텔에 오자마자 오사카 부경을 움직였다. 눈부신 솜씨였지만 정작 히무라는 입을 다문 채로 별 감흥 없는 기색이었다.

점심 식사를 마치고 나카노시마로 돌아가서 나카노시마 다이 빌딩 1층의 카페 레스토랑 '마루후쿠 커피점'으로 친구를 데려갔다. 나카노시마 3가 재개발에 맞춰 생긴 고층 빌딩으로 8층까지 저층부는 네오로마네스크 양식으로 장식되어 있다. 바로 옆에 있는 다이 빌딩도 새 건물이지만 저층부는 과거의 인테리어를 이어받았다. 인도가 떠오르는 이국 정취가 물씬 나는 섬세한 디자인은 지나가는 사람의 발길을 붙드는 힘이 있어, 재건축을 발표했을 때 나는 "설마 그걸 부수는 건 아니겠지. 설마" 하고 염려했을 정도다.

오사카에는 근대 건축물이 많이 남아 있다고도 하지만 견해는 엇갈린다. 많은 건축물이 공습을 피했지만 효율을 최우선으로 따진 재개발로 사라진 게 적지 않다. 나카노시마뿐만 아니라 오사카 시의 상징 중 하나이기도 한 중앙공회당조차 1970년대에는 재건축 계획에 올라 시민들의 반대 운동으로 간신히 존속했을 정도다.

히무라가 이 '섬'에 오면 여기를 좋아할 거라는 예상대로 넉넉한 흡연석에 만족스러워하는 기색이었다. 섬세한 내 보조에 고마워하길.

"유리 감옥을 준비해놓고 '이런 자리라도 괜찮다면 피워'라고 하는 가게가 많은 요즘 시대에 고마운 곳이군."

"커피도 느긋하게 음미해. 나는 집에서도 여기 아이스커피를 즐겨 마셔."

주문한 블렌드 커피를 음미하더니 "오사카에서만 팔아?"라고 묻는데 거기까지는 모른다.

"후나비키 씨를 만날 줄은 몰랐어. 의욕이 생긴 모양이니 잘된 것 아니야?"

히무라는 오늘 몇 대째인지 모를 카멜을 물고 "뭐, 그렇지"라고 말했다.

가쓰라기 다카시의 모발 감정을 받아들여준 것뿐만 아니라 나시다 미노루의 과거 친구들에 대한 탐문에도 사람을 붙여줄 것 같다. 그런 조사에 경찰의 조직력을 발휘해주면 크게 도움이 된다. 나시다와 다카시 사이에 어떤 연결 고리가 있는지 찾아내주면 좋겠다.

"DNA 감정에는 시간이 얼마나 걸릴까?"

그걸 묻는다는 것을 깜빡했다.

"최종 보고가 나오려면 일주일쯤 걸리지만, 하루이틀 만에 결과를 알 수 없는 것도 아니야. 나시다 쪽은 이미 채취했을 테고 다카시의 샘플 상태가 좋다면 사흘 정도면 소식이 오지 않을까?"

나는 혈연관계가 증명될 것이라고 확신하고 있었다. 문제는 그게 구체적으로 어떤 관계인가다.

'너는 나와 한핏줄이다!'

정말로 나시다가 가슴속으로 그렇게 외쳤다면 어째서 노래라도 부를 것처럼 기뻐했는지 이해할 수 없다. 사랑했던 여인이 자신의 집안의 다른 남자를 만나 낳은 아이일 뿐인데.

"나시다의 죽음이 타살이라면 사건 당일 밤에 긴세이 호텔에 있던 사람이 수상해. 즉 이 열 명."

나는 수사 노트를 펼쳤다. 해당자는 가쓰라기 다카시, 가쓰라기 미나에, 니와 야스아키, 다카히라 가즈키, 가게우라 나미코, 시카우치 마리카, 히네노야 아이스케, 쓰유구치 요시호, 요로즈 마사나오, 요로즈 기와코.

"그 밖에도 태국인 부부가 묵었지만 그쪽은 제외해도 되겠지. 방범 카메라와 경보 장치가 정상적으로 작동했으니 외부인이 침입해 범행을 저질렀다고 보긴 어려워."

열 명 중 아홉 명은 이튿날 아침까지 호텔 안에 있었지만 니와는 13일 오후 11시 반에 호텔을 떠났다. 10시 반에 레스토랑 문을 닫고 한 시간가량 남은 일을 처리하고 귀가했기 때문에 나시다의 사망 추정 시각에 걸린 것이다.

명단을 보는 사이 뭔가 떠올랐다. 나는 가쓰라기 다카시와 나시다 미노루가 혈연관계에 있다고 봤지만 그런 인물이 또 없으리라는 보장이 없다.

"그런 우연은 없겠지."

히무라는 담배 연기 너머에서 떨떠름한 표정으로 말했다.

"순수한 우연은 아니겠지만 그 인물도 집안사람을 찾고 있었다면 필연이 돼. 다카시가, 혹은 나시다가 자기 혈연일지도 모른다고 잠복 조사를 했다면?"

"이상한 소리를 하네. 그렇다면 어떤데?"

"아니, 아직 그럴싸한 스토리는 못 지어냈어. 집안 다툼으로 불똥이 튀어 나시다가 살해당한 게 아닐까 망상하는 정도지."

"그럴 법한 인물은 있어? 나시다 집안과의 인연을 암시하는 발언을 한 인물이?"

"그런 사람이 있었으면 이미 보고했지. 완벽한 추리는 일단 제쳐두고 자유분방하게 상상해보자고. 어차피 커피 브레이크잖아."

"알았어. 출중한 아리스가와 형사님께는 당분간 거역하지 않을게. 또 한 사람의 나시다 일족을 찾아봐줘."

나는 명단으로 시선을 쏠으며 혼잣말처럼 중얼거렸다.

"다카시와 동갑인 미나에는 배우자일 뿐이야. 니와 야스아

키는 연령으로 볼 때 아슬아슬하게 다카시의 부모 세대에 들
어. 친부일 가능성은 절대 없지만."

"다카시의 부친이 누군지 모르니 '절대 없다'고 단정할 수
는 없지. 자유분방하게 상상하겠다고 선언했으니 탈선을 각
오하고 레일 위를 끝까지 달려."

여기서 이의를 제기할 줄은 몰랐다. 역시 나는 철저하지 못
한 남자인 모양이다.

"알겠습니다, 선생님. 니와는 연령으로 볼 때 다카시의 부
친이나 숙부 또는 백부일 가능성이 있어. 다카히라 가즈키는
이복동생 또는 사촌동생. 가게우라 나미코는 숙모 또는 백모
겠군. 시카우치 마리카는 이복여동생 또는 사촌여동생. 히네
노야 아이스케는 마흔 후반이니 아버지라고 생각하긴 어려
워. 기껏해야 숙부나 나이 차이 많이 나는 사촌형이겠지. 쓰
유구치 요시호는 시카우치와 마찬가지로 이복여동생이거나
사촌여동생, 또는 사촌누나. 요로즈 부부는 둘 다 히네노야와
나이가 비슷하니 숙부와 숙모 또는 사촌형제."

"한 사람씩 성실하게 짚어주고 있는데, 뭔가 보일 것 같아?"

"아니, 전혀. 누가 어떤 사람이든 그 인물과 나시다의 관계
를 모르겠어."

"그야 그렇겠지. 나시다와 다카시의 관계가 확정되지 않았

으니까. 망상을 펼치는 것도 마음대로 되지 않는 모양이네."

펼쳐지지 않는 망상은 접어버리고 마음에 걸리던 일을 물어보았다. 후나비키와 시게오카를 타살설로 끌어들인 것치고는 어쩐지 어두운 표정을 짓고 있던 이유를 묻자, 그는 자기 뺨을 문질렀다.

"분위기 잡으려고 어두운 표정을 지은 건 아니었는데. 그렇게 보였다면 내가 말한 타살설을 스스로 완전히 받아들이지 못해서 그런 거겠지."

"어째서? 경감님이 괜한 시비처럼 반론했지만 그건 돌다리를 두드려본 거겠지. 실제로 본부로 돌아가면 수사원을 배치하도록 과장에게 말하겠다고 했잖아. 네 타살설은 어느 정도 설득력이 있었잖아?"

"어느 정도 그렇단 말이지. 하지만 아직 확신이 서지 않아. 나시다의 죽음이 자살일 리 없다는 확증이 필요해. 부검 소견을 숙독해봤지만 자살인지 타살인지 불분명해. 만약 자살이 진상이었다면 우리는 나시다가 숨겼던 과거를 들추고 엄숙한 죽음을 재료로 소란만 피우는 셈이야."

"넌 자신에게 엄격하군."

"뭘 이제 와서. 나는 옛날부터 채찍질로 고행하는 교도만큼 스스로에게 엄격하잖아. 학생들만 엄격하게 대하면 인간성을 의심받으니까."

채찍질로 고행하는 탐정은 어떨까? 수사가 막히거나 추리가 빗나갈 때마다 웃통을 벗고 스스로를 철썩철썩 채찍질하며 반성한다. 글로 쓰면 전례 없는 캐릭터가 될 것 같다.

"진지하게 얘기하는데 왜 실실거려?"

"아니, 신경쓰지 마. 네게 확증을 가져다줄 확실한 한 방은 어느 방향에서 날아올 것 같아?"

"전방위에 주의를 기울이며 운석처럼 날아오기를 기다리는 수밖에."

"운석 추락에 비유하다니 미덥지 못한데. 아까 후나비키 씨나 시게오카 씨를 자극했던 그 자세로 단숨에 진상에 근접해줄 줄 알았는데."

"그렇게 다그치지 마."

히무라는 그런 말을 하면서 커피 리필을 주문했다.

"타살이었다 치고 범인이 나시다를 끌어서 침실로 운반한 건 문손잡이에 태슬을 걸면 자기가 밖으로 나가기 힘들어서 그랬겠지. 그건 당연한 일이지만, 침실로 시신을 옮기는 건 번거롭지 않았을까?"

"팔걸이의자에서 침실까지의 거리와 문손잡이까지의 거리는 이삼 미터로 별 차이 없어. 어차피 끌어서 옮겨야 했으니

드는 수고는 똑같아."

"타살이라면 나시다는 팔걸이의자에 앉아 범인과 마주보고 있었다고 단정하는 것 같은데, 거기에는 확증이 있어?"

"팔걸이의자가 아니라 소파였을지도 모르지만 거실에서 만나 이야기를 나눴겠지. 불륜 관계도 아닌 상대를 굳이 침실로 들일 리는 없어."

"그 사람한테 불륜 상대가 있었을 것 같지는 않은데. 어쨌거나 거실에서 환담을 나눌 때 범인은 나시다의 빈틈을 타 음료에 수면제를 넣었다……."

"화기애애하게 환담을 나누었는지, 심각한 의논을 하고 있었는지, 그건 모르겠어. 어쨌거나 범행은 거실에서 시작되었어. 모든 게 끝난 뒤, 범인이 나시다가 입을 댄 컵의 내용물을 바꾸고 침실의 작은 테이블을 옮겨놓고, 자기가 사용한 컵은 씻어서 식기 선반에 넣어둔 건 말할 필요도 없겠지."

검은 그림자가 묵묵히 작업하는 정경을 떠올렸다.

"범행에는 시간이 얼마나 필요했을까?"

"짧지는 않았을 거야. 정신을 잃은 나시다를 옮겨 태슬에 목을 거는 것뿐이라면 오 분도 걸리지 않았겠지만 수면제를 먹일 타이밍을 찾을 때까지 이십 분이고 삼십 분이고 기다렸을지도 몰라. 나시다가 확실히 숨졌는지 확인하지 않고 현장을 떠나는 건 위험하니까 내가 범인이라면 그걸 지켜보기 위해 십 분 정도는 더 들였을 거야."

"정리하자면 빈틈을 타 나시다를 수면제로 재운다, 태슬로 질식시킨다, 사망을 확인한다, 이 세 단계가 있었던 거군. 그걸 나눠서 실행했을 가능성은?"

"재운 뒤에 일단 자기 방으로 돌아갔다가 다시 돌아와서 목을 매달았다는 식으로 말이야? 몇 번이나 401호에 드나들면 남들 눈에 띌 기회가 늘어나니 단점이 커. 그럴 수밖에 없는 이유가 있다면 또 모르지만."

히무라는 두 잔째 커피를 비우고 손목시계를 보았다.

"적당한 시간이군. 호텔로 돌아가지."

야마자키 노부에를 찾아가야 한다. 과연 마지막 열쇠는 열쇠 구멍에 맞을 것인가?

4

차를 몰아 간자키가와 강을 건너 도요나카 시내로 들어갔다. 한큐 다카라즈카선을 따라 북으로 올라가 쇼나이로 향했다. 야마자키 노부에의 집은 오사카 음악대학 근처의 주택가에 있는 듯했다.

"떨리네요."

다카시가 운전석에서 그렇게 말하기에 룸 미러를 보니 가슴에 왼손을 대고 있었다. 시선이 마주치자 쑥스러운 듯 웃는다. 조수석에서는 선물로 산 양과자가 든 종이봉투가 차가 흔들릴 때마다 부스럭거렸다.

"이 나이가 되어서 돌아가신 어머니의 친구분을 만나게 될 줄은 미처 몰랐으니까요. 어떤 얘기가 나올까요?"

"긴장하시는 건 이해합니다만." 뒷자리에서 히무라가 말했다. "모처럼 얻은 기회입니다. 궁금하신 점은 빠짐없이 물어 야마자키 씨에게서 많은 이야기를 끌어내십시오. 어디에 어떤 단서가 숨어 있을지 모릅니다."

"단서가 숨어 있다……." 다카시가 복창했다. "그건 나시다 씨의 사인을 확정 짓기 위한 단서라는 뜻이지요?"

"물론 그렇습니다만 나시다 씨와 당신 아버님 사이의 관계를 알아내기 위한 단서라고 바꿔 말해도 좋습니다."

다카시가 긴장하는 건 당연하다. 알 길조차 없던 친부가 누구인지 조사하러 가게 되었으니까. 물론 그 인물의 이름을 어머니의 옛친구가 알고 있을 확률이 높을 것 같지는 않다. 그런 중대한 사실을 알고 있었다면 어떻게든 다카시에게 전하려 애썼을 것이다.

부친이 누구인지 알리기 싫었을 가능성도 없지는 않다. 다카시의 큰이모가 자택까지 찾아온 부친으로 추정되는 남자를 매몰차게 쫓아냈다는 것으로 보아 바람직하지 않은 인물이었을지도 모르지만 다카시에게는 부친이 누구인지 알 권리가 있다. 이름까지는 모르더라도 힌트 정도는 주었으면 좋겠다.

쇼나이 역을 지나 조금 더 가다가 좌회전해서 오사카 음대 쪽으로 가자 내비게이션이 음성으로 목적지 부근임을 알려주었다. 저층 주택이 줄지어 선 곳에서 야마자키 노부에의 현재 성인 '고이케'라는 문패를 금방 찾아냈다. 약속 시간인 3시까지 일 분을 남긴 절묘한 도착이었다. 고이케 저택은 이웃집보다 한층 컸는데 붉은 슬레이트 타일을 바른 외벽이 세련되었다.

3시 정각이 되기를 기다려 인터폰을 누르고 다카시가 방문을 알리자 "기다리고 있었습니다. 차는 차고에 주차하세요"라는 대답이 돌아왔다. 셔터가 활짝 열려 있는 빈 차고에 다카시가 신중하게 차를 넣자 현관이 열리고 집에서 사람이 나왔다.

"이쪽이 다카시 씨? 낫짱 아들? 우와, 훌륭하게 자랐네!"

고이케 노부에는 행복해 보이는 통통하고 아담한 여성이었다. 체형이 꽤 변했지만 졸업 앨범 사진으로 보았던 모습이 많이 남아 있고 표정도 젊다. "안으로 들어오세요" 하고 몸을 돌리는 틈에 눈가의 눈물을 쓱 훔치는 것처럼 보였다.

응접실로 들어가니 나체 여인을 그린 그림이 시선을 끌어당겼다. 터치가 고이데 나라시게◆하고 똑같은 소품인데, 진짜일까? 고이데의 그림이라면 기막힌 우연이다. 저 오사카 출신 화백에게는 오에바시 다리 쪽에서 긴세이 호텔을 그린 작품이 있었던 것으로 기억한다.

"어제는 갑자기 예정을 취소해 결례를 저질렀습니다. 손주 말인가요? 걱정해주신 덕분에 건강해졌습니다. 아까 전화로 상태를 물어보니 벌써 유치원에 가고 싶어 한다더군요."

다행히 걱정거리는 사라졌다. 새하얀 스웨터 위에 걸친 카디건에는 지금의 심경을 표현하듯 흐드러진 장미가 수놓여 있었다. 해외여행에서 돌아온 피로도 싹 풀렸는지, 남편은 선물을 잔뜩 들고 장기 친구들을 만나러 외출했다고 한다.

"당신이 세 살 때쯤 몇 번 만난 적이 있어요." 노부에가 다카시 쪽으로 고개를 돌리고 말했다. "낫짱하고 내가 수다를 떠는 동안 얌전히 나무 블록을 쌓으며 놀고 있었죠. 바로 얼마 전 일 같은데. 지금은 호텔 지배인이라고 들었어요, 대단해요. 나카노시마에 있는 긴세이 호텔이라고요? 꼭 한번 가

◆ 일본의 근대 서양화가로 나체화를 많이 남겼다.

볼게요."

그때 스무 살 정도로 보이는 여성이 홍차와 쇼트케이크를 내왔다. "함께 살고 있는 장녀의 딸입니다." 노부에가 소개해주기에 고개인사를 했다. 다카시가 재빨리 선물을 건넨 다음 자리에 앉아 다시 인사를 나누었다. 히무라와 나의 신원, 동행한 이유에 대해서는 다카시가 전화로 이미 설명했다.

나시다 미노루에 대한 질문이 방문 목적이지만 다짜고짜 그런 이야기를 할 수는 없다. 노부에는 먼저 고등학교 시절부터 시작된 야마다 나쓰코와의 교우에 대해 추억에 잠겨 이야기했다. 취미가 같은 것도 아니었는데 처음부터 죽이 잘 맞았다는 이야기, 함께 배구부에 들었더니 심술궂은 선배가 괴롭혀 한 달도 되지 않아 그만두고 '여가부'를 만들었다는 이야기, 둘이서 일요일에 외출하는 걸 '데이트'라고 불렀다는 이야기 등. 정말 사이가 좋았던 모양이다.

"낫짱은 겁 없는 아이라, 어느 쪽인가 하면 드센 편이었어요. 저는 너무 맹해서 미덥지 못한 아이였고. 성격이 정반대라서 오히려 서로 상대에게 관심이 이어졌던 거겠지요. 낫짱은 열다섯 살까지 간토에서 자랐으니 표준어를 썼고, 저는 할머니 영향으로 옛 오사카 사투리를 썼는데 그것도 대조적이었어요. 항상 재미있는 얘기를 해줬어요. 저는 '배꼽 빠지겠어, 아야야' 하고 자지러지게 웃었죠. 어머님은 농담을 잘하시지 않았던가요?"

"잘 기억나지 않습니다."

다카시가 아무렇지도 않은 듯 대답했다.

"……그래요."

아들이 어머니와 보낸 시간이 짧았다는 것을 떠올렸는지, 생활고로 나쓰코에게 여유가 없었던 것이 안타까웠는지, 노부에의 말이 오 초쯤 끊겼다.

"서로 다른 전문대에 들어가고 나서도 연락은 주고받았고, 두 달에 한 번쯤은 만나서 이야기를 나눴어요. '아직 애인 안 생겼어?', '내버려둬. 자기도 없으면서', 그런 식이었죠. 전문대를 졸업하고 저는 바로 맞선 이야기가 들어와 스물한 살 가을에 지금 남편과 결혼했어요. 그리고 오사카로 이사를 와서 자주 만나지 못하게 되었죠."

나쓰코는 아카시 시내에 있는 식품 가공 회사에 사무원으로 취직했지만 이십 대 때 부모를 연달아 여의었다. 부친은 원래 고령이었고 모친은 병마에 시달리고 있었던 것이다. 더욱이 근무처가 방만 경영으로 도산해 비운에 한탄하게 된다. 다카시는 시종일관 얌전한 표정으로 어머니의 고생담을 듣고 있었다.

"그 회사 거래처 사람이 니시와키에 있는 직물 공장을 소개해줘서 낫짱은 그쪽으로 옮겨갔어요. 아카시를 떠나 심기일전해 새로 출발할 작정이었던 것 같아요. 거기가 좋은 공장이었나 봐요. 전화로 이야기했더니 '여기에 오길 잘했어. 주위도 다 좋은 사람들이라 일하기 편하고 동네에도 적응했어'라고 기뻐하더군요. 저는 스물셋에 첫째를 낳았고 스물여섯에 둘째를 출산했어요. 낫짱이 힘들게 지낼 거라 생각은 하면서도 이십 대 때는 육아에 시달리느라 여유가 없었죠. 그 친구가 자리를 잡고 '니시와키에 오길 잘했어'라고 말하는 걸 들었을 때는 마음이 놓였어요."

그런 나쓰코 앞에 나시다 미노루가 나타난다. 그녀가 서른세 살 때였다.

"어느 날 '사귀는 사람 없어?' 하고 전화로 물었더니 '생겼어. 니시와키 사람인데 나이는 여섯 살 많아'라고 하기에 '독신이겠지?'라고 묻고 말았어요. 그 무렵 〈금요일의 아내들〉인가 하는 불륜 드라마가 유행해서 괜한 걱정을 한 거죠. 그랬더니 '독신이니까 괜찮아. 좋은 사람이 남아 있더라고'라고 웃더군요. 나시다 씨라는 이름도 들었어요. '긴테쓰 버팔로스의 나시다 씨*만큼 듬직하진 않지만 말이야'라고……. 그때 나시다 씨는 아직 현역 선수였거든요. 긴테쓰라는 야구팀도 이제는 사라져버렸지만."

그전에도 사귄 남성은 있었겠지만 나쓰코는 친구에게 상세히 이야기한 적이 없다. 있었어도 그리 깊은 관계는 아니었을지도 모른다. 나시다 미노루에 대해서는 '진지하게 사귀고 있다'고 확실히 말했다고 한다.

"'결혼을 생각하는 거지?'라고 물었더니 '나는 그럴 생각인데 상대방은 결심이 안 서는 모양이야. 독신 생활이 길면 남자도 결혼을 결심하는 데 각오가 필요한 걸지도 모르겠네'라며 조급해하는 것 같았어요. '상대가 우유부단하면 낫짱이 밀어붙이면 되잖아? 남자란 자고로 여자가 밀고 나가면 간단히 항복하는 법이야'라고 조언해줬더니 '세게 나갔다가 싫어하면 어떻게 해'라고 깜찍한 소리를 하더군요. '학창 시절에는 내가 마음 약한 노부 짱을 다그쳤는데, 입장이 바뀌었네. 두 아이의 어머니는 강하구나' 그러기에 '어머니는 강하지'라고 전화 너머로 자랑스레 말했죠."

그후로도 몇 번 전화할 때마다 "어때, 진전은 있어?"라고 물었지만 "관계는 양호한데 별로 진전은 없어"라는 대답뿐이었다.

◆ 1949년부터 2004년까지 있었던 일본의 프로 야구단으로 포수로 활약했던 나시다 마사타카가 구단의 마지막 감독이 되었다.

자물쇠 잠긴 남자

"어떤 사람인지 사진도 보지 못했지만 미적지근한 남자다 싶어 화가 났어요. 낫짱도 서른넷이 되었으니 어차피 결혼할 거면 괜히 기다리게 하지 말았으면 했죠. 진지하고 성실하지만 너무 신중해서 결단력이 부족한 사람인 줄 알았는데…… 그렇게 무서운 사건을 저지를 사람이었다니, 의외였어요."

다카시가 전화로 설명하지 않아도 그녀는 이미 나시다가 저지른 죄를 알고 있었다.

"사건 소식을 들었을 때는 너무 충격이 커서, 낫짱이 안타까워 어쩔 줄 몰랐어요. 이어서 치밀어 오른 건 나시다라는 사람에 대한 분노…… 아니, 원망이었죠. 잘도 낫짱을 슬프게 했구나 하고요. 그것도 낫짱이 바람을 피웠다는 장난에 넘어갔다고 변명하다니 정말 최악이에요. 낫짱은 의심받았다는 사실에 상심했고, 아무 잘못도 없는데 '나도 사고 원인 중 하나니까, 뺑소니로 돌아가신 분께 면목이 없어'라고 했다고요. 생각만 해도 분통이 터져요!"

어머니의 옛친구가 흥분하자 다카시가 다독거렸다. 죗값을 치르고 출소한 나시다가 얼마나 근면하고 정직하게 살았는지, 만년에는 봉사 활동을 하며 얼마나 검소하게 살았는지 설명해 조금이라도 나쁜 인상을 지우려 했다. 다카시에게 그럴 의무는 없지만 감싸지 않을 수 없었으리라.

"나시다 씨가 당신 호텔에 오 년이나 머물렀다는 건 기묘하군요." 냉정함을 되찾은 노부에가 말했다. "당신이 낫짱의 아들이란 걸 알면서도 그런 내색은 하지도 않고 머물렀다면 무슨 마음으로 그랬는지 이해가 안 가요."

히무라가 고개를 끄덕거렸다.

"말씀대로 기묘합니다. 그래도 저희는 어떻게든 이해해보려고 힌트를 주실 만한 분을 찾아다니고 있습니다. 체류 이유를 몰라서야 나시다 씨의 죽음의 진상도 짐작할 수 없으니까요."

"힌트라고 해도 만나본 적도 없는데……."

"나쓰코 씨에게 들은 이야기 중에 이거다 싶은 내용은 없습니까?"

내가 묻자 노부에의 눈썹이 8시 20분을 가리키는 시곗바늘처럼 처졌다.

"낫짱인들 설마 사귀던 남자가 삼십 년 뒤에 자기 아들이 지배인으로 일하는 호텔에 눌러앉을지 알았겠어요?"

"아니, 물론 그렇지만 그런 뜻이 아니라 나시다 씨의 성격이나 사고방식에 대해 가급적 다양하게 알고 싶다는 뜻입니다."

"성격도 사고방식도, 과거의 행동에 여실히 드러나 있잖아요. 죽어버린 사람을 나쁘게 말하기는 거북하지만 낫짱의 마음도 몰라주고 결혼을 미룬 것도 포함해서 나시다라는 사람은 이기적이고 인간미가 부족했어요."

노부에가 또 흥분하기 시작했지만 이번에는 심호흡으로 알아서 진정했다.

"그만 심란해져서 실례했습니다. 낫짱이 이런 말을 한 적이 있어요. 나시다 씨가 사회에 불만을 말할 때 내용은 뻔했지만 평소보다 거친 말을 쓴 적이 있어 깜짝 놀랐더니 잘못했다고 사과했다더군요. '어렸을 때부터 나쁜 버릇이 있어서 울컥하면 험한 말을 쓸 때가 있어. 고치도록 할게'라고요."

말뿐만 아니라 행동도 억제하지 못하는 일면이 있어 그 사건으로 이어졌으리라. 나시다의 이미지에 약간 살이 붙는 일화이기는 했지만 그가 긴세이 호텔에 오래 묵은 이유를 찾을 수 있는 단서는 되지 않았다.

나시다는 사귀기 전에 상해 사건을 일으켰다는 사실을 털어놓지 않았다. 나쓰코는 나중에야 경찰에게 들었고 그 사실을 안 노부에의 나시다에 대한 심증은 더욱 나빠졌던 것 같다.

"나시다 씨가 사건을 일으킨 날에 대해 여쭙겠습니다."

히무라가 살짝 몸을 내밀더니 목소리 톤까지 낮추어 말했다. 이제부터 중요한 이야기를 할 겁니다, 하지만 긴장하지 말고 마음을 열어주십시오, 라고 권하는 듯한 깊은 목소리였다. 노부에는 "예"라고 대답하고 귀를 덮은 머리카락을 쓸어

올렸다.

"일련의 일들은 나시다 씨 입장에서 볼 때는 '사고'라는 측면도 있었겠지만 '사건'이라고 하겠습니다. 사건이 있었던 8월 16일에는 나쓰코 씨와 하와이에 계셨지요. 여행은 두 분끼리만 갔습니까?"

"예. 사실은 초등학생이었던 두 아이를 친정에 맡기고 남편과 휴가를 갈 생각이었지만⋯⋯."

부부끼리만 오랜만에 느긋하게 여행을 즐기고 오라는 주위의 이해를 기반으로 한 계획이었는데, 남편이 아니면 대처할 수 없는 중요한 사업 건수가 갑자기 굴러들어 예정을 바꿀 수밖에 없었다. 항공권도 호텔도 취소할 수 있었지만 남편은 다른 제안을 했다.

"아까운 기회니 사이좋은 친구하고 둘이서 다녀오면 어떠냐고 해서 낫짱한테 말해봤더니 '나도 여름휴가 때 남쪽 섬에 가고 싶었는데 꾸물거리는 사이에 호텔을 못 잡았어'라고 하기에 그럼 함께 가자, 그렇게 된 거예요. 여기서 15일에 출발하는 3박 5일 여행이었어요."

첫날은 호텔 주변을 산책하는 정도로 그치고 둘째 날은 아침부터 해변에 나가 헤엄을 쳤다. 노부에도 나쓰코도 해방감에 젖어 휴가를 만끽하고 있었지만, 곧 이변이 생겼다.

5

　점심 식사를 마치고 호텔 안 시설에서 느긋하게 쉰 다음 노
부에가 한 번 더 헤엄치러 가자고 했지만 나쓰코는 시차 때문
에 잠이 모자라 낮잠을 자고 싶다고 했다. 평소의 피로도 쌓
인 것 같아 따로 행동하기로 했다.

　"저는 바다를 좋아해서 저녁까지 계속 해변에 있었어요.
낫짱도 이제 일어났겠지 하고 호텔 방으로 돌아간 게 6시쯤
이었을까요. 그랬더니 그 친구, 침대에 걸터앉아 넋이 나가
있더라고요. 무슨 일이냐고 물었더니 '아니, 조금 나쁜 소식
이 있어서……'라는 말뿐이고 그 이상은 알려주지 않았어요.
제가 없는 사이에 나시다 씨가 전화를 했다는 걸 안 건 일본
으로 돌아오기 직전이었어요."

　"하와이와 일본은 시차가 큰 걸로 아는데, 몇 시간이었습
니까?"

　히무라도 거기까지는 기억하지 못하는 모양이다. 노부에가
끙끙거리기에 내가 스마트폰으로 검색했다.

　"하와이에는 서머타임이 없으니 계절에 상관없이 항상 열
아홉 시간이야. 그쪽 오후 6시는 일본에서는 이튿날 오후 1시
에 해당돼."

그날 아침, 나시다는 동료에게 큰 부상을 입히고 무단으로 차를 빌려 도주했다. 어느 방향으로 얼마나 달렸는지 모르겠지만 한숨 돌릴 장소까지 가서 나쓰코가 머무는 호텔에 전화를 건 것이다. 휴대전화는 당연히 없었고 이제 막 카드식 공중전화가 도입된 시절이었다. 국제전화를 걸려면 KDD(현재의 KDDI◆)에 걸어 교환원에게 수동으로 연결을 부탁해야 했다. 호텔에 연락이 되어도 상대가 영어밖에 하지 못하면 '나쓰코 야마다 플리즈'라고 해야 했을 테니 하와이에 있는 나쓰코에게 연락을 취하기는 지금보다 훨씬 번거로웠을 것이다.

"누가 봐도 이상했어요. 얼굴은 창백하지, 눈은 멍하지. 넋이 나간 것 같았어요. '왜 그래? 무슨 일 있었어?' 하고 애타게 물어도 '지금은 말 못 해. 나중에 말할게' 이러는 거예요. 그날 밤은 식욕이 없다며 저녁도 먹지 않고, 시트를 머리끝까지 뒤집어쓰고 침대에서 나오지 않았어요. 아픈 건 아니라고 하니 해줄 수 있는 것도 없고 어찌해야 할지 몰랐죠. 제가 딱 한 번 물었어요. '나시다 씨 일이야?' 하고요. 싸워서 헤어지자는 얘기가 나왔다거나, 사실은 부인이 있었다는 걸 알게 되었다거나, 그런 게 아닐까 싶어서. 그랬더니 '조만간 알게 될 거야'

◆ 일본의 전기통신 사업자.

이러는 거예요. 낫짱이 실연하는 건가 싶었는데…… 그게 아니었어요. '사람을 쳐서 죽게 만들었다'는 전화였던 거지요. 이틀 후, 일본으로 돌아가기 전에야 겨우 털어놨어요."

"나시다 씨가 전화로 어떤 말을 했는지 상세히 들었습니까?"

히무라가 온화하게 물었다.

"'그 사람이 음주운전으로 사람을 죽였어. 본인이 직접 전화했어'라는 말밖에 못 들었어요. 경찰에 잡혔느냐고 물었더니 '당황해서 달아났지만 이미 출두했을 거야'라고 했어요. 달아났다니 상황이 안 좋다 싶었어요."

"나쓰코 씨는 하와이 시간으로 16일 오후 6시 이전에 사건을 알았고, 충격을 받았던 거군요. 이튿날 17일은 분위기가 어땠습니까?"

"제가 부탁한 룸서비스 조식을 조금 먹었을 뿐, 오전 내내 침대에 누워 있었어요. 한숨도 못 잤는지 눈이 새빨갰죠. 눈물 자국도 있었어요. 그러다 '혼자 있게 해줄래? 미안' 하고 부탁하기에 마음에는 걸렸지만 방에서 나왔어요. 수영을 하거나 쇼핑을 할 기분도 아니라 거리를 어슬렁거리며 시간을 때울 수밖에 없었죠. 두 시간쯤 지나 돌아가보니 말끔히 옷을 갈아입고 일어나 있더군요. 표정이 또렷하기에 일단 마음을 놓았어요."

"그때 뭔가 말씀하셨습니까?"

"'기운 좀 차렸어?'라고 물었더니 '응, 난 괜찮아'라고 대답했는데……."

조금 전부터 숨죽이고 듣고 있던 다카시가 못 참겠다는 듯이 물었다.

"입으로는 그렇게 말했지만 괜찮아 보이지 않았던 겁니까?"

"아니요." 노부에가 강하게 부정했다. "그 친구는 선서하듯 의연하게 괜찮다고 말했어요. 스스로를 위로하거나 그런 게 아니라, 극복한 거예요. 그건 다행이지만…… 눈이…… 눈이 말이죠, 무서울 정도로 굳건했어요. 엄청난 결단을 내려서 절대 뒤로 물러날 수 없다는 듯이. 낫짱의 그런 눈빛을 본 건 그때뿐이었습니다."

히무라는 집게손가락으로 아랫입술을 어루만졌다. 집중해서 뭔가를 생각할 때 흔히 나오는 버릇이다.

"나쓰코 씨가 보인 태도를 더 자세히 알고 싶습니다. 가급적 정확하게 재현해주실 수 있겠습니까?"

"재현이고 뭐고, 선생님, 그게 전부였어요. 혼란스러웠지만 일단은 가라앉은 것 같았어요. 방에서 나가려고 하지 않았지만요. 저녁 식사는 제가 슈퍼마켓에서 사 온 커다란 샌드위치로 때우고 '미안하지만 노부 짱은 어디 가서 제대로 된 음식을 먹고 와. 난 쇼핑도 안 갈 거야. 미안해'라고 해서 부탁하는 대로 들어줬어요."

"방에서 나가지 않은 건 나시다 씨의 전화를 놓치기 싫어서 그랬던 건지도 모르겠군요."

히무라가 말하자 노부에가 동의했다.

"예. 그때는 화해하자는 전화가 왔나, 다음 전화를 기다리는 걸까, 하고 생각했어요. 실상은 어땠는지 영원히 알 수 없지만."

휴대전화가 없던 시절, 도주중인 나시다에게 나쓰코가 연락을 취할 수단은 없었다. 언제 프런트에서 연결해줄지 모를 국제전화를 방에서 기다릴 수밖에 없었을 테니 애가 탔으리라.

"그날 밤 나시다 씨에게 전화가 왔는지 물어봤어요. 오지 않았다고 했지만 거짓말이었을지도 몰라요. 둘이서 시간을 정해 전화가 올 타이밍에 저를 방에서 내보냈던 게 아닐까요? 상상일 뿐이지만."

많이 지쳤던지 나쓰코는 푹 잠들었다가 이튿날 아침 "사실은 말이야" 하고 나시다가 저지른 일을 말해주었다고 한다. 노부에는 너무 놀라 친구로서 무슨 말을 해줘야 할지 몰랐다고 한다.

"그때도 낫짱은 괜찮다고 딱 잘라 말했어요. 여러 가지 의미로 해석할 수 있겠죠. 어떤 일이 있어도 나시다 씨에 대한 마음은 변함없다는 뜻인지. 사람을 잘못 봤으니 그 사람과는 인연이 끊겨도 괜찮다는 의미인지……. 단순히 일단은 현실을 받아들이고 패닉 상태에서 벗어났다는 뜻으로 볼 수도 있어요. 어쨌거나 먹고 자고 할 수 있게 되어 다행이라는 생각뿐이었습니다."

귀국 후 사건의 상세한 상황을 알게 된 노부에는 나시다의 소행에 할말을 잃었다. 나쓰코의 반응은 어떤지 살펴봤더니 묘하게 덤덤했다고 한다. 고베 지방재판소에서 공판이 시작되고, 징역 육 년 육 개월이 구형된 후에 어떻게 할 건지 물어보자…….

"'육 년 반은 기네. 하지만 눈 깜짝할 사이일지도 몰라'라고 하기에 '설마 출소를 기다릴 셈이야?'라고 물었어요."

"그랬더니 어떤 대답을?"

"이렇다 할 대답은 않고 '후회 없이 살 거야'라고 하더군요. 그때는 망설였던 거겠지요."

짧은 침묵이 흘렀다. 나쓰코의 말을 아무리 반추해도 그녀의 가슴속에 오갔던 감정이 무엇인지 파악할 수는 없었다.

나시다의 재판이 이어지는 동안 나쓰코는 정든 니시와키를 떠났다. 두 사람의 관계를 알던 주변에서 쏟아지는 호기심의

자물쇠 잠긴 남자

시선이 싫었던 건지, 인생을 새로 시작하려고 그랬던 건지는 알 수 없다. 노부에는 전화 연락이 끊기지 않도록 애썼지만 남편과 본인이 생각도 못 한 병에 걸리고, 집안에 비상사태가 연이은 탓에 점점 소원해지고 말았다. 나시다 사건 이 년 후 봄에 겨우 신변이 안정되어 이사 소식을 알리는 엽서에 적혀 있던 연락처로 오랜만에 전화를 걸어보니 그녀는 이미 한 아이의 어머니가 되어 있었다.

"아이가 있다는 걸 알고 얼마나 놀랐던지. 내가 당신을 품에 안아본 게 팔 개월 때였어요. 비행기를 태워주니 까르르 웃는 게 얼마나 귀여웠던지. 우리는 딸만 둘이라 낫짱한테 '아들도 좋네'라고 했죠."

노부에는 즐거운 추억담을 들려주었다. 성장한 아이를 눈앞에 두고 전하고 싶은 마음이 줄줄이 치밀어 오르는 듯했지만 정작 다카시가 궁금해하는 사실은 따로 있었다. 다카시는 결례가 되지 않도록 타이밍을 맞춰 질문했다.

"제 아버지가 누군지, 어머니는 뭔가 말씀하시지 않았습니까? 이제 와서 만나고 싶은 생각은 없지만 어떤 사람이었는지는 알고 싶습니다. 예기치 못한 죽음만 아니었다면 어머니는 언젠가 제게 말씀해주셨을 겁니다. 어머니가 돌아가시고, 뭔가 알고 있었을지도 모를 큰이모 내외께도 묻지 못하게 되었습니다. 이제 달리 여쭤볼 수 있는 분이 없습니다."

"마음은 알고도 남지만 안타깝게도 그 점에 대해서는 낫짱에게 아무 말도 듣지 못했어요. 사정이 있어 말하기 어려운 것 같아 꼬치꼬치 물어보지 못했어요. 아무리 친구 사이라도 속사정이라는 게 있으니까. ……낫짱이 행복을 잡았다면 그걸로 됐다, 이렇게 귀여운 아이를 얻었으니 다행이다, 그런 생각만 했지요."

"하지만 제 아버지는 어머니와 함께 살았던 것도 아니고, 생활비도 양육비도 주지 않았던 것 아닙니까? 어머니는 행복했을까요?"

노부에가 다카시의 눈을 똑바로 쳐다보았다.

"낫짱은 불행하지 않았어요. 그것만은 확실히 말할 수 있습니다. 당신 뺨에 얼굴을 맞대고 환하게 웃었고, 생활은 넉넉하지 않은 것 같았지만 어두운 느낌은 전혀 없었어요. 이것만큼은 틀림없으니 잊지 말아요. 낫짱은, 당신 어머니는, 후회 없는 인생을 살았어요!"

드높은 마지막 호소에는 나까지 등이 쭉 펴졌다. 다카시는 무릎에 얹고 있던 두 손을 가볍게 쥐고 "예" 하고 짤막하게 대답했다. 그의 가슴속에는 노부에의 기도에 가까운 말이 메아리치고 있으리라.

감동적인 일막이긴 했지만 우리가 원한 건 다카시의 부친이 누구인지에 대한 정보였다. 어떻게든 그 정보를 끌어내려고 히무라와 나는 조금씩 표현을 바꿔가며 질문을 거듭했지만 메마른 우물로 변한 노부에로부터는 한 방울의 물도 퍼낼 수 없었다.

"뭔가 알고 있으면 그런 중요한 이야기를 다카시 씨에게 왜 숨기겠어요? 아까부터 떠올려보려고 하는데 삼십 년 가까이 지난 일이니……. 낫짱을 염려하는 한편으로 저도 속물적인 관심은 있었으니 상대가 어떤 사람인지 떠보기도 했어요. 그래도 낫짱은 벙긋도 하지 않고 '말 안 해주는 이유가 뭐야? 언젠가 알려줄 거야?'라고 물어도 능구렁이처럼 말을 돌려서는 '글쎄, 앞일은 모르지'라고 했어요."

히무라가 시원스레 질문을 쏟아냈다.

"나시다 씨가 나쓰코 씨를 뭐라고 불렀는지 아십니까?"

"아아, 그건 들은 적이 있어요. '나, 그 사람 앞에서는 가코 짱이야'라고 웃으며 말해주더군요."

"나시다 씨 외에 나쓰코 씨를 가코 짱이라고 부른 사람은 없었단 말이군요."

"예. 두 사람끼리만 쓴 애칭이었다고 해요."

"나시다 씨의 가족에 대해 들으신 적은?"

"낫짱 말로는 전혀 없다고 했는데…… 혹시 있나요?"

"호적상으로는 한 사람도 없지만 거기에 기재되지 않은 먼 친척이 있지 않을까 조사하고 있습니다."

"그런 건 경찰이 해주면 안 되나요? 저는 모르겠습니다."

"나쓰코 씨가 교통사고로 돌아가신 뒤에 나시다 씨의 소문을 들은 적은 있습니까?"

"한 번도 없습니다." 거기서 다카시 쪽을 돌아보았다. "낫짱 장례식에 갔을 때, 어린 당신이 울고 있는 걸 괴로워서 차마 볼 수가 없었어요. 큰이모님 댁에서 데려간다는 이야기는 들었지만…… 그날 이후로 오늘까지, 정말 열심히 살았군요. 정말, 열심히 살았어요."

노부에는 벌떡 일어나더니 "잠시 실례하겠습니다" 하고 응접실에서 나가 사진 앨범을 가슴에 품고 돌아왔다. 나시다의 앨범과는 달리 크고 두꺼운 앨범이었다.

"어머님이 찍힌 사진이 몇 장 있어요. 만약 다카시 씨한테 없는 게 있다면 드릴 테니 쭉 보세요. 그쪽으로 돌려줄까요. 이게 처음으로 함께 찍은 사진이려나."

히무라와 나는 다카시가 넘기는 페이지를 들여다보았다. 모처럼 노부에가 호의를 베풀었지만 전부 다카시가 보여준 앨범에 있던 사진들이었다. 하와이에서 찍은 사진은 역시 호

자물쇠 잠긴 남자

텔 앞에서 찍은 한 장밖에 없다. 그 여행에서는 사진을 찍을
겨를이 없었던 것이다.

"고맙습니다. 전부 갖고 있습니다."

"그래요."

그런 두 사람의 대화에 내가 끼어들었다.

"앞 페이지를 다시 봐도 될까요? 고등학교 시절의 사진을
보여주십시오."

손을 뻗어 페이지를 넘겨 학교 축제 일일 가게 같은 곳을
배경으로 세 소녀가 찍힌 사진을 가리켰다.

"오른쪽이 당시의 야마자키 씨. 가운데가 나쓰코 씨죠. 왼
쪽 소녀와 셋이서 찍은 사진이 이것 말고도 있던데, 이분은?"

"이 친구는 구니미 리오코라고 하는데 셋이서 잘 어울렸어
요. 공부를 잘하고 다정한 친구였어요."

노부에는 그리운 표정을 지었다.

"졸업한 후에도 자주 만나셨습니까?"

그런 것치고는 셋이서 찍은 사진이 없다고 생각하며 묻자
노부에는 아니라고 대답했다.

"다 지난 일이지만 부끄럽군요. 리오코와 제가 한 남자를
좋아하게 되어 서로 차지하려고 옥신각신했던 적이 있어요.
둘 다 졸업 직전에 마음이 급해 행동에 옮겼는데 그걸 서로

알게 되면서 거북해져서……. 누가 승리했는지는 비밀에 부칠게요. 어쨌거나 짧은 사랑이었고, 지금 와서 생각하면 친구와 연적이 되는 것도 청춘의 추억이니까요. 리오코와 갈라선건 저뿐이었고 낫짱은 그후로도 친하게 지냈습니다. 죽을 때까지 교우가 있었을 거예요."

그렇다면 구니미 리오코의 현재 연락처를 모르겠구나 하고 실망하려는 찰나, 노부에가 이어서 말했다.

"다카시 씨는 못 들었나요? 당신을 받아준 게 이 친구예요."

"그랬습니까. 제가 네 살인가 다섯 살 때 저희 집에 놀러온 여자분이 계셨는데 어머니가 '다카시가 무사히 태어난 건 이 사람 덕분이야'라고 말씀하셨던 기억이 어렴풋이 있습니다. 그분이 구니미 리오코 씨였군요. 어머니 장례식에서도 뵈었습니다."

"잠깐만요, 그건 처음 듣는 얘기인데요."

내가 놀라자 다카시가 어리둥절한 표정으로 말했다.

"예, 저를 받아준 선생님에 대해서는 물어보지 않으셨고, 그런 건 아무래도 상관없을 것 같아 말씀드리지 않았습니다. 어차피 어렸을 때 일이라 얼굴도 이름도 잘 기억나지 않아, 어머니 졸업 앨범을 보면서 말씀드렸을 때도 아무 말도 할 수 없었지만요."

그 말도 맞다. 히무라는 사진에서 눈을 떼지 않고 노부에에게 물었다.

"구니미 씨는 산부인과 의사입니까?"

"예. 의대 시절에 만난 남자와 결혼해 성이 다케히사로 바뀌었는데, 부부가 산부인과 병원을 운영했어요."

부교수의 한쪽 눈꺼풀이 꿈틀거렸다. '운영했다'는 과거형에 불길한 느낌을 받은 것이리라. 히무라는 거듭 물었다.

"그 병원의 정확한 명칭과 주소를 아십니까?"

"다케히사 클리닉이었나…… 아니, 다케히사 레이디스 클리닉이에요. 하지만 이제는 없습니다."

"폐업한 겁니까?"

"예. ……아니요."

어느 쪽인지 모르겠다. 대답하기 어려운 사정이라도 있나 했더니…….

"오 년쯤 전에 졸업하고 처음으로 고등학교 동창회가 열렸는데, 거기서 들었어요. 병원은 사라졌고 리오코 부부도 세상을 떠났다고요. 막 초등학교에 올라간 아들이 있었는데 가엾게도 그 아이도 함께 목숨을 잃었다고……."

병원이 도산해 경제적으로 시달리던 끝에 일가가 동반 자살이라도 했나 했더니 그렇지 않았다.

"병원도, 리오코 일가의 목숨도, 한신 대지진이 앗아갔습니다."

<h1 style="text-align:center">6</h1>

자연과학 전문가는 아니지만 한신·아와지 대지진이라는 명칭에 이의를 제기하는 학자가 있었다. 막대한 피해를 입은 건 고베 시에서 아시야 시, 니시노미야 시에 걸친 지역인데 별로 피해를 입지도 않은 오사카를 포함해 한신이라고 부르는 건 부적절하다는 이유였다. 그는 이중으로 착각하고 있다.

한신이라는 건 오사카 시와 고베 시를 뜻하기도 하지만 두 시 사이에 있는 아마가사키 시에서 아시야 시에 걸쳐 동서로 뻗은 지역을 가리키는 경우가 더 많다. 한신 지방이라고 불러도 될 지역이 있는 것이다. 간사이 사람이 아니라도 그건 다 아는 사실이라 그 사이의 한신칸 지역에 독자적인 문화 풍토가 있는 것까지 아는 사람도 적지 않을 텐데, 앞서 말한 학자는 영 모르는 것 같다. 또 한 가지. 효고 현의 참상에 비하면 오사카 부의 피해는 훨씬 작았다고는 해도 사망자 서른한 명, 부상자 삼천오백팔십구 명, 가옥 붕괴 팔천백서른세 채라는 무시할 수 없는 피해가 발생했다.

지진 피해는 자치단체의 구획을 뛰어넘으니 이름을 붙이기 어려운 경우도 있지만 그 1·17을 지리적으로 적절하게 바꿔 말한다면 옛 지명을 사용해 셋쓰 서부·아와지 대지진이라고 하는 수밖에 없다. 에도 시대 셋쓰 지방은 오사카 시에서 고베 시 스마 구까지 포함하니 딱 맞아떨어진다. 고베 시 다루미 구는 하리마 지방으로 들어간다. 셋쓰와 하리마의 경계는 내가 며칠 전 찾아갔던 시오야 부근이다.

한신·아와지 대지진으로 도요나카 시에서는 아홉 명이 사망하고 이천오백 명 가까운 부상자가 발생했다. 이것만으로도 큰 재해지만 효고 현의 피해가 너무 심각해 상대적으로 묻혀버렸고, 하물며 만 팔천 명이 넘는 사망자, 행방불명자를 낸 동일본 대지진에 비교하면 심각성이 옅어져 조금 큰 사고처럼 생각하기 십상이다. 지진 후 이십 년째 되는 해를 맞이해 도요나카 시내의 시설에서는 심포지엄이나 사진 전시회가 열렸다고 하는데 오사카 시민인 나는 몰랐다.

"이 부근도 한신 대지진으로 피해를 입었겠군요. 올 때는 전혀 의식하지 못했습니다만."

다카시가 운전석에서 말했다. 나도 같은 생각을 하고 있었다. 기분 탓인지 길가에 지은 지 이십 년쯤 될 듯한 집들이 간간이 보였다.

고이케 노부에의 집에서 물러난 우리는 긴세이 호텔로 돌아가기로 했다. 그 집에 그만 오래 머무르고 말아 벌써 6시가 넘었다. 해는 이미 저물어 경치는 어둠에 감싸여 있다.

돌아가신 어머니에 대한 이야기를 많이 들은 다카시는 가슴이 벅찬 기색이었다. 차에 올라탄 후에도 줄곧 말이 없었는데 흥분이 겨우 가라앉았는지, 한참 만에 입에 담은 것이 지진 이야기였다.

히무라는 팔짱을 끼고 생각에 잠겨 있다. 갓 입수한 정보를 머릿속으로 정리하고 있는 것이리라.

나시다를 둘러싼 수수께끼는 하나같이 깔끔하게 풀리지 않았다. 사 년 전 3월 11일, 동일본 대지진 뉴스를 보며 그가 울었다고 하기에 지진에 얽힌 괴로운 기억을 떠올렸겠거니 했다. 그 답으로 이어질 듯한 정보를 방금 전 얻었지만 여전히 수수께끼는 남아 있다.

야마다 나쓰코의 친구이자 다카시를 받아준 산부인과 의사 구니미 리오코가 남편, 자녀와 함께 지진으로 목숨을 잃은 것은 비참하지만 이십 년의 세월이 흐른 뒤에도 나시다가 마음을 아파할 정도로 큰 문제일 것 같지는 않다. 그런데 구니미의 죽음을 떠올리고 나시다가 통곡했다면 그는 그 산부인과 의사와 친했던 게 아닐까? 나쓰코의 소개로 만났던 정도가 아니라 더 깊은 교류가 존재했다고 생각해야 마땅하다. 나시다와 구니미의 연결 고리를 찾아야 할 이유가 생겼다.

다케히사 레이디스 클리닉에 입원했던 임신부나 간호사들은 무사히 구조되었지만 산부인과 의사 일가가 거주했던 부분이 무너져 세 사람을 죽음에 이르게 했다고 한다. 그후 불이 나서 병원은 소실되었다. 듣고 보니 그런 소식을 당시 뉴스로 보았던 기억이 있다. 곳곳에서 일어난 참사의 하나로.

"어머니가 나시다 씨에게 어떤 마음을 품고 계셨는지 모르겠습니다. 천국에 편지를 보낼 수 있다면 꼭 물어보고 싶습니다."

다카시는 한숨 섞인 목소리로 말했다. 답답할 만도 하다. 천국에 우편물을 보낼 수 있다면 그의 마음도 풀릴 테고 경찰과 탐정이 고생할 일도 없다.

히무라는 여전히 말이 없고 나도 대화를 이어나갈 적당한 화제를 찾지 못했다. 차 안의 공기가 어쩐지 무거웠다.

"잠시 실례."

가볍게 허락을 구하고 스마트폰에 들어온 연락이 없는지 확인했다. 삼십 분쯤 전에 가게우라 나미코가 전화를 했기에 바로 걸어보았다.

"아아, 아리스가와 씨. 제가 조금 있다가 다시 걸려고 했는데 미안해요. 지금 괜찮나요?"

"예." 그렇게 대답하자마자 가게우라가 빠르게 말했다.

"신발에 붙은 껌처럼 끈질기게 따라왔던 일이 완전히 손에
서 떠났습니다. 수갑과 족쇄가 찰칵 소리를 내며 풀린 듯한
해방감에 젖어 있어요. 이걸 맛보려고 소설가를 하는 거나 다
름없죠. 당신도 그렇지 않나요?"

『요도도노』 최종 교정이 끝난 것 같아 축하의 인사를 건넸다.

"고마워요. 끝까지 꼼꼼히 손을 봤으니 어디에 내놔도 부
끄럽지 않을 작품이 되었어요. 책이 완성되면 아리스가와 씨
에게도 선물할게요. 그런 건 신경쓰지 말아요. 몇 가지 용건
을 마치고 오사카로 가겠어요. 15일 일요일부터 긴세이 호텔
에 머물 테니 잘 부탁해요. 지금까지 알아낸 걸 천천히 들려
주세요. 방은 403호를 잡았어요. 사나흘은 머물 생각입니다."

"벌써 예약하셨어요?" 조금 당황했다. "가게우라 씨가 오
신다면 제가 방을 옮겨서 402호를 비우겠습니다."

"그런 번거로운 짓은 하지 않아도 됩니다. 이번에는 일로
가는 게 아니니 늘 쓰는 마호가니 책상이 없는 방이라도 상관
없어요. 오히려 제게 일할 기분이 들게 하는 책상이 없는 방
이 더 편히 쉴 수 있을 것 같아요. 만날 날을 기대하고 있겠어
요. 그럼."

뭔가 말하려고 단어를 찾는 사이에 전화가 끊어졌다.

"혹시 가게우라 선생님 전화입니까?"

다카시가 운전석에서 물었다. 내가 『요도도노』라고 해서 눈치를 챈 모양이다.

"예. 일요일부터 이쪽에 오신다고 403호를 예약하신 모양이에요. 제가 402호를 비울 테니 선생님께 내주세요."

"가게우라 선생님께서 403호를 원하셨다면 저희가 마음대로 변경할 수는 없습니다. 아리스가와 씨가 그렇게 생각하신다면 한번 이쪽에서 확인 전화는 드려보겠습니다."

내가 들은 것과 똑같은 대답을 들을 뿐이리라. 차라리 체크아웃하는 것도 좋을지 모르겠다. 히무라의 조수로 일하는 데는 통근으로도 충분하고, 할인받기는 했지만 내게는 낭비라 할 정도로 숙박비가 커지고 있다.

"가게우라 선생님이 오신다면 드디어 나시다 씨가 돌아가신 당일의 손님이 전부 모이는 거군요." 다카시가 말했다. "마치 히무라 선생님이 출마하기를 모두 기다리고 있었던 듯한 타이밍이라, 극적인 전개가 펼쳐질 징후 같습니다."

"그러면 다행인데 말입니다."

그렇게 대꾸하며 옆에 앉은 범죄학자를 보니 입술에 집게손가락을 댄 채로 굳어 있다. 우리 대화는 귀에 들어오지 않는 모양이다. 고이케 저택을 나서기 조금 전, 구니미 리오코 일가가 지진으로 사망했다는 이야기를 들은 직후부터 말이 없었다. 내버려두는 게 나을까 생각하고 있는데 입술에서 손가락을 떼더니 "지배인" 하고 다카시를 불렀다.

"나시다 씨에 대해 아는 사실 중에 아직 경찰이나 저희에게 말씀하지 않은 이야기는 없습니까?"

"없습니다만……."

다카시의 대답에는 희미한 당혹감이 묻어 있었다. 아직도 그런 질문을 받아야 하느냐고 생각했는지도 모른다.

"당신이 진상 규명에 소극적이라고 의심하는 건 아니니 오해하지 마십시오. 사소한 일이라 말할 가치가 없다고 넘어간 사실이 없는지 확인하고 싶습니다. 조금 더 구체적으로 질문해볼까요? 호텔이 제공하는 통상 서비스 외에 나시다 씨가 당신에게 뭔가 부탁한 적은 없습니까?"

질문을 받은 쪽은 십 초 정도 침묵했다.

"생각나는 바가 없습니다. 오 년이라는 장기 투숙이었으니 뭔가 있었을지도 모릅니다만."

"'어째서 그런 걸 부탁할까' 하고 의아하게 여긴 적은 없습니까?"

"없습니다"라고 대답한 다카시가 말을 덧붙였다. "아아, 한

자물쇠 잠긴 남자

가지 생각났습니다. 저희 호텔에 오시고 일 년도 지나지 않았을 때였는데 목욕탕에 가자고 하신 적이 있습니다. 오사카에 살아도 모르는 분이 계신데, 도사보리 길 부근에는 천연 온천이 있어서 나시다 씨는 그곳을 가끔 이용하셨습니다. 제가 신혼 때였을까요. 어느 날 '시간 있으면 함께 탕에 몸이나 담그러 가지 않겠습니까?'라고 불러주신 적이 있습니다. 손님께서 목욕탕에 가자고 하시는 건 처음 있는 일이라 가족이나 친척처럼 대해주시는구나 하고 생각했지요."

"그래서 부름에 응했습니까?"

"아니요. 일이 바빠서 넌지시 사양했습니다. '바쁜데 이상한 소리를 하고 말았군요'라고 웃고 계셨지만 내심 실망하시지 않았을까 마음에 걸렸습니다. 그후로는 그런 말씀을 하시지 않았습니다."

나시다가 목욕을 하러 가자고 한 이유는 다카시의 새끼발가락에 자기와 혈연관계를 나타내는 특징이 없는지 확인하기 위한 것이었으리라. 아무리 가까이서 지내도 숙박객이 호텔 지배인의 맨발을 볼 기회는 거의 없을 테니 근처 천연 온천에 가자는 것은 나쁘지 않은 구실이다. 끈질기게 권해 의심을 사는 일은 피한 모양이지만 이윽고 나시다는 다른 형태로 목적을 달성한다.

"그 밖에는 없습니까?"

"예."

히무라는 질문의 화살을 차례로 쏘아댔다.

"나시다 씨가 뭔가 맡긴 적은 없습니까?"

"맡겼다면…… 물건 말입니까?"

"물건이든 메시지든 상관없습니다."

"뭔가를 맡은 적은 없습니다. 메시지는 짐작 가는 바가 없습니다만……. 저희가 결혼했을 때 선물을 받았습니다. 보헤미아제 페어 와인잔이었는데, 설마 손님께 결혼 축하 선물을 받을 줄은 꿈에도 몰라서 고마우면서도 과분했습니다."

나시다에게 다카시는 생판 남이 아니었다는 뜻이다.

"그렇다면 반대로 나시다 씨가 뭔가를 요구한 적은?"

"목욕탕에 같이 가자고 하신 것 외에 무언가를 부탁받은 적은 없었다고 아까 대답했으니, 뭔가 물품을 양보해달라고 요구한 적은 없냐는 말씀이시지요? 아니요, 그런 일은 한 번도."

"잡담을 가장해 당신 어머님 이야기를 궁금해했다거나 하는 일은 없었습니까?"

"없었다고 단언할 수 있습니다."

"나시다 씨가 당신 어머님인 야마다 나쓰코 씨의 옛 연인이라는 사실은 틀림없습니다. 그렇다면 어머님 소지품에 나시다 씨의 사진이 남아 있을 법도 한데……."

"나시다 씨의 젊었을 때 사진은 본 적이 없습니다. 어머니 앨범 속에 그 비슷한 사진은 없었습니다."

"호오. 혹시 확인하셨습니까?"

"예. 나시다 씨가 어머니 연인이었던 것 같다는 이야기를 듣고 나서 새삼 앨범을 뒤적여보았습니다. 어렸을 때 자주 보았던 앨범이라 그런 게 있으면 기억하지 못할 리 없지만 그만 궁금해져서."

여기서 공수가 역전되어 다카시가 히무라에게 반문했다.

"선생님께 여쭙고 싶은 게 있습니다. 나시다 씨가 어머니의 연인이었다는 건 야마자키 씨 이야기로도 밝혀졌지만 그분이 형사사건을 일으킨 것에 대해 어머니는 어떻게 생각하셨는지 모르겠습니다. 애정이 싹 식어버렸다고 생각해도 될까요?"

"성급히 결론을 내릴 수는 없습니다."

"하지만 그분의 재판이 진행되는 동안 어머니는 저를 임신하고 계셨습니다. 그뿐만 아니라 어머니 앨범에는 나시다 씨 사진이 한 장도 없어요. 정이 떨어져 전부 내다버린 거겠지요."

"글쎄요. 그렇게 받아들일 수도 있겠습니다."

"선생님은 무척 신중하신 것 같습니다. 좋아하는 마음이 남아 있었다면, 좋아하는데 곁에 있을 수 없었다면, 사진을 한시도 품에서 떼어놓지 않았으면 않았지, 처분할 리가 없어요."

"꼭 어머님이 파기했다는 법은 없습니다."

"어머니가 아니라면 누가?"

"본인의 이야기를 들을 수 있다면 좋을 텐데 말입니다."

능구렁이처럼 대답하는 히무라가 불만스러웠을지도 모르지만 호텔리어로 단련을 거듭한 다카시는 그런 내색을 보이지는 않았다. 나는 '본인'이라니 대체 누구야, 하고 마음속으로 끼어들었다가 딱 맞아떨어지는 인물을 떠올렸다. 동시에 시야가 활짝 트였다.

본인이란, 바로 다카시의 큰이모다. 그녀라면 나쓰코의 유품을 정리할 때 나시다의 사진을 전부 처분할 수 있었다. 그런 짓을 한 이유도 아들 하나후사 아쓰야의 이야기에 담겨 있지 않은가.

나시다 미노루의 비밀을 기록한 두루마리의 한쪽 끝자락이 바닥 위를 술술 굴러가 처음부터 끝까지 한눈에 들어왔다. 그가 누군지, 어째서 긴세이 호텔에 줄곧 머물렀는지, 마침내 이해했다. 그 기구한 반생에 충격을 받아 팔뚝에 오소소 소름이 돋았다.

내가 둔했을 뿐이지 히무라는 이미 결론에 도달했던 게 틀림없다. 그를 돌아보며 나도 나시다의 비밀을 풀었다는 사실을 전하려 했지만 아무 말도 할 수 없었다. 송곳처럼 날카로운 시선이 내게 '잠자코 있어'라고 명령했기 때문이다.

어째서 여기서 말하면 안 되는 거지? 이유를 묻고 싶었지만 그럴 수도 없었다. 입을 열었다가는 정강이를 걷어차일 게 뻔했다. 그만큼 매서운 눈빛이었다. 아직 다카시에게는 알리지 말라는 뜻이리라.

나는 입을 꾹 다물고 나시다의 환영과 대화했다.

'당신 정체를 드디어 알아냈습니다. 정말 괴로우셨겠어요.'

사냥모에 애스콧타이를 맨 남자는 고개를 갸웃거렸다.

'글쎄요, 파란만장한 인생이기는 했지만 당신에게 동정을 살 만큼 제가 괴로운 일을 당했습니까?'

'시치미뗄 필요 없어요. 정말 다 알아냈으니까요.'

'제 인생을 전부 본 것처럼 말하는군요.'

'예, 보였습니다. 당신은 마치 견고한 밀실 같았지만, 겨우 찾아낸 열쇠로 그 문을 찰칵 열었습니다.'

'밀실이 열리니 무엇이 보이던가요? 제 인생의 모든 걸 알아냈다고 말씀하신다면, 죽음의 순간이 어땠는지도 압니까?'

'그건……'

나시다의 비밀을 스위트룸에 비유한다면 '그는 무엇을 위해 긴세이 호텔에 계속 머물렀나?'라는 수수께끼는 안쪽 침실로 통하는 문이었다. 그걸 푸는 데에도 성공했지만 아직 끝난 건 아니다. 가장 중요한 '그의 죽음의 진상'은 침실 안에 없었다. 창가에 버티고 있는 중후한 책상 서랍 안에 있으리라. 거기에도 자물쇠가 잠겨 있다.

'저의 죽음은, 자살입니까?'

나시다가 물었지만 대답할 수 없었다.

'저의 죽음은, 타살입니까?'

그의 과거가 훤히 보이는데 가장 궁금한 그 점을 여전히 모른다니. 아무리 올라가도 끝이 없는 나선계단의 길이를 깨닫고 아연실색했다.

'아마도 타살일 겁니다.'

그렇게 말하는 수밖에 없다.

'어허. 그건 히무라 선생님이 덴마 경찰서에서 하신 말씀이군요.'

'인용했을 뿐입니다.'

'카펫과 제 바지에 묻은 초콜릿 얼룩과 지문이 닦인 손목시계로 추리하면 그렇게 됩니까? 후나비키 경감이나 시게오카 경사의 마음은 움직인 모양이지만 히무라 선생님 스스로는

받아들이지 못하던데요. 그 정도로는 아직 확신이 서지 않는다고 하지 않았습니까?'

자문자답이지만 아픈 곳을 찌르니 대꾸할 말이 없다.

'이 사람, 나시다 미노루라는 밀실은 열렸을지 모르지만 수수께끼는 그대로, 굳게 잠겨 있습니다.'

그걸 풀기 위한 열쇠는 없고, 어디를 찾아야 찾을 수 있는지 짐작도 가지 않는 처지다.

'다시 한번 묻겠습니다. 저의 죽음은, 자살입니까?'

안타깝게도 완전히 부정할 수 없다.

'아니면 타살입니까?'

할말을 잃고 있는데 나시다의 환영은 쉴 새 없이 몰아붙였다.

'타살이라면, 범인은 누구입니까?'

7

그날 밤은 요로즈 부부와 회식을 하면서 이야기를 들을 예정이었지만 그렇게 되지 않았다. 일이 생겨 체크인이 늦어졌기 때문이다. 예정 취소를 알리는 미나에는 유감스러운 기색이었다.

"요로즈 내외분과의 식사는 내일로 미루고 오늘밤은 선생님들끼리 디너를 드시죠. 셰프가 좋은 농어가 들어왔다고 했습니다."

우리는 모처럼의 권유를 사양했다. 코멧의 디너는 너무 무거운데다가 우아하게 식사를 즐기기보다 다른 사람이 듣지 않는 곳에서 빨리 의견을 교환하고 싶었기 때문이다.

"긴급 수사 회의네. 내 방으로 바로 갈래? 재떨이는 있어."

엘리베이터 안에서 말하자 부교수는 말없이 끄덕거렸다. 다카시는 아내와 프런트 안으로 들어가 어머니의 옛친구에게 들은 이야기를 이것저것 보고하리라.

402호에 도착하자마자 히무라는 팔걸이의자에 털썩 주저앉아 담배를 꺼냈다. 나는 소파에 앉아 "한 대 줘" 하고 담배를 빼 들었다.

"그 부탁은 오랜만이네. 니코틴으로 마음을 가라앉히려고?"

부탁받은 남자는 내 쪽으로 라이터를 든 손을 뻗어 불을 붙여주었다. 가볍게 한 모금 피운 뒤에······.

"충동적으로 몸이 움직이고 만 것뿐이야. 이런 걸 피우기보다 마실 걸 먼저 준비할걸 그랬네. 공기가 건조해서 그런지 목이 말라."

"남의 담배를 집어 가서는 '이런 거'라니 너무하는군." 그런 항의에 "미안" 하고 사과하고서 냉장고에서 미네랄워터병을 꺼내 두 개의 컵에 따랐다. 이로써 실컷 이야기할 수 있다.

"나시다 미노루는 가쓰라기 다카시의 친부인 거지?"

대뜸 본론을 꺼내자 히무라는 "그래"라고 대답했다. 거의 확신하고 있었지만 내 섣부른 착각이 아니었다는 사실에 안도했다.

"다카시의 큰이모 댁에 나타난 남자는 출소한 직후의 나시다였던 거야. 그의 사진을 한 장도 남김없이 버렸던 것도 큰이모지. 유품을 정리하다가 '귀찮은 일이 생기면 큰일이야. 이건 조카에게 보여줄 수 없어'라고 생각했겠지. 나시다에게는 박정한 일이지만 그녀의 심정도 이해가 가."

"큰이모는 나시다가 친부인 줄 몰랐던 걸까?"

"나쓰코가 임신한 시기로 볼 때 보통은 그가 부친일 수 없으니 '황당무계한 소리'라고 웃어넘기는 게 당연해. 나시다가 그 사정을 설명하지 않았을 리 없지만 큰이모는 고집스레 믿지 않았거나 혹은……."

"끔찍한 범죄를 저지르고 복역한 뒤에 초라한 모습으로 어슬렁어슬렁 찾아온 남자를 다카시의 부친으로 인정하고 싶지 않았다고 생각할 수도 있겠네. 큰이모부가 '다카시를 확실히 지켜주자'라고 한 건 그런 뜻이겠지."

하나후사 아쓰야는 어머니가 편지를 불태우는 모습을 보았다고 했다. 그것도 나쓰코의 유품 속에 있었던 물건으로, 나시다가 구치소나 형무소에서 보낸 편지가 틀림없었다. 여동생을 불행하게 만든 그를 끔찍이 싫어했던 것이다. 노부에는 '낫짱은 불행하지 않았어요'라고 다카시를 차분히 타일렀지만 언니는 다른 감정을 품고 있어도 이상하지 않다.

하지만 나시다가 다카시의 생물학적 부친일 수 있을까? 대답은 줄곧 '노'였는데 직전에 들은 이야기로 눈앞을 덮고 있던 짙은 안개가 걷혔다.

"다카시의 친부가 나시다라는 걸 돌아오는 차 안에서 깨달은 것 같던데. 콩트 연출인가 싶을 정도로 얼굴에 똑똑히 드러나 있었어."

히무라는 그때의 내 표정을 재현해주었다.

"근본이 착해서 아무래도 그렇게 돼. 넌 야마자키 씨가 구니미 리오코 이야기를 하고 있을 때 눈치챈 거지? 한신·아와지 대지진이란 말을 들었을 때 반사적으로 입술에 손가락을 뻗었으니 콩트보다 알기 쉬웠어."

"시시한 거짓말은 집어치워. 그때는 입술을 만지는 것도 잊고 있었어. 단숨에 지그소퍼즐이 완성되어서 정신이 아득해졌지."

"역시 히무라 선생이군. 지그소퍼즐을 단숨에 완성시키다니, 마치 신통력 같잖아."

시선을 창으로 던진 히무라가 눈을 가늘게 뜨고 말했다.

"흩어져 있던 퍼즐 조각이 사방팔방에서 날아와 눈 깜짝할 사이에 제자리에 들어갔어. 이 호텔에 대한 나시다의 집착, 가쓰라기 다카시와의 혈연, 야마다 나쓰코와 이별하게 만든 체포, 하와이에서 야마자키 노부에가 목격한 나쓰코의 태도, 나시다의 공판중에 나쓰코가 임신한 사실, 동일본 대지진 뉴스를 보고 오열한 일, 다카시의 큰이모 앞에 나타난 초라한 '자칭 다카시의 부친', 나쓰코의 옛친구가 산부인과 의사였다는 점, 그 옛친구가 한신·아와지 대지진으로 목숨을 잃었다는 사실. 이런저런 조각들이 이어져 의미 있는 그림이 되었어. 퍼즐 조각은 전부 네가 모아준 거야."

"모으면서도 의미 있는 그림을 만들어내지 못했지만."

"만들어냈잖아. 나보다 한 시간쯤 늦었을 뿐이지. 건배하자."

히무라가 왼손으로 컵을 들어올리기에 나도 컵을 들어 가볍게 맞댔다.

"이번에는 유난히 나를 치켜세우는데. 혹시 인생관을 수정했어? 독설가인 네가 높이 평가해주는 건 기쁘지만 나로서는 다소 민망해."

"부끄러워할 필요가 뭐 있어. 열흘 전부터 호텔에 들어와 오로지 수사에 매달린 아리스가와 형사로서는 일 분이라도 내게 추월당하고 싶지 않았던 건가?"

"그런 어린애 같은 경쟁심이 아니라, 미스터리 작가로서 반성하고 있는 거야."

복잡하기 짝이 없는 밀실 트릭이나 알리바이 공작을 써왔으면서 '나쓰코는 나시다가 체포되고 약 반년 후에 다카시를 임신했다. 따라서 다카시는 나시다의 자식이 아니다'라고 선뜻 단정지은 게 한심했다. 멀리 떨어져 있어도 연인과 아이를 만들 수는 있다. 인공수정이라는 생식 의료 기술은 반세기 이전에 확립되었다.

"다카시의 부친이 어디 사는 누군지 몰라도 절대 나시다는 아니라고 믿고 있었어. 완전히 19세기 인간이야."

"반성은 그 정도만 해. 다케히사 리오코, 옛 성으로는 구니미 리오코가 남편과 운영했던 병원이 인공수정 시술을 했는지는 확인하지 못했지만 레이디스 클리닉이라는 명칭으로 보건대 불임 치료의 일환으로 다루고 있었다고 생각해도 되겠지."

"나도 그렇게 생각해. 삼십 년도 지난 일이지만 조사하면 확인할 수 있겠지."

"경찰 도움을 받을까? 내일 오전 중에 시게오카 씨에게 전화로 부탁하지."

제대로 피우기도 전에 손가락 사이의 카멜은 재로 변했다. 나는 물을 벌컥벌컥 마시고 중얼거렸다.

"그나저나 인공수정을 제안한 건 나쓰코 쪽이겠지? 대단한 결단을 내렸네."

"그래, 대단해. 하와이 호텔에서 나시다에게 지시하는 모습을 상상하면 서늘해. 당찬 결단력도 그렇지만 나시다가 사건을 일으켰다는 소식을 국제전화로 듣고 하룻밤 만에 용케 그런 생각을 했다 싶어. 인간의 두뇌도 위급한 순간에는 괴력을 발휘하는지 몰라."

나쓰코가 나시다의 전화를 받은 것은 현지 시간으로 1985년 8월 16일 오후. 노부에는 창백하게 질린 나쓰코를 목격했다. 잠들지 못하는 밤이 지나고 이튿날 오전에 나쓰코는 혼자 있게 해달라며 친구를 밖으로 내보냈다. 나시다에게 콜렉트콜을 받을 시간을 미리 정해놓고 한 행동이리라. 노부에는 나쓰코에 대해 이런 증언을 해주었다.

—두 시간쯤 지나 돌아가보니 말끔히 옷을 갈아입고 일어나 있더군요. 표정이 또렷하기에 일단 마음을 놓았어요.

—그 친구는 선서하듯 의연하게 괜찮다고 말했어요. 스스로를 위로하거나 그런 게 아니라, 극복한 거예요. 그건 다행

이지만…… 눈이…… 눈이 말이죠, 무서울 정도로 굳건했어요. 엄청난 결단을 내려서 절대 뒤로 물러날 수 없다는 듯이. 낫짱의 그런 눈빛을 본 건 그때뿐이었습니다.

그리고 그 이튿날, 귀국하는 날 아침.

—그때도 낫짱은 괜찮다고 딱 잘라 말했어요. 여러 가지 의미로 해석할 수 있겠죠. 어떤 일이 있어도 나시다 씨에 대한 마음은 변함없다는 뜻인지. 사람을 잘못 봤으니 그 사람과는 인연이 끊겨도 괜찮다는 의미인지……. 단순히 일단은 현실을 받아들이고 패닉 상태에서 벗어났다는 뜻으로 볼 수도 있어요.

나시다가 저지른 죄를 알고 기가 막혀 "설마 출소를 기다릴 셈이야?"라고 물었을 때의 반응은 이러했다.

—이렇다 할 대답은 않고 '후회 없이 살 거야'라고 하더군요. 그때는 망설였던 거겠지요.

각오를 한 것은 나쓰코였지만 나시다도 결단을 내렸던 것이다. 연인의 지시, 혹은 제안을 거절할 수도 있었으니까. 전화로 어떤 대화가 오갔는지 알 길은 없다. 나시다가 그거 좋겠다 하고 가볍게 응했을 리는 없으니 나쓰코에게 질타를 받으며 승복했을 것 같다. 만약 내가 나시다였다면 어땠을까 생각하니 억장이 무너지는 기분이었다.

호텔 침대에 걸터앉은 나쓰코는 움켜쥔 수화기에 대고 호소한다. 에어컨이 작동해도 이마에 땀방울이 맺혀 있지 않았을까?

"전화번호는 적었어? 다케히사 레이디스 클리닉이야. 다, 케, 히, 사. 당장 리오코한테 연락해서 반드시 승낙을 얻어. 내일 중으로 해달라고 부탁해. 해낼 때까지는 경찰에 붙잡히면 안 돼."

칠천 킬로미터 가까이 떨어진 곳에서 나시다가 당혹스러워하는 기색을 느꼈으리라. 꿈으로도 생각하지 못했던 행위를 강요당했는데 당혹스럽지 않았을 리 없다.

"잠깐. 인공수정이라니…… 나는 그러려고 달아난 게 아니야. 몇 년이나 형무소에 처박히게 될 것 같으니 가코 짱 목소리를 듣고 싶어서, 가능하면 만나고 싶어서, 판단력이 흐려진 것뿐이야. 어리석은 짓을 했어. 사람을 친 걸 알았을 때 바로 경찰에 출두했어야 했는데."

"이제 와서 후회해도 늦었어. 잘 들어, 나시다 씨. 이렇게 됐으니 내 말대로 해. 부탁이야. 당신이 형무소에서 몇 년을 보내야 하더라도 난 돌아올 날을 기다릴게. 오 년이든 십 년이든, 언제까지고 기다릴게. 하지만…… 외로운 건 참을 수 있어도 나이가 드는 건 막을 수 없어. 나는 벌써 서른넷이고 시간이 없어. 당신이 출소하길 기다리면 아이를 낳을 수 없게 돼. 그건 싫어. 당신하고 내 아이를 갖고 싶어."

이 시점에서 이미 그녀의 눈에는 강한 의지가 감돌았으리라.

"내 출소를 기다린다니…… 고맙지만, 잘 생각하고 말해."

"내가 일 초라도 망설였을 것 같아? 나시다 씨, 지금 굉장히 괴롭지. 그럴 때 당신을 버릴 것 같아? 내 마음을 고맙게 생각한다면 내 부탁도 들어줘. 내가 당신 아이를 만들 방법은 한 가지밖에 없어. 리오코의 도움을 받아서 인공수정으로 낳는 거야. 당신은 아이를 안아볼 수 없고, 귀여운 걸음마도 볼 수 없어. 정말 안타깝겠지만 그건 벌이라고 생각하고 포기해. 아이가 철들기 시작할 무렵에는 나올 수 있을 거야. 그러면 우리는 결혼해서 가족이 되는 거야."

결혼, 가족이라는 말이 나왔다면 나시다의 마음은 흔들렸을 게 분명하다.

"이 일은 언니한테도 비밀로 할 거야. 내 마음을 이해 못할 테니까. 가능하면 아이가 어릴 때 만나게 해주고 싶지만 한계가 있어. 지금 뱃속에 아이가 있다 해도 고령 출산이니 늦어도 일 년 안에는 낳고 싶어. 리오코에게 맡기면 돼."

"아니, 그건……."

나쓰코는 물러서지 않았다.

"내가 이렇게 부탁하는데 안 된다고 할 거야? 몇 년이나 형무소에서 나오지 못할 짓을 저질러놓고…… 그것만으로도 나를 고통스럽게 만들었는데, 얼마나 더 제멋대로 굴 거야? 나는 당신 아이를 키우면서 기다리기로 결심했어. 무슨 일이 있더라도 그럴 작정이지만 당신이 도와주지 않으면 불가능해."

느긋하게 고민할 시간은 없었다. 나시다는 공중전화 부스 안에서 몸을 웅크리고 지나가는 순찰차 사이렌 소리에 벌벌 떨며 이야기하고 있었을지도 모른다.

"돌아가신 분이나 다친 분께는 정말 미안하지만 지금은 그 사람들을 생각할 겨를이 없어. 더이상 나를 상처 입히지 마. 전부 속죄하고 나면 둘이서 인생을 새로 시작하자. 날 사랑한다면 그렇게 해줘. 기회는 지금밖에 없어!"

나시다는 끝내 승낙했다.

"가코 짱 말대로 할게."

"꼭이야. 나를 배신하지 마."

나쓰코는 그렇게 다짐을 받았을 것 같다.

창밖에는 하와이의 푸른 하늘이 펼쳐져 있었으리라.

8

　도주에서 출두까지 이틀 동안, 나시다가 어떻게 지냈는지는 생각해본 적이 없었다. 한여름이니 야외에서도 잘 수 있었을 테고 고베라면 밤새 영업하는 가게에 몸을 숨길 수도 있었으리라. 출두할 각오를 다지는 데 이틀이 필요했구나 정도로만 여겼던 건 생각이 짧았다고밖에 할 수 없다.

　"나시다에게는 인생에서 가장 긴 이틀이었을 거야." 히무라의 목소리는 침울했다. "나쓰코의 부탁을 받아들인 뒤에도 번뇌는 이어졌겠지. 가혹한 부탁이었으니까."

　차라리 잔혹하다는 말이 어울릴 정도다. 다른 부탁이라면 몰라도 나쓰코가 요구한 행위는 당시의 나시다에게 고행을 뛰어넘어 고문에 가까웠을지도 모른다.

　'출두하기 전에 다케히사 레이디스 클리닉에 당신 정자를 보존해달라고 해. 남은 길은 인공수정밖에 없어.'

　'못 해. 지금 내 상태로는 도저히 못 할 것 같아.'

　'당신 정신 상태는 나도 이해해. 어려운 걸 알면서 힘든 일을 부탁하는 거야. 시험해보고 안 되면 어쩔 수 없지만……나를 위해 노력해볼 생각은 없는 거야?'

　그런 대화도 주고받았으리라.

경찰의 눈을 피해 병원에 달려간 그를 백의를 두른 리오코가 맞이한다.

'나시다 미노루 씨지요? 기다리고 있었어요. 사정은 나쓰코에게 전부 들었습니다. 시간이 없으니 서둘러 시작하죠. 제말대로 하세요.'

경험이 없으니 절차는 모르겠지만 결국 그는 이런 지시를 받았으리라.

'사정하세요.'

그럴 때, 그런 심리 상태로.

인간으로서의 존엄을 버려야 했으리라. 사랑하는 여인과의 아이를 만들기 위해 어째서 이런 짓을 해야 하는지 고뇌했으리라. 작은 방에 들어가 얼마나 오래 고독한 시간을 보냈을까. 남자라는 사실이 저주스러웠을지도 모른다.

이렇게 된 건 나쓰코의 부정을 의심한 자신의 어리석음 때문이다. 하다못해 그녀의 비통한 소원만큼은 들어줘야 한다고 견뎌가며 노력했으리라 상상해본다. 육체적인 고통을 수반한 시련이 훨씬 편했을 것이다. 뇌리를 스치는 두 사람의 피해자를 애써 쫓아내면서, 나시다는 간신히 임무를 완수했다.

목이 말라 컵에 물을 더 따르자 히무라도 물을 채웠다. 괜히 목이 탄다.

"나쓰코가 죽었다는 사실은 언제 알았을까? 형무소 안에서 알았어도, 출소하고 나서 알았어도 슬프긴 마찬가지였겠지만."

"자세한 사정은 몰라. 속세로 나온 뒤에 히로시마로 불려갈 때까지, 나시다가 어떻게 생활했는지도 수수께끼야. 뭐, 그런 건 아무래도 상관없지만. 다카시를 맡은 하나후사가에 초라한 모습으로 나타났으니 좀처럼 안정된 일자리를 찾지 못하고 고생했겠지."

"큰이모는 나시다가 다카시의 친부라는 걸 믿어주지 않았던 모양이지만 입증할 수는 있었잖아? 그 시점에서는 다케히사 리오코가 건재했으니까, 부탁하면 신의를 걸고 증언해줬을 거야. 나 같으면 큰이모의 손을 끌고 다케히사 레이디스 클리닉에 데려갔을 텐데."

"하지만 나시다는 그러지 않았어."

"왜지?"

"나한테 묻는 거야? 소설가는 아니지만 그 정도는 대답할 수 있어." 심술궂은 말버릇이 부활했다. "문전박대를 당한 나시다는 반발도 했지만 어느 정도 이해도 했을 거야. 하나후사가에 정을 붙이고 유복한 삶을 사는 아들을 데려갈 자격이 지금의 내게 있을까, 스스로를 돌아보고 생활부터 바로잡기로 했겠지."

"오오, 보고 온 것처럼 말하네. ……그렇겠군. 일 년이든 이 년이든 들여 생활 기반을 다지고 나서 다케히사 리오코를 모셔갈 셈이었나. 인생을 새로 시작하는 사람으로서 성실한 태도라고 할 수 있네."

하지만 운명은 그에게 냉혹했다. 아들과 살기 위한 기반을 다지기 전에 한신·아와지 대지진이 터져 다카시가 누구의 아이인지 아는 산부인과 의사를 그에게서 앗아갔다. 그녀의 남편이라도 살아남았다면 증인이 되어줄 수 있었을지 모르지만 지진은 그것도 허락하지 않았다. 그것도 모자라 화재로 기록마저 소실되었다.

"지진을 원망했겠지. 친자 관계를 증명할 수단이 사라져 절망했을지도 몰라. 지금 같으면 민간 기업이 몇만 엔에 DNA 감정을 해주지만."

거기까지 말했을 때 새로운 의문이 떠올랐다. 나시다는 형무소에서 만난 남자의 권유로 히로시마로 가서 네기시 사부로의 파트너가 되어 현안이었던 생활 기반을 바로잡았지만 그 시점에서는 아들을 되찾을 의지를 잃은 듯했다. 삶의 즐거움을 버린 것 같았다고 했으니 그건 그렇다 쳐도…….

업무상 파트너와 다투고 헤어진 뒤, 그는 오사카로 나와 다카시가 있는 긴세이 호텔에 모습을 드러낸다. 물론 우연이 아니라 탐정에게 조사를 의뢰해 아들의 행방을 찾은 끝에 다다른 것이리라. 부친의 정으로 움직였던 것이다. 더이상 다카시의 큰이모에게 방해받을 일은 없으니 나시다가 원하면 아버지라고 정체를 밝힐 수도 있었다. DNA로 친자 감정을 하는 기술도 일반적으로 퍼져 있었다. 그런데 어째서 행동하지 않았던 걸까?

"이봐, 아리스. 너 같으면 '야호, 내가 네 아버지다. 거짓말 같으면 DNA를 감정해보자' 그럴 것 같아?"

"그건…… 망설여지네. 아들은 나하고 아무 상관도 없는 곳에서 자립해 반려를 맞이한 상황이니까. 아버지는 자랑할 수 없는 과거까지 떠안고 있고."

"그렇지? 아마 그런 이유일 거야. 너도 이해할 텐데."

글쎄. 머리로는 이해가 가지만 내 처지와 너무 동떨어져서 아직 실감이 나지 않는다. 소설가인 주제에 상상력이나 공감력이 빈약하다고 범죄학자에게 야단맞을 것 같다. 지난 열흘 동안 어울렸던 나시다라는 인물에 대해 간단히 '이해했다'고 말하기 싫은 것뿐인지도 모른다.

히무라는 결론을 내렸다.

"나시다가 이 호텔에 머문 목적은 친아들 곁에서 여생을 보내기 위한 것이었어. 정체를 밝히지 않음으로써 손에 들어오는 행복이 있었고, 그걸 지키고 싶었던 거지. 다카시가 결혼했을 때는 기뻤을 거야. 새끼발가락이 긴 걸 발견했을 때의 감격도 짐작해볼 수 있잖아? 산부인과 의사가 사무적으로 증명해줘도 얻을 수 없는 부모자식의 핏줄을 처음으로 느꼈으니, 노래라도 부르고 싶어질 만하지."

나는 나시다의 환영을 불러내 말을 걸려고 했다. 뭔가 오해하고 있다면 지적해주길 바랐지만 그는 더이상 나타나지 않았다.

히무라가 한 시간 사이에 네 대를 해치우고 새 담배를 물었을 때, 방 전화가 울려서 받아보니 미나에였다. 히무라 앞으로 우편물이 왔는데 건네주는 걸 깜빡했다며 지금 가져다주겠다고 했다.

"극비 조사 보고서야?" 그렇게 묻자 부교수는 담배를 물고 고개를 저었다.

"이 사건하고는 상관없는 대학 문서야. 서명해서 반송해야 해. 어제 발송한다고 하기에 오사카의 긴세이 호텔로 보내달라고 했지."

"빈틈없는데."

일 분쯤 지나 벨이 울리더니 봉투를 든 미나에가 찾아왔다.

내가 나가서 "고맙습니다" 하고 받았다. 노부에에게 들은 이야기를 다카시가 어떻게 말했는지 살짝 물어보려 했는데 미나에의 태도가 이상했다. 실내를 힐끗 훑어보더니 시선을 떨어뜨리고 "실례했습니다" 하고 몸을 돌려버렸다. 내가 안색을 살피는 걸 피하려는 듯이.

조금 마음에 걸렸지만 말하지는 않고 봉투를 히무라에게 건넸다. 히무라는 봉투를 안주머니에 넣고 말했다.

"큰 수수께끼가 하나 풀렸지만 그것만으로는 여길 체크아웃할 수 없어. 아들 내외를 지켜보는 생활에 만족하고 있던 그에게 심경의 변화가 생겨 자살한 건지, 우리가 모르는 동기로 누군가가 살해한 건지, 여전히 수수께끼야."

"나시다의 숨겨진 반생이 겨우 드러났는데도 상황은 똑같네. 향후 방침을 생각해야겠어."

"그날 밤 숙박객이 줄줄이 집결할 테니 이야기를 들어봐야지. 종업원들에게도."

향후 계획에 대해 말하기 전에 확인할 사항이 한 가지 있었다. 나시다가 다카시의 부친이라는 걸 내가 깨달았을 때, 히무라는 잠자코 있으라고 눈짓으로 제지했다. 이 세상 누구보다 다카시에게 큰 의미를 갖는 사실인데 어째서 그에게 알리기를 꺼렸는지 이유가 궁금하다.

"왜 그랬어? 배려가 부족한 문제를 떠나서 도의적으로 그러면 안 되는 거잖아."

"과학수사연구소에서 DNA 감정 결과가 나온 뒤에 알리는 게 적절하다고 판단했을 뿐이야. 우리는 다카시가 나시다의 아들이라는 사실이 확정된 것처럼 말하고 있지만 사실은 아직 추론이잖아. 과학적으로 입증된 후에 알려도 늦지 않아."

"그게 다일 것 같지는 않은데. '입다물고 있어. 말하면 걸어챌 거야'라는 표정이었잖아?"

"그렇게 박력이 있었어? 다카시가 알게 되면 곤란한 구체적인 이유가 있었던 건 아니지만 손에 들어온 카드는 잠시 숨겨두고 싶었어. 두 사람이 진짜 부자지간이라는 게 사실이라면 그게 사건의 배경일 가능성도 없지는 않아. 그걸 숨긴 채로 관계자 모두와 이야기해보고 싶었어. 이 설명으로 족해? 수사 회의는 여기서 마무리짓고 밥을 먹으러 가자. 이곳에 며칠이나 묵었으니 좋은 가게를 몇 군데 찾아냈겠지?"

히무라는 지친 목소리로 말했다. 나시다 미노루라는 밀실의 자물쇠는 풀렸지만 그 문은 너무 무거워 밀어서 여는 데 힘이 필요했던 것이다. 나도 녹초가 되었다.

"뭐가 먹고 싶어?"

"내일이 프렌치라면……" 몸짓을 섞어가며 말한다. "오늘은 초밥이려나."

초밥도 좋지만 굳이 집게손가락을 돌려가며 말하지는 마.

제7장

그 귀환

1

2월 12일.

아침 9시가 넘어 코멧으로 내려가자 히무라는 창가 테이블에서 식후 커피를 마시고 있었다. 혼자가 아니길래 어라 싶었다. 맞은편에 앉은 시카우치 마리카와 뭔가 이야기를 나누고 있었던 것이다. 두 사람은 거의 동시에 낌새를 느끼고 내 쪽을 돌아보았다.

"안녕하세요. 첫인사는 마친 모양이군요."

그렇게 말하며 히무라 옆에 앉자 뮤지션은 고개를 끄덕였다.

"아리스가와 씨가 소개해주기 전에 통성명을 했어요. 선생님이 지금까지 해결한 수많은 어려운 사건들에 대해 듣고 있었어요."

진짜로 받아들였다가 웃음만 샀다.

"농담이에요. 나시다 씨 일을 조사하러 온다던 명탐정이 이 사람이구나 하고 직감적으로 눈치채고 커피잔을 한 손에 들고 저쪽 테이블에서 옮겨와서 자기소개를 나누었어요. 과거에 해결한 사건은 이제부터 들을 참이었어요."

"그것도 농담이지요." 오늘 아침에는 넥타이를 매지 않은 히무라가 말했다. "과거의 사건을 이야기할 생각은 없습니다. 말할 만한 실적도 없고, 당면한 현안은 나시다 씨 문제입니다. 진상 규명을 위해 많은 이야기를 해주십시오."

시카우치는 "좋아요"라고 대답하고 말을 이었다.

"하지만 아리스가와 씨에게 했던 이야기를 반복하는 건 사양하겠어요. 그전에 이미 경찰에도 몇 번이나 말했던 터라 이제 지겨워요."

"아리스가와에게 상세한 보고를 받았으니 지루해하실 만한 반복 작업은 피하도록 하지요. 괜한 시간은 빼앗지 않겠습니다."

입구에서 주문한 가정식 조식이 나와서 긴장감은 떨어지지만 식사를 하면서 두 사람의 대화에 귀를 기울였다. 그나저나 좋은 매실장아찌를 쓰네.

자물쇠 잠긴 남자

"나시다 씨의 죽음이 자살인지 아닌지, 아직은 뭐라 말씀 드릴 수 없습니다. 그래서 시점을 바꿔 타살이라면 누구의 소행인지 고찰해보고 싶습니다. 레스토랑 안이 적당히 북적거려 딱 좋군요. 여기서만 들을 수 있는 시카우치 씨 말씀을 듣고 싶습니다. 비밀 엄수는 약속하겠습니다."

시카우치는 테이블에 한쪽 팔꿈치를 얹고 주먹에 턱을 괴었다.

"조금 흥미가 생겼어요. 저는 직감적으로 나시다 씨는 자살했을 거라고 생각하는데."

"직감적으로 말입니까? 그건 일단 제쳐두고 만약 타살이었다면 어떨까요? 그날 밤 이 호텔에 있었던 사람들 중 누가 수상하다고 생각하십니까?"

"범인은 밖에서 왔을지도 몰라요."

"그 가능성은 낮으니 제외하겠습니다. 범인이 내부에 있었다고 치면, 누구?"

참 거칠게도 묻는다고 생각하며 죽을 먹었다. 보통 사람이라면 경솔하게 특정 이름을 대지 못할 것이다. 역시나 시카우치는 대답이 궁한 것 같았다.

"지루하지 않도록 자극적으로 질문하신 건지 모르겠지만 너무 심한데요. 아무리 비밀로 해준다고 해도 그렇게 무책임한 소리는 할 수 없어요. 나시다 씨하고 싸웠던 사람도 없고, 그날 밤에 이상한 행동을 하는 사람을 보지도 못했으니 해당 자는 없습니다."

"사소한 일이 원인이 되어 사건으로 발전하는 경우도 있습니다. 싸움까지는 아니더라도 분위기가 좋지 않았던 사람은 없습니까?"

"굳이 말하자면 요로즈 씨 바깥분이지만 살인으로 발전할 리 없고……."

"요로즈 마사나오 씨 말씀이군요. 나시다 씨하고 무슨 일이 있었습니까?"

시카우치는 심각하지 않은 말투로 대답했다.

"그 사람 주식꾼이죠? 증권맨이라고 하나? 일에 대한 열정이 대단한지, 나시다 씨에게 주식인지 투자인지 투기인지를 권했어요. 라운지에서 쑥덕거리는 걸 들은 적이 있어요. '실례지만 호텔 특등실에 거주하실 정도니 재산을 많이 모아놓으셨을 것 같습니다. 놀고 있는 돈이 있으면 유효하게 활용하지 않으시렵니까?' 이런 식으로 권유한 거죠. 나시다 씨가 '관심 없습니다'라고 해도 요로즈 씨가 물고 늘어지니까 '그만 좀 하십시오' 하고 질렸다는 듯 대꾸했어요. 아, 그게 전부예요. 영업을 거절당했다고 살인 사건을 저지르면 전국에 시

자물쇠 잠긴 남자

체가 산을 이룰걸요."

"시체가 후지산보다 높이 쌓이겠지요."

"제 말이 그거예요. 나시다 씨가 모호하게 대답하지 않고 확실히 거절하셨으니 요로즈 씨도 그 이상 귀찮게 굴지는 않은 것 같았지만 '좀 짜증스러운 남자네'라는 생각은 했을지도 모르죠."

"주위에서 나시다 씨를 부자로 봤습니까?"

"글쎄요. 수수하게 사셨으니, 전 그냥 이곳 스위트룸에 머물 만한 돈이 매달 들어오나 보다 싶긴 했는데."

"포목점 주인과는 사이가 좋았던 모양이더군요. 돌아가시기 전에도 함께 굴 요릿배에 가셨죠."

"히네노야 씨는 살가우니까요. 식사 초대는 나시다 씨에게 반가운 일이었을 거예요. 항상 혼자 먹는 것도 따분하니까요. 전 그런 것에 별로 개의치 않지만. 사이가 좋았다고 할 정도인지는 잘 모르겠어요. 나시다 씨는 히네노야 씨보다 쓰유구치 씨에게 친밀감을 느꼈을지도 몰라요."

"쓰유구치 요시호 씨 말입니까. 방으로 초대하기도 했다니 호감은 있었겠지요."

"저도 톱을 연주해달라고 초대받은 적이 있어요. 상처를 치료해줬으니 처음부터 인상이 좋았겠지요. 쓰유구치 씨는 고마우면서도 불편하지 않았을까요?"

"싫어했다는 뜻입니까?"

"그런 내색 없이 나시다 씨에게는 정중하게 대했어요. 싫어하지는 않았지만 어쩌다 같은 호텔에 묵었을 뿐인데 누가 묘하게 호의를 표하면 귀찮지 않았을까 하는 게 제 추측입니다."

"알 것 같습니다. 나시다 씨가 연애 감정이 얽힌 호의를 표해서 난처했던 건 아니고요?"

"아, 그런 건 아니었을 거예요. 나시다 씨, 고목 같았으니까."

"아무리 나이를 먹어도 남자는 남자입니다. 여성에게 끌리는 일은 있겠죠. 고목 같다고 하시지만 사진으로 본 바로는 꽤 남자답던데요."

"하긴. 하지만 나시다 씨에게는 사랑에 빠진 남자가 발산하는 섹시함이 없었어요."

호오, 남자도 사랑에 빠지면 섹시해지나? 나는 경청하면서 연어구이를 먹어치웠다.

"섹시함 말입니까?" 히무라도 재미있다는 듯이 말했다.

"애초에 나시다 씨는 비밀투성이고 수수께끼에 싸여 있었으니 그것만으로도 섹시함이 묻어 나올 것 같은데 별로 그렇지 않았어요. 인간적인 매력하고는 또 다른 얘기예요."

"그렇다면 가게우라 나미코 씨에게 연심이나 동경을 품고 있었던 것도 아니겠군요."

"예. 가게우라 씨에게는 경의를 표했던 거겠지요. 가까이서 이야기를 나눌 수 있다는 걸 영광스럽게 생각했을 거예요."

"요로즈 기와코 씨는 어땠을까요?"

"잘 모르겠어요. 라운지에서 책을 읽는 모습을 본 적이 있는데 그뿐이라. 부인 쪽은 나시다 씨에게 약간 관심이 있는 것 같았어요. '정체가 뭘까요. 당신은 혹시 알고 있나요?'라고 제게 물은 적이 있어요. 하지만 솔직히 그건 모두 생각했던 일이라."

두 사람의 대화는 매끄럽게 이어져서 내가 끼어들 틈이 없었다. 덕분에 식사에 전념할 수 있었다. 젓가락을 내려놓고 천천히 차를 마셨다.

호텔 직원들과의 관계를 묻자 그녀는 "잘 몰라요"라는 대답을 연발했지만 이런 말도 했다.

"오너와 지배인은 좋아했을 거예요. 부부가 프런트에 들어가 이야기를 나누거나 복도에서 업무 때문에 의논하는 모습을 싱글벙글하며 바라보곤 했어요. ……그 두 사람이 세상에서 가장 육친에 가까운 존재였겠제."

마지막이 슬쩍 오사카 사투리여서 히무라가 의아해하는 눈치였지만, 신경쓰지 마라. 그건 그녀의 버릇이다.

"1월 13일에 대해 말씀해주십시오." 범죄학자가 말했다. "그날 시카우치 씨의 행동을 여쭤봐도 되겠습니까?"

"왔다. 알리바이 조사." 장난스럽게 말하는 그녀.

"조금 다릅니다. 나시다 씨의 사망 추정 시각에 알리바이가 있는 사람이 없다는 사실은 잘 알고 있습니다. 여러분의 행동을 대조해보면 실제로는 알리바이가 성립하는 분이 있을지도 몰라 듣고 싶은 겁니다."

시카우치는 입술 끝을 슬그머니 올리며 웃었다.

"선생님이 알리바이를 찾아주시는 건가요? 말솜씨가 좋으신데요. 그것도 아리스가와 씨에게 이미 이야기하긴 했지만 좋아요. 한 번 더 말하죠."

협조적인 건 고맙지만 그녀의 증언은 도움이 되지 않았다. 계약한 소속사 매니저와 저녁 식사를 먹으며 회의를 하고 오후 9시 전에 호텔로 돌아온 다음에는 줄곧 방에서 연습. 12시 반에 침대에 들어가 바로 잔 게 전부라, 앞서 말한 대로 수상한 것을 보거나 듣지 못했다. 아무리 히무라라도 추리의 메스를 들이댈 방법이 없다.

시카우치에게서 뽑아낼 수 있는 정보는 바닥났다.

"다른 분이 깜짝 놀랄 만한 이야기를 해주시면 좋겠네요.

자물쇠 잠긴 남자

탐정의 무용담, 분명 있으실 테니 조만간 들려주세요. 전 산책 좀 하고 올게요."

시카우치가 의자 등받이에 걸어두었던 블루종을 걸치고 일어나다 멈추었다. 그리고 부교수를 내려다보며 말했다.

"이상한 질문이지만, 혹시 선생님은 사랑을 하고 계신가요?"

히무라는 "허?" 하고 얼빠진 소리를 냈다.

"아니요. 그런 훈훈한 일과는 인연이 없은 지 오래입니다."

"그러신가요. 그럼 남에게 말할 수 없는 굉장한 비밀을 갖고 계실지도 모르겠군요. 실례할게요."

어이없어하는 히무라의 표정이 우스꽝스러웠다.

"뭐야, 저건?"

"히무라 선생님은 아침 댓바람부터 유독 섹시하시네요, 그런 뜻이겠지. 만나자마자 그런 코멘트를 들을 수 있다니 대단한 매력남이네."

시카우치 마리카는 그 짧은 시간에 히무라로부터 비밀의 향기를 맡은 것이다. 직감이 날카로운 건지, 젊어도 사람 보는 눈이 뛰어난 건지, 둘 다인지.

"남에게 말할 수 없는 비밀이라니…… 내게 숨겨둔 자식이 있다는 걸 꿰뚫어 본 건가?"

"훈훈한 일하고는 인연이 없는 주제에 뭐가 숨겨둔 자식이야. 비밀이라는 건 범죄에 끌리는 진짜 이유를 말하는 거 아니겠어? 네 과거는 내게 나시다 미노루 이상으로 수수께끼야."

"뛰어난 아리스가와 형사가 진심으로 조사하면 들켜버릴 것 같군. 그건 무사의 온정으로 눈감아줘."

소리 없이 다가오는 그림자가 있었다. 천천히 고개를 들자 커피 포트를 손에 든 니와 야스아키가 미소를 짓고 있었다.

2

"커피 드시겠습니까, 아리스가와 씨? 히무라 선생님은 리필을."

9시 반이 지나자 가게 안에서 손님은 거의 사라졌다. 나는 오늘 처음, 히무라는 두 잔째가 되는 커피를 부지배인 겸 레스토랑 치프가 직접 따라주었다. 우리가 잔에 입을 댔는데도 그는 자리를 뜨지 않았다.

"시카우치 님께 사정 청취를 하신 듯한데, 어떠셨습니까?"

멀찍이서 보고 있었으리라.

"조사가 간단하지 않겠다는 건 알았습니다. 니와 씨도 어디서 시간을 좀 내주시면 좋겠습니다만."

"저는 지금도 괜찮습니다. 커피를 저쪽 개별실로 옮길까요?"

"괜찮습니다. 제가 들고 가겠습니다."

우리는 비어 있는 개별실로 자리를 옮겼다. 히무라가 질문하기 전에 니와가 먼저 말했다.

"어젯밤, 어느 주간지에서 전화로 취재 요청이 들어왔습니다. 나시다 씨를 기사로 쓰고 싶은 눈치였는데, 저희 호텔로서는 환영할 수 없는 일입니다. '말씀드릴 일은 없으니 경찰에 문의하십시오'라고 지배인이 거절했지만 그런 사람들이 쉽게 물러날 리 없습니다. 여기에 뮤지션 시카우치 님이 머물고 계신다는 것도 알고 있어, 흥미 위주의 기사를 쓰려고 하더군요. 경찰과 선생님들 힘으로 빨리 마무리지어주시면 대단히 감사하겠습니다만."

시게오카가 말했던 주간지이리라. 전화로는 취재를 거부할 수 있어도 여기는 호텔이니 문을 닫고 상대의 침입을 막을 수는 없다.

"히무라 선생님은 뭐가 나오면 자살이라고 결론지어주실 겁니까? 지정해주신다면 제가 어떻게든 찾아내겠습니다만."

"죽음을 선택한 동기일까요. 조용하고 온화한 일상을 보내던 나시다 씨였지만 어떤 계기로 갑자기 고독이 부풀어 올라 어두운 파도에 휩쓸렸다고 볼 수도 있습니다. 그 계기, 스위치 같은 무언가를 발견할 수 있다면 좋을 텐데요. 누군가의 아무렇지도 않은 한마디라든가."

시카우치 때와는 전혀 다른 접근법이다. 상대에 따라 대하는 태도를 바꾸는 작전인 듯하다.

"호텔 직원들께서 그런 말씀을 하실 일은 없을 테니 숙박객 중 누군가와 이야기하다가 마음의 균형이 무너진 건지도 모릅니다. 짐작 가는 바는 없으십니까?"

"저희는 전혀."

"가령 나시다 씨의 마지막 만찬에 함께한 히네노야 씨는 어떻습니까? 환담중에 문득 흘러나온 어떤 말이 스위치가 됐을 가능성도 있습니다."

"굴 요릿배에 가셨다던데, 저는 그 자리에 없었으니까요."

"예, 무슨 말씀을 나누었는지 알 길이 없겠지요. 하지만 그 두 사람이 호텔 라운지에서 나누었던 대화의 일부 정도는 들으신 적이 있는 것 아닌지?"

"있습니다만, 그 대화에서 굴 요릿배에서 나누신 이야기를 유추하기는 어렵습니다."

"어떤 대화를 들으셨습니까?"

"날씨나 몸 상태, 봉사 활동에 대한 이러저런 이야기들, 가벼운 잡담입니다. 그 외에는…… 충고 같은 말씀을 하신 적이 딱 한 번 있었습니다."

"어느 쪽이 어떤 충고를?"

"나시다 씨가 히네노야 씨에게 '장사에 조금 더 전념하는 게 좋지 않겠습니까?'라는 말씀을. 일에서 달아나는 건 좋지 않습니다, 하고 타이르는 느낌이었습니다. 히네노야 씨 반응 말씀입니까? 몰래 얼굴을 찌푸리시더군요. 짧은 대화라 두 분 사이가 험악해지지는 않았습니다."

"흐음. 얼굴을 찌푸린 히네노야 씨 심정도 알 것 같군요. 나시다 씨의 충고는 약간 선을 넘은 내용이니. 그건 언제 일이었습니까?"

"작년 가을입니다. 시월인가 십일월, 그쯤이었습니다."

"그리고 두세 달 뒤에 히네노야 씨가 복수로 굴 요릿배에서 나시다 씨가 침울해할 만한 소리를 했을지도 모르지요."

"글쎄요. 그건 히네노야 씨에게 여쭤보지 않으면 모를 일이라…… 그보다 여쭤봐도 과연 대답해주실지."

니와의 말은 지당하지만 적어도 내가 히네노야와 이야기해본 바로는 그런 기미는 전혀 없었다. 근거 없는 억측에 지나지 않는다는 것은 히무라 자신이 누구보다 잘 알고 있을 게 분명했다.

"그 외에 나시다 씨와 어느 분 사이에 작은 마찰이 있었던 적은 없습니까?"

"히네노야 씨와 있었던 일은 마찰이라고 할 만한 문제가 아니었다고 생각합니다만. 달리 떠오르는 일은 없습니다."

"요로즈 마사나오 씨가 투자를 권유해 나시다 씨가 기분 상하셨다는 건?"

"모르는 일입니다. 만약 그런 일이 있었다 해도 그게 과연 자살할 이유가 될까요?"

"말씀대로 이 발상은 빗나간 것 같군요. 시카우치 씨가 톱 연주를 거절한 것도 상관없으려나. 박정한 태도에 상처를 입고…… 이것도 이상한가."

"그것도 글쎄요. 나시다 씨는 돌아가신 날 낮에도 기분이 좋아 보이셨습니다. 시카우치 씨가 연주를 거절한 일은 이미 잊어버리셨던 것 아닐까요?"

히무라는 자살 가능성을 찾고 있는 게 아니다. 나시다와 누군가 사이에 불화가 없었는지 궁금한 걸 텐데, 니와로부터 유익한 정보를 끌어내려는 시도는 성과를 거두지 못했다.

다만 내 마음에는 히네노야에 대한 의혹이 아주 조금 싹텄다. 장사에 전념하는 게 어떠냐는 충고가 그 양반의 심기를 거스르는 스위치였다 치자, 굴 요릿배 안에서 그보다 불쾌한 말을 들었다면 그 말이 폭력을 부르는 기폭제가 되었을지도 모른다. 그렇다고 자살로 위장한 살인을 저질렀다는 건 극단

적이긴 하지만.

"1월 13일, 니와 씨는 이곳 레스토랑 영업을 마치고 잠시 호텔에 계셨다고 들었습니다. 그날 밤 별다른 이상은 없었습니까?"

"말씀드릴 가치가 있을 만한 일은 아무것도 없었습니다. 10시 반에 문을 닫은 후 한 시간 정도 사무 업무를 보다가 돌아갔습니다. 모든 게 평소와 똑같았습니다."

"문단속도 이상은 없었다는 말씀이지요?"

"예. 야근하던 다카히라가 이미 점검했지만 저도 확인했습니다. 습관이라고 할까요, 오랫동안 몸에 밴 버릇이라."

"레스토랑 직원분들은 몇 시쯤 돌아가셨습니까?"

"11시 이후입니다. 모두 함께 종업원용 출입구로 호텔 밖으로 나갔습니다."

종업원용 출입구 문이 이튿날 아침까지 굳게 닫혀 있었다는 사실은 경비 회사 기록으로 이미 확인되었다. 같은 날 오후 11시 5분에 퇴근한 것은 확정 사실이다.

"당일 마지막으로 호텔을 떠난 게 니와 씨입니까? 바로 귀가하셨습니까? 기타신치까지 걸어가면 심야 늦게까지 영업하는 가게가 많은데요."

"어쩌다 들르는 일도 있지만 그날은 피곤해서 집으로 바로 돌아갔습니다."

"거주지는 어디입니까?"

"도사보리도리에 접한 맨션에서 혼자 살고 있습니다. 여기서 걸어서 십 분 거리입니다."

"아아, 독신이셨나요."

"결혼 경험을 거친 독신으로, 느긋하게 지내고 있습니다. 아이는 없습니다. 사생활은 이쯤에서 봐주시지요."

허용할 수 있는 범위의 정보를 말한 니와는 문을 딱 닫아버렸다. 히무라는 추궁하지 않고 다른 이야기를 시작했다.

"이틀 전부터 신세를 지고 있는데, 이 호텔은 편안하군요. 접객도 세심하고 인테리어도 세련되었고, 크기도 알맞고 적당히 세월을 타서 그런 거겠지요. 스위트룸은 특히 쾌적할 것 같아 저도 장기로 투숙해보고 싶더군요."

"칭찬 감사합니다." 니와가 과분해했다.

"경영은 낙관적이지 못하다는 말씀도 들었습니다."

"손님을 모시는 호텔 경영에는 마르지 않는 우물처럼 많은 재미가 있지만, 매일 현금이 들어오는 게 장점이지 떼돈을 벌 수 있는 장사는 아닙니다. 어렵기는 어디든 마찬가지일 겁니다." 그렇게 말하고 덧붙였다. "그렇긴 하지만 저희 호텔 특유의 문제도 있습니다. 알맞은 크기라고 좋게 평가해주셨지만 입지에 비해 규모가 작아서 아깝다는 말을 자주 듣습니다. 새로 짓는 건 비현실적이지만, 지금까지 키워온 장점을 남기면서도 전면적으로 고칠 수 있다면 좋을 텐데."

"일이억 엔 정도로는 부족합니까?"

"아닙니다. 그 정도만 있으면 은행하고 교섭하기도 쉽고, 활용만 잘하면 많은 일들을 할 수 있습니다. 혹시 융자해주실 만한 분이 계시면 부디 소개해주십시오." 그러더니 느물느물한 말투로 말했다. "선생님이 일이억 엔이라고 말씀하신 건 나시다 씨가 갖고 계셨던 재산 액수와 상관이 있는 건가요?"

"아니요, 그걸 염두에 둔 건 아닙니다. 숙박객의 유산을 긴세이 호텔이 상속할 수 있는 건 아니니까요. 거듭 무례한 질문입니다만, 나시다 씨가 이 호텔의 앞날을 걱정하지는 않았습니까?"

"그런 일은 없었습니다만 '호의로 저렴하게 묵고 있는데 괜찮은 겁니까?'라고 물어보신 적은 있었습니다. 장사가 잘되는 호텔이 아니라는 걸 눈치채고 하신 말씀이었겠지요. 그렇다고 저희 호텔이 망해서 보금자리가 사라질 것 같다고 착각하시고 그렇게 되셨다고 생각할 수는 없습니다."

"호텔을 리뉴얼할 계획은 당장은 없는 거군요?"

"예."

"오너나 지배인과 그 문제에 대해 의논하는 일은?"

"나시다 씨 이야기에서 엉뚱하게 잡담으로 빠진 것 같은데…… 리뉴얼 안을 몇 개 내놓고 계산기를 두드리면서 검토하고 있습니다. 이삼 년 내에 손을 쓰고 싶다는 점에서는 의견이 일치했습니다."

"가쓰라기 씨 부부와 니와 씨 사이에 서로 다른 의견도 있었습니까?"

"몇 가지 있었지만 지엽적인 부분에 지나지 않습니다. 어찌되었든 작아도 찬란하게 빛나는 고급스러운 프티 호텔이라는 선으로 갈 방침입니다."

"나시다 씨 이야기로 돌아갈까요. 호텔 종업원 중에 그분과 원만히 지내지 못했던 사람은 없습니까?"

"종업원에게 그런 보고를 받은 적도 없고, 나시다 씨에게 클레임을 받은 적도 없습니다. 어째서 그런 질문을?"

"당연히 자살 동기를 찾기 위해서입니다. 이 호텔이 어떤 이유로 불편한 곳으로 변한 게 원인일지도 몰라 여쭤보았습니다. 만약 그런 일이 있었다면 나시다 씨는 특수한 정신 상태였을 테니, 호텔에 자살 책임이 있다고 생각하지는 않습니다."

저런 말을 하면서 사실은 타살을 상정하고 동기가 있는 인물을 찾으려는 것이다. 니와는 그런 저의를 꿰뚫어 보고 있는지 방어를 풀 기미가 없었다.

"이 호텔이나 레스토랑 안에서 일어나는 모든 일을 지켜볼 수 있는 것도 아니고, 서비스가 부족할 때도 때로는 있었겠지만 긴세이 호텔은 나시다 씨에게 마지막까지 편안한 장소였다고 믿습니다. 오 년이라는 긴 세월 동안 머물러주셨지만 그동안 '그래서야 쓰겠나!' 하고 꾸짖으신 적은 단 한 번도 없었습니다."

"훌륭하군요."

히무라가 말한 순간 니와의 뺨 근육이 살짝 굳었다. 야유라면 무례하다고 느꼈을지 모르지만 그렇지 않다는 것을 눈치챘는지 바로 표정을 누그러뜨렸다.

"니와 씨는 이 호텔을 진심으로 사랑하시는군요."

옆에서 내가 말하자 바로 "예"라는 대답이 돌아왔다.

"저는…… 뭐라 말씀드릴까요, 호텔의 마성에 사로잡힌 남자입니다. 이 일을 잠자리를 제공해주는 게 전부라고 생각하실지도 모르지만 진정한 서비스의 실현은 지극히 어려운 일이라고 말씀드리겠습니다. 서비스는 입지에서부터 시작되지만 어떤 장소에 있든 그 조건을 최대한으로 살리는 게 중요합니다. 시설이나 설비, 접객, 요리, 방범부터 실내 온도 조절, 레스토랑 식재료가 얼마나 남고, 그걸 얼마나 다른 형태로 이용할 수 있는가 하는 예측까지, 고민해야 할 점, 습득해야 할 기술은 수도 없습니다. 손님이 기대하는 것을 준비하는 데 그치지 않고, 예상하지 못한 쾌적함이나 즐거움을 추구하는 것도 잊어서는 안 됩니다. 이렇게 재미있는 일은 또 없다는 게 제 신념입니다. 결혼식이나 연회를 다루면 해야 할 일, 고려해야 할 문제는 한층 더 늘어납니다."

히무라가 기특한 표정으로 경청하는 게 기뻤는지 니와는 미소를 섞어가며 말을 이었다.

"남녀노소, 다양한 손님과 매일 만날 수 있는 것도 정말 유쾌한 일입니다. 그리고 저희가 손님의 인생에서 소소한 한 장면이 되어 좋은 추억을 만들어드릴 수 있을지도 모른다고 생각하면 행복합니다. 유별나게 자주 여행하는 분을 제외하면, 사람은 자기가 묵었던 숙소를 평생 잊지 않습니다. 또 손님에 따라서는 '이번이 평생 단 한 번뿐인 호텔 숙박'이거나, '생애 마지막 숙박'일 때도 있습니다. 그렇게 생각하면 언제 어느 때라도 긴장을 풀 수 없지 않겠습니까?"

열변에 찬물을 끼얹는 것 같지만 나는 그만 끼어들고 말았다.

"보람 있는 일이라는 건 알겠는데, 그렇게 노력과 고민을 하셔도 그 가치를 전혀 이해하지 못하는 손님도 있겠죠?"

"예. 그런 경우는 어느 일에나 있는 법입니다. 똑같은 서비

자물쇠 잠긴 남자

스를 제공해도 손님 취향이나 그때의 몸 상태, 기분에 따라 '나를 조금 더 보살펴달라'고 생각하거나 '간섭이 지나치다'고 생각하실 수도 있고요. 자기는 왕이고 호텔 종업원은 하인이라고 생각하는 분께는 저희 진심도 통하지 않으니, 속된 말로 '뭐 목에 진주' 격이지요. 하지만 반대로 정말 멋진 손님도 계십니다. '좋은 호텔이구나. 여기에 어울리는 손님답게 행동해야지'라고 생각해주시는 분이지요. 손님께 그런 태도를 바라는 건 분수를 모르는 일이지만 실제로 많이들 계셔서, 그런 분들이 이용해주실 때는 호텔리어로서 여한이 없습니다. 뮤지션이나 무대 배우 들이 오늘은 훌륭한 관객 덕분에 최고의 무대가 되었다는 말씀을 하시지요. 그것과 마찬가지 아닐까요? 좋은 호텔은 손님과 함께 만들어가는 것입니다."

니와의 투철한 직업 정신에 나는 감동하고 말았다. 좋은 숙박객이 되어야겠다.

"만약 다시 태어난다면 저는 다음 생에도 호텔에서 일하길 소망합니다. 이런 호텔 팔불출이라 아내를 돌보지 못해 집사람도 제게 정이 떨어진 건지 모르지만. 아이쿠, 그만 쓸데없는 소리를."

니와는 미소를 머금은 채로 갈무리했다.

"너그러운 선생님들 덕분에 그만 주절주절 떠들었습니다.

큰 실례를 저질렀습니다. 선대 때부터 일하고 있지만 아직도 부족한 점뿐입니다. 오너와 지배인을 도와 앞으로도 힘이 닿는 한 긴세이 호텔을 위해 최선을 다할 각오입니다."

긴세이 호텔을 지키기 위해서라면 뭐든지 하겠다, 그렇게 말할 기세였다.

3

1월 13일 밤을 기록한 CCTV 영상 재생이 끝났다.

모니터와 눈씨름을 하던 히무라는 오른쪽 어깨를 주무르며 후우 한숨을 내쉬었다. 녹화 영상에 변화가 하도 없어 중간에 빨리 돌린 것은 말할 것도 없다.

히무라가 영상을 보는 내내 나는 나시다와 야마다 나쓰코를 생각하고 있었다. 생각할수록 안쓰럽지만 서로 상대를 그리며 극적인 인생을 보낸 두 사람을 축복하고 싶기도 했다. 냉정하게 생각하면 그들의 이야기가 실제 사실로 확정된 건 아니지만.

"요로즈 마사나오가 단팥죽을 사러 간 것 말고는 출입한 사람도 없나. 신치까지 걸어서 십 분이면 가는데 다들 밤놀이를 즐기지 않는군."

히무라가 소파에 기대 시시한 소리를 했다. 조금 더 흥미로운 영상을 기대했던 모양이다.

"이제 됐습니다. 고맙습니다."

범죄학자 대신 내가 다카히라에게 인사했다. 이번에도 다카히라가 입회해준 것이다.

"경찰과 아리스가와 씨가 이미 보신 CCTV 영상은 왜 조사하시는 겁니까?" 다카히라가 물었다. "히무라 선생님은 살인 사건 가능성도 의심하시는 듯한데, 설마 범인이 호텔 현관으로 출입할까요? 방범 카메라가 설치되어 있다는 것 정도는 알 것 같습니다만."

프런트 담당이 기탄없이 말했다.

"뭐어, 그렇긴 하지만요."

히무라가 이상하게 가락을 붙여 말하기에 내가 대신 대답하기로 했다.

"사람들 출입은 물론이고 호텔 내부 상황도 조사한 겁니다. 누군가 수상한 행동을 한 사람이 없는지."

대충 둘러댔더니 다카히라가 고개를 갸웃거렸다.

"나시다 씨를 살해한 범인이 무슨 용건으로 프런트 주변을 기웃거리겠습니까? 흉기를 숨길 장소를 찾은 것도 아닐 텐데요."

"살인이라면 방의 태슬이 흉기니까요. 하지만 그 외에 뭔가 숨기려 했을지도 모르잖습니까? 그 뭔가가 뭔지는 모르겠지만."

서랍에 있었을, 유언장으로 추측되는 편지와 앨범에서 사라진 한 장의 사진이 머릿속을 스쳤지만 입다물고 있기로 했다. 하지만 그것들을 숨기겠다고 굳이 방범 카메라의 시야에 들어갈 리 없다. 이튿날 아침, 사건이 발각될 때까지 처분하려 했다면 잘게 찢거나 불에 태워 변기에 흘려보내면 그만이다.

범인은 호텔 밖에 버리려 했을지도 모른다. 그렇다면 단팥죽을 사러 간 요로즈 마사나오가 유일한 해당자다. 그가 외출한 건 13일 오후 11시 58분부터 14일 오전 0시 2분까지 사분간. 사망 추정 시각으로 볼 때 그전에 나시다를 살해했다고 해도 시간적인 모순은 없지만 정말 그가 범인이라면 카메라에 너무 무방비한 것 아닐까?

"다카히라 씨는 요로즈 씨가 외출했을 때 프런트에 계셨지요? 뭔가 이상한 점은 없었습니까?"

히무라의 질문에 프런트 담당은 명쾌하게 대답했다.

"아니요, 전혀 없었습니다. 저희 호텔은 0시에 현관을 잠그기 때문에 '잠깐 자동판매기에 뭐 좀 사러 다녀오겠습니다. 곧 날짜가 바뀌는데 문을 걸어 잠그고 쫓아내시면 안 됩니다'

하고 극히 평범하게 말씀하셨을 뿐입니다."

"빈손으로 나가서 단팥죽 캔을 들고 돌아왔다?"

"예, 그렇습니다."

편지와 사진이라면 코트 주머니에 들어가니 요로즈 마사나오가 그걸 갖고 있지 않았다고 단언할 수는 없다.

0시 2분에 요로즈 마사나오가 돌아오자 다카히라는 "편히 쉬십시오" 하고 현관을 잠그고 프런트 안쪽 사무실로 물러났다. 이후 다음날 아침까지 현관이 열리지 않았다는 것은 방범 카메라 영상과 경비 회사 기록으로 확인되었다.

그날 밤은 뭔가 부탁할 일이 있어 프런트에 전화를 건 숙박객도 없었고 다카히라가 수상한 소리를 듣는 일도 없었다. 표면적으로는 어디까지나 평화로운 밤이었던 것이다.

"당신이 나시다 씨를 미행한 건 정말 우연입니까?"

히무라가 물었다. 예상치 않은 방향에서 질문이 날아온 탓인지 다카히라는 순간 움츠러들었다.

"……예, 물론 우연입니다. 나시다 씨가 어떤 분인지 관심은 있었지만 귀중한 휴일을 버려가며 계획적으로 미행할 만큼 한가하진 않습니다."

"그러십니까. 나시다 씨와는 자주 이야기를 나누셨습니까?"

"그럴 기회는 많았지만 인사나 사무적인 대화뿐이었고, 그것도 몹시 짧았습니다. 이렇다 할 이야기는 변변히 하지 않았던 게 이제 와서 아쉽기만 합니다. 가장 오래 이야기를 나누었던 게……."

말이 끊긴 이유는 왜지? 히무라와 내가 쳐다보자 다카히라는 헛기침을 했다.

"실례했습니다. 아무것도 아닙니다."

"언제, 어떤 이야기를? 의미 없어 보이는 일이라도 괜찮으니 말씀해주십시오."

경찰이나 내게 말하지 않았던 중요한 단서를 이제 와서 떠올린 거라면 고마운 일이지만, 그렇게 마음대로 풀리지는 않았다.

"연말이었을까요, 나시다 씨가 시카우치 님께 '방에서 연주해주실 수 없겠습니까?' 하고 라운지에서 물었다가 거절당하신 적이 있습니다. 나시다 씨는 낙담한 모습으로 프런트에 있던 제게 '저 사람은 절 싫어하는 걸까요. 그렇다면 슬픈데'라는 말씀을 흘리셨습니다. '그냥 바쁘셨던 거겠지요'라고 위로해드렸더니 '그렇다면 다행이지만. 무심코 프로 음악가에게 뻔뻔한 부탁을 하고 말았으니 미움을 사도 어쩔 수 없지요. 남에게 기대고 싶을 때가 있거든요. 특히 여성에게' 하고 웃으셨습니다. 그게 다였습니다. 시카우치 님과는 그후에는 친밀하게 지내셨습니다."

자살이든 타살이든 의미 없는 에피소드 같다. 하지만 다카히라의 이야기가 방아쇠가 되었는지, 내가 생각해도 기묘한 가설이 떠올랐다.

아버지임을 밝힐 수는 없더라도 아들 내외와 '한 지붕 아래'에서 오 년을 보낸 나시다는 그걸로 충분했을지 모른다. 그리고 언제 찾아올지 모를 죽음을 기다리다 못해 아들과 만났다는 소식을 나쓰코에게 알리러 가고 싶었다면 자살했을 가능성이 있다. 히무라는 타살로 보이는 점을 지적했지만 거기에 설명을 붙일 수도 있다.

나시다는 마지막 순간에 누군가에게 기대서 무리한 부탁을 했는지도 모른다. 바로 자살 방조다. 이 세상에 더이상 미련이 없어 죽음을 선택했지만 죽음의 공포와 고통은 피하고 싶다. 그래서 누군가에게 사정을 털어놓고 이렇게 의뢰했다.

'제가 수면제를 먹고 잠들면 침대에 묶어둔 태슬 고리에 목을 걸도록 도와주십시오. 고통에 의식을 되찾더라도 금방 끝날 겁니다. 비상식적인 부탁인 건 잘 알지만 간절한 소망입니다. 도와주신다면 제 마음은 당신에 대한 감사로 가득차서 안락하게 승천할 수 있겠지요.'

앨범 마지막 페이지의 사진이 사라진 것은 나시다가 직접 신변을 정리해 처리했기 때문이다. 또 호텔 편지지와 봉투가 줄어든 건 자기 죽음이 자살이 아닌 것으로 발각되었을 때를 대비해 한 줄 남겨놓았던 때문이 아닐까? '죽음을 선택한 건 나의 의지이며, 다른 누구에게도 책임은 없다'라는 내용의 유서를 써서 죽음을 거들어준 상대에게 맡겼다면…….

모순은 없을까? 이 가설은 약점이 많다. 자살 동기가 명확하지 않다는 점. 그런 행위를 수락해줄 인물을 찾아내기 어렵다는 점. 그런 식으로 죽으려면 침실에서 수면제를 먹으면 되는데 거실에서 잠든 뒤에 운반되었다는 점. 또 있을까? 있다. 나시다의 예금통장에는 부자연스러운 인출이 없었는데, 협조자에게 돈을 지불하지 않았다면 무엇으로 보상했을까? 정식 유언장을 작성해 아들에게 유산을 상속해주지 않은 이유는 무엇인가?

역시 어리석은 공론인가. 하지만 이 기이한 가설은 내 머리 한구석에 머물러 깨끗하게 떠나주지 않았다.

402호에서 뮤지컬소를 연주한 뒤에 시카우치가 했던 말이 떠올랐다.

—나시다 씨의 호텔 생활은 클라이맥스에 달했던 것 같아요. 어떤 형태로든 막을 내리자, 그렇게 생각한 것 아닐까요? 저수량이 한계에 달해 수문을 열기 직전의 댐. 터지기 전의

자물쇠 잠긴 남자

댐이랄까. 그런 느낌이 있었어요.

—줄곧 품어온 비밀을 털어놓을 상대를 찾는 것 같았어요.

그것이 그녀의 자백 직전까지 간 고백은 아니었을까? 나시다 씨는 제게 모든 것을 털어놓고 자살을 도와달라고 애원했어요, 라는 사실을 뒤에 숨긴 말.

나시다가 도움을 구한 상대는 여성이었을 것 같다. 다카히라가 들었다는 "남에게 기대고 싶을 때가 있거든요. 특히 여성에게"라는 말에 바탕을 둔 억측이다.

어깨를 나란히 하고 꽃이 없는 장미 정원을 걸으며 부탁하는 나시다에게 시카우치 마리카가 결연히 대답한다.

'알겠어요.'

꼭 그녀라는 법은 없다. 나시다는 전직 간호사를 마음에 들어 했다. 401호에 불렀을 때 소망을 털어놓았을지도 모른다.

'나시다 씨가 그렇게까지 말씀하신다면, 제가 할게요. 해드릴게요.'

요로즈 기와코일 가능성은 없을까? 라운지에서 책 이야기를 나눌 때 나시다의 마음의 댐이 무너졌고, 그가 준비한 보상이 기와코에게 절실히 필요한 것이었다면?

'제가 하겠습니다.'

402호 팔걸이의자에 앉은 가게우라 나미코도 말한다.

'당신을 해방시켜드리지요.'

가게우라가 협조자였다면 내게 수사를 의뢰할 리 없는데, 망상은 그칠 줄을 몰랐다.

마침내 가쓰라기 미나에까지 등장해 자애로운 어머니 같은 미소를 머금고 말했다.

'아버님 소원대로 해드릴게요. 다카시 씨에게는 비밀로.'

그만 정신을 차리려는데 사무실 안쪽 문이 열렸다. 다카시가 우리를 보더니 "좋은 아침입니다"라며 인사했다. 오늘 아침에는 처음 마주한 것이다.

"영상에 뭔가 단서는 있었습니까?" 다카시가 물었다.

"아니요." 히무라가 말했다. "거의 아무 일도 일어나지 않아 '호텔의 고요한 밤'이라는 제목의 환경 비디오를 보는 듯했습니다."

"역시 그랬습니까. 달리 조사하실 게 있으면 뭐든 말씀하십시오."

"하우스키퍼 여러분이 업무를 대강 마치면 말씀을 나눠볼 수 있을까요?"

"삼십 분 후면 어느 정도 짬이 날 겁니다. 차례로 여기로 부르겠습니다."

"아니요, 여기에서 하면 업무에 방해되니 402호로 모시겠습니다. 괜찮지?"

"어? 아아, 괜찮아."

한 박자 늦은 이유는 다카시의 옆얼굴을 보며 생각에 빠져 있었기 때문이다. 다카시를 나시다의 아들이라고 생각하니 어제까지와는 다른 사람처럼 보여 묘했다. 인간의 두뇌와 육체를 차지하는 SF에 나오는 우주 생물을 접하고 있는 기분…… 말이 너무 심한가?

다른 생각도 하고 있었다. 다카시는 자기가 나시다의 아들이라는 걸 알았을까? 그런 기색은 전혀 없어 보이지만, 나시다가 진실을 가슴에 묻은 채 세상을 떠났어도 지금은 알고 있을지도 모른다.

어제, 히무라와 나는 고이케 노부에에게 야마다 나쓰코의 이야기를 들은 덕분에 나시다와 다카시의 관계를 눈치챘다. 그렇다면 행동을 함께하고 같은 증언을 들은 다카시가 자기 출생의 비밀을 풀어냈다 해도 이상할 건 전혀 없다.

나시다가 친부임을 알았다면 소스라치게 놀라 그 사실을 알릴 법도 한데, 그는 어째서 노부에의 이야기를 듣기 전과 변함이 없을까? 꿍꿍이가 있어 주위를 속이는 건가 싶기도 했지만 그런 연기를 할 이유가 없다. 숨겨야 할 불리한 정보도 아니고 밝히면 거액의 유산상속인이 될 수 있으니까.

다카시는 나시다의 긴 새끼발가락을 보지 못했다. 그래서 자기와 나시다 사이에 혈연이 있다는 생각은 미처 하지 못하는 것이리라. DNA 감정 결과가 나와 두 사람이 부자지간이라는 사실이 과학적으로 증명되면 그는 어떤 반응을 보일까? 그 순간을 내 눈으로 보고 싶다.

나시다와 다카시 사이의 혈연관계를 짐작하기까지, 조사를 시작하고 열흘 남짓밖에 지나지 않았는데 몇 달은 걸린 기분이다.

4

402호에서 하우스키퍼들과 이야기를 나누어보았지만 성과는 없었다. 히무라가 질문한 사항은 생전 나시다의 언행, 그와 숙박객들의 관계. 그리고 1월 14일에 객실을 청소, 점검했을 때 이상한 점은 없었는가. 보다 구체적으로, 뭔가를 태우거나 변기에 물건을 흘려보낸 흔적의 유무에 대해 물었지만 부정적인 대답뿐이었다.

"아무래도 단서가 안 보이네."

"이제 뭘 할 거야?"

"일단은 점심 식사. 인간은 금방 허기가 지는군."

1시가 지났으니 그럴 만도 하다. 호텔 근처에서 메밀국수를 먹었다.

히네노야 아이스케와 쓰유구치 요시호가 체크인할 때까지 나카노시마를 둘러보고 싶다고 하기에 히무라에게 다소 낯선 곳을 산책하기로 했다. 맞은편 기슭에 있는 아사히 방송 빌딩을 바라보며 도지마가와 강과 나란히 뻗은 나카노시마도리를 서쪽으로. 한신 고속 고베선을 넘어 섬의 끝까지 갔다가 이번에는 도사보리가와 강을 따라 동쪽으로 돌아왔다.

"황당한 생각이지만." 그렇게 운을 떼고 자살 방조설을 말해보자 히무라는 웃지도 않고 대꾸했다.

"기각."

"기각인가, 역시. 그런 부탁을 들어줄 인물이 있었을 리 없다는 뜻이야?"

"있을 것 같지도 않고, 나시다의 심리에 입각해도 너무 부자연스러워. 그가 자살한다면 긴세이 호텔에 폐를 끼치지 않는 방법을 골랐겠지. 이성을 잃고 충동적으로 저지른 행동이었다면 또 몰라도 객실, 그것도 최고급 방에서 계획적으로 목을 매달다니 말도 안 돼."

"지당한 말씀. 물리적인 가능성 운운보다 그 심리적인 필연성이 확 와닿네. 그렇게까지 부탁해놓고 뭘 사례로 줬는지도 전혀 모르겠고."

"그뿐만이 아니야. 욕심도 이득도 버리고 봉사 활동에 전념하며 조용히 은둔했던 남자가 인생의 막을 내릴 때 그렇게까지 남에게 기댄다는 것도 너무 이상해. 자살인지 타살인지 아리송하다고 자살 방조라는 절충안을 내밀어도 곤란해. 쉬지 않고 일만 해대서 드디어 에너지가 바닥났어?"

"그러게. 히무라 선생도 현장에 오셨고, 나는 일단 호텔을 떠나 집에서 휴양 좀 하고 올까 해. 응? 어디가 내 집인지 모르겠네."

요도야◆ 초대 당주 조안의 이름을 딴 조안바시 다리 초입을 지나 과학관과 미술관이 보이면 긴세이 호텔은 금방이다. 히무라는 나카노시마가 얼마나 좁은지 실감하고 있었다.

"정말 바다에 떠 있는 섬이라면 상당히 좁은데. 히고바시부터 요도야바시 사이는 폭이 커다란 빌딩 한 채 크기밖에 안 돼. 나카노시마라는 구역이 도시에 녹아 있어 지금까지는 그렇다는 걸 의식하지 못했어. 동쪽은 조밀한데 서쪽은 휑하더군. 앞으로 이것저것 들어설 모양이지만."

"옛날에는 동쪽에 중앙우체국이나 증권거래소도 있었다나

◆ 에도 시대 오사카에서 최고로 번창한 호상.

봐. 옛날부터 그쪽 절반은 도심지고 서쪽에는 사람들이 살았던 거지. 가쓰라기 미나에의 부친이 그랬던 것처럼."

라운지에 1989년(헤이세이 원년) 3월 1일 자 《아사히 신문》 기사를 인용한 잡지가 있었다. 거기에 따르면 "나카노시마:둘레 6.3킬로미터, 면적 49헥타르, 주간 인구 약 사만 명. 사업소 1060개. 하루 우편물은 삼만 통. 식당 100개. 카페 71개", "밤. '섬사람'이 남는다. 남성 134명, 여성 247명. 여성이 많은 이유는 간호사 기숙사가 있기 때문이다. 쌀가게가 하나"라고 했다. 그 시절과 면적은 변함없지만 사업소나 점포, 주야 인구는 증가했고 근처에 식품 슈퍼마켓이 생겼으며 이제는 섬 안에 정미소가 없다.

히무라가 카페에서 담배를 피우며 커피를 마시고 싶다고 하기에 마루후쿠 커피점에 들어가 어제와 같은 테이블에 앉았다. 앉고 나니 옆자리에 낯익은 얼굴이 보였다. 처음 만났을 때처럼 터틀넥 스웨터를 입은 포목점 주인이었다.

"벌써 도착하셨어요?"

"아아, 아리스가와 씨. 안녕하십니까."

양쪽 다 고개를 숙이고, 나는 히무라를 소개했다.

"처음 뵙겠습니다, 히네노야 아이스케라고 합니다. 잘 부탁드립니다." 그렇게 말하더니 자기가 지금 여기서 뭘 하고 있었는지 떠들기 시작했다. "2시 전에 나카노시마에 도착해 체크인하기에는 아직 일러 시간을 때우고 있었지요. 왜 흡연석에 있느냐고요? 이쪽이 조용했거든요. 선생님은 흡연가신가 보군요. 편히 피우세요."

잘 만났다. 주위에 주간지 기자로 짐작되는 그림자는 보이지 않고 긴세이 호텔과 인연이 없을 듯한 회사원들뿐이니 나시다에 대해 이야기하기 편하다.

히네노야는 히무라의 질문에 적극적으로 응해 많은 이야기를 해주었다. 지금까지 들은 범위에서 벗어나지 않는 내용이긴 했지만 그건 별수없다. 똑같은 이야기를 끈기 있게 되풀이한 것이다. 1월 13일 밤에 있었던 일을 물어도 알리바이 조사냐고 싫어하는 기색도 없었다.

"굴 요릿배에서 식사를 하고 호텔로 돌아온 뒤로는 줄곧 방에 계셨던 거지요? 목욕을 하고 텔레비전 심야 프로그램을 보다가, 잠자리에 든 게 새벽 1시 이후. 다른 숙박객과 마주치지도 않았습니까?"

히무라는 마음껏 담배를 피우며 물었다.

"예. 외부에 전화도 하지 않았습니다. 아침까지 방에서 한 발짝도 나가지 않았다는 건 믿어달라고 말씀드리는 수밖에 없네요."

"방은 몇 호였습니까?"

"203호였습니다. 오른쪽 옆이 태국인 부부, 맞은편이 시카우치 씨 방이었습니다."

"기억력이 좋으시군요."

"경찰이 몇 번이나 물어서 그때마다 대답했으니까요."

"한밤중에 누가 복도를 걸어다니는 소리를 들었다거나, 그런 기척을 느끼지는 못하셨습니까?"

"예. 그저께부터 묵으셨다면 선생님도 아시겠지만 그 호텔은 방에 있으면 복도에서 나는 소리가 전혀 들리지 않습니다. 옆방이나 맞은편 방에서 누가 들락거려도 모를걸요."

"예, 그래서 편안하지만 사건 수사에는 도움이 되지 않는군요."

"그러게 말입니다." 근처에 손님도 없는데 히네노야는 목소리를 낮추었다. "선생님은 나시다 씨가 누군가에게 살해당했다고 생각하십니까?"

"그럴 가능성이 없는지 조사하고 있는 참입니다."

"중요한 문제니까요. 하지만 글쎄요. 나시다 씨를 살해할 동기를 가진 사람은 안 보이잖아요. 자살하신 것 아니겠어요? 살인 사건 가능성을 찾는 건 어둠 속에서 있지도 않은 검은 고양이를 찾는 격 아닐까요?"

"절묘한 비유로군요. 과묵한 고양이인지 도통 울어주지 않는군요. 야옹 하고 한 번만 울어주면 고양이가 있구나, 하고 알 수 있을 텐데."

"처음부터 없는 거라니까요."

히무라의 필드워크에 동행하며 그가 지금까지 검은 고양이를 몇 마리나 붙잡는 순간을 목격했다. 흉포한 성격을 과시하듯 우는 녀석, 오싹하게 그르렁거리는 녀석, 다양한 고양이가 어둠 속에 숨어 있었다. 달아나는 게 아니라 이쪽에 달려드는 고양이도 있었다. 하지만 이번만큼 조용한 고양이는 처음이라, 히네노야 말처럼 그런 녀석은 없는 게 아닐까 하는 의혹이 여전히 남아 있다.

검은 고양이는 있지 않을까? 불현듯 육감이 고했다. 그 녀석은 멀찍이 떨어진 곳에서 엉뚱한 곳만 휘젓는 우리를 가만히 바라보고 있는 것이다. 아니, 그 눈동자가 희미한 빛에 반응해 빛나지 않도록 눈을 질끈 감고 있는 건지도 모른다.

나시다 이야기를 실컷 들은 히무라는 다른 숙박객에 대해 물었다.

"쓰유구치 요시호 씨와 친하다고 들었는데, 쓰유구치 씨는 어떤 분입니까?"

"귀엽고 착한 아가씨예요. 선생님도 이야기해보시면 알 겁니다. 번잡한 집안일에 휘말려서 안됐지만 곧 해결될 모양이니 못 만나게 되는 게 아쉽네요."

"도쿄에 가면 만날 수 있잖습니까."

"오해하지 마십시오. 딱히 깊은 관계는 아닙니다. 어쩌다 같은 차에서 옆자리에 앉았다고나 할까, 그 아가씨는 금방 목적지에 도착해 내릴 거예요. 내리면 끝이에요. 또 누군가가 옆에 앉겠지요."

"히네노야 씨는 안 내리십니까?"

"글쎄요. 좌석 쿠션이 편해서 좀처럼 내리고 싶은 생각이 안 드는군요. 그 호텔을 좋아하거든요."

좋아한다는 말로 덮을 셈인가. 그런 불만이 얼굴에 드러났는지 눈이 마주치자 히네노야가 소심하게 웃었다.

"거짓말처럼 들리시나요, 아리스가와 씨? 허풍은 아닌데 말입니다. 저는 이런 표현밖에 하지 못해서."

"아뇨, 꼭 그런 건……." 내가 우물쭈물하자 그가 뜨문뜨문 사정을 털어놓기 시작했다.

"긴세이 호텔에 들어가 나태한 나날을 보내는 건 일을 내팽개치고 달아난 것도 아니고, 아내와 아들에게 가게를 맡기고 한량 노릇을 즐기느라 그런 것도 아닙니다. 오히려 반대지요. 아내가 '또 그 호텔에나 있다가 와'라고 해서 집에서 쫓겨나 여기 와 있는 겁니다. 제가 없는 게 가게도 집안 분위기도 상쾌할 거예요. 제가 뭘 해도 눈에 거슬리는 모양입니다. 상품 선정이나 가격 책정 같은 장사 방법부터 이웃과의 교류, 청소 방법, 오래된 가구나 가전제품의 교체 시기부터 밥 먹는 스타일까지. 아침에 일어나자마자 오늘 기분은 어떤가 눈치를 보게 되었습니다. 아이한테는 껌뻑 죽는데, 이 아들이 또 가신처럼 어머니를 모시거든요. 아내는 '너도 빨리 애인을 사귀고 결혼해야지'라고 하면서도 놔줄 생각이 전혀 없어요. 아들은 그런 어머니를 맹종하고요. 어째서 두 사람이 그리되었는지, 어째서 집안이 그리되었는지, 언제부터 이상해진 건지는 모르겠습니다."

가정 사정은 물론이고 그것을 한심하게 생각하고 있다는 것까지 억지로 캐낸 꼴이라 미안했다. 나시다의 죽음과 상관이 있을 것 같지도 않고, 우리에게 그런 이야기까지 강요할 권리는 없다. 긴세이 호텔의 단골이 된 이유를 숨기지 말고 털어놓으라고 압박한 건 아니지만 히네노야는 침묵하는 것도 고통스러웠으리라.

"호텔에 묵는 이유는 정말 제각각입니다. 꼭 관광이나 사업 때문에 묵는 건 아닙니다."

속사정을 털어놓은 포목점 주인은 후련한 얼굴로 커피를

마셨다. 그리고 묵은 체증이 내려간 것처럼 말이 많아지더니 호텔에 관한 잡다한 지식이나 바람직한 호텔의 정의를 일인극처럼 떠들어댔다.

"부지배인이자 레스토랑 치프인 니와 씨는 타고난 호텔맨입니다. 모든 업무에 정통하고, 손님을 진심으로 모시죠. 도쿄 올림픽 유치가 성공한 뒤로 '오모테나시♦'란 말을 떠들어대고 있지만 일본식 서비스에 저는 의문을 느끼고 있습니다. 요즘 일본인은 자부심이 강해져서 그게 훌륭한 문화인 것처럼 말하지만 말입니다. 뭐랄까, 일본의 손님맞이는 '확실하게 모셔줄 테니 손님은 우리 방침에 맞춰서 해주는 대로 받아'라는 느낌 아닙니까? 전 그런 게 싫어요. 주인의 자기만족을 위해 서비스해줄 필요는 없다고 말하고 싶어지거든요."

형식으로서의 서비스는 어느 나라에나 있을 텐데.

"그에 비해 서양식 서비스에서 핵심만 뽑아내 모아놓은 호텔은 참 좋아요. 편리함이나 청결함, 안전성을 포함해 손님이 바라는 것을 전부 모아두고, 그런 다음에는 프라이버시를 침범하지 않도록 '요청 사항이 있으면 말씀하십시오' 하고 뒤로 물러나 손님이 먼저 말할 때까지 하염없이 대기하거든요. '서

♦ 대접, 환대란 뜻의 일본어로 2013년 IOC 총회 2020년 도쿄 올림픽 유치를 위한 최종 프레젠테이션에서 손님에 대한 일본인의 환대를 표현하는 단어로 소개되었다.

비스하겠습니다. 서비스할 테니 이렇게 하세요'라는 강요가 없어요. 훌륭한 일본 여관도 그러긴 한데."

우리는 히네노야가 말하도록 내버려두었다. 긴세이 호텔 바로 옆에 있었던 베네치아 고딕 양식의 신오사카 호텔에 대해서도, 시대적으로 직접 보지 못했을 텐데 묶어본 것처럼 논평했다. 호텔은 공급이 있어야 수요가 생기는 법이라는 제국 호텔 전 사장 이누마루 데쓰조의 말을 인용하며 호텔의 특성이나 기능을 논하는 사이 이야기가 한 바퀴 돌아 아까 말했던 "호텔에 묵는 이유는 정말 제각각입니다"로 이어졌다.

히네노야는 다시 커피를 마시면서 손목시계를 흘깃 보았다. 이제 체크인해도 되는 시간인지 확인하는 듯했다.

미나에가 해준 잡담이 떠올랐다. 히네노야가 처음 긴세이 호텔에 예약을 요청했을 때, 그 이름이 적힌 메모를 본 다카시가 히네노, 다니라는 두 사람의 손님으로 착각했다고 했다. 바로 어제까지 나도 비슷한 착각을 했다. '다카시에게 나시다는 어떤 사람인가?'와 '다카시의 아버지는 어떤 사람인가?'를 서로 다른 문제로 보았다. 나시다=다카시의 부친이라는 사실을 굳이 나눠서 고민했던 것이다.

히네노야가 시계를 본 이유를 알 것 같아 물어보았다.

"쓰유구치 씨는 몇 시쯤 도착할까요?"

"올 때가 됐을지도 모르겠군요. 일찌감치 체크인하고 밤에는 친족 회의에 간다고 했으니. 그 아가씨도 좀더 즐거운 용건으로 오사카에 돌아오게 되면 좋을 텐데."

"쓰유구치 씨는 도쿄에서 무슨 일을 하십니까?"

히무라의 질문은 평범해 보였는데 히네노야의 표정이 어두워졌다. 그것만으로도 어느 정도 알 것 같았다. 원치 않는 일을 하고 있는 것이리라.

"음식점에서 일한다고 했지만 카페나 선술집에서 아르바이트하는 건 아닐 겁니다. 직장에서 실수한 이야기나 동료를 언급한 적도 없습니다. 물장사라 해도 보통은 저 정도로 자유롭게 휴가를 쓸 수 없어요. 잘 보면 비싼 장신구를 하고 있지만 돈 많은 애인이 있는 것 같지도 않고. 출근일을 마음대로 정할 수 있고 보수도 좋다니, 대체 어떤 아르바이트를 하는 건지. ……본인이 숨기고 있으니 꼬치꼬치 물어보지 않는 게 좋겠다, 그런 거지요."

어떤 일을 상상하고 있는지 짐작이 갔다. 히네노야가 거듭 말했다.

"제 한심한 이야기를 털어놓은 김에 남의 말을 하는 건 그렇지만 그 아가씨, 왠지 억울하다는 표정을 지을 때가 많아요. 아무도 보지 않는 줄 알고 긴장이 풀렸을 때 흔히 사람들이 없는 쪽으로 고개를 돌리고 두고 보자, 하는 표정을 짓거든요."

히네노야가 학창 시절은 어땠냐고 물었을 때 쓰유구치는 "성적 나쁜 심술쟁이"라고 대답했다. 진짜인지 농담인지 모르겠지만 괴롭힘 당하는 아이였을 것 같지는 않다. 사회에 나와 현실의 풍파에 시달려, 지금은 반대로 괴롭힘을 당하고 있다고 생각하는 건지도 모르겠다.

"슬슬 가보겠습니다. 선생님들은 천천히."

히네노야가 여행 가방을 들고 일어섰을 때, 쓰유구치 요시호가 창밖을 지나갔다. 오늘도 핑크색 여행용 가방을 끌면서.

"아, 왔네." 포목점 주인도 그 모습을 보았다. "전 호텔로 가겠습니다. 선생님들은 더 있다가 오시죠."

그렇게 말했지만 우리도 일어섰다. 셋이서 나란히 호텔로 돌아가니 프런트 카운터를 사이에 두고 쓰유구치가 미나에게 "그럼 못써!" 하고 언성을 높이고 있었다. 손님으로 클레임을 넣고 있는지 오너는 "조심할게. 그만 위로 올라갈게" 하고 사과하고 있었다. 거북한 현장에 맞닥뜨렸다고 생각했는데, 쓰유구치는 우리를 보더니 표정을 누그러뜨리고 생긋 웃었다.

나의 402호실에서.

티백으로 우린 차를 따라 내주자 쓰유구치는 무릎에 두 손을 얹은 채로 "고마워요" 하고 고개를 숙였다. 평소보다 사랑스러운 동작이다.

"이런 애프터눈 티로 괜찮으신가요?"

"네." 내 물음에 활기차게 대답해주었다.

"룸서비스는 아깝잖아요. 이걸로 충분해요. 그나저나……."
쓰유구치는 팔걸이의자에 앉은 부교수를 보며 "히무라 선생님이 이렇게 멋진 분일 줄은 몰랐네요. 상상했던 것하고 너무 달라서 깜짝 놀랐어요. 대학 교수님으로 안 보여요."

"뭘로 보입니까?"

쓰유구치는 본인의 질문에 장난스레 웃었다.

"IT 기업 사장님이나, 직접 회사를 차려서 돈을 버는……앙…… 앙프레에디터인가 그런 거요."

"앙트레프레너 말씀이군요. 그런 재능은 없습니다."

"그렇게 보인다는 거죠. 민완 사업가로 정력적으로 일하고 정력적으로 노는 사람. 조금 나쁜 면도 있어서 여자를 농락하기도 하고."

나는 침실에서 가져온 의자에 앉아 처음 보는 상대에게 말이 지나치다는 생각을 하면서 듣고 있었다.

"실상과 거리가 있군요."

"사립대학 부교수는 꽤 많이 받는다면서요?" 방금 받은 명함을 보면서 묻는다. "취미는 뭐예요?"

미팅이 아니라고 말해주고 싶었다. 그를 이렇게 소개한다면 얼어붙을 게 확실하다. 사람을 죽이고 싶다고 생각한 적이 있다는 트라우마에 사로잡혀 살인범을 사냥하는 게 삶의 낙. 범죄 수사를 위해서라면 어디든 달려가지만 유일한 취미는 버림받은 고양이를 주워 와 키우는 일. 연봉은 모른다.

"오늘은 부모님 댁에 가야 하지만 내일 밤은 비어 있으니 괜찮으면 신치 부근으로 한잔하러 갈까요? 아리스가와 씨도 함께."

아무래도 태도가 이상하다. 멋진 남자의 등장에(그런데 그 정도로 멋진 남자인가, 이 녀석이?) 순수하게 기뻐하는 것처럼 보이지만 본심은 어떨까? 나시다의 죽음에 깊이 얽혀 있어 탐정 앞에서 긴장한 모습을 감추려는 걸지도 모른다.

"나시다 씨에 대해 물어보실 거죠? 아리스가와 씨가 실컷 조사했는데도 자살이 아니었다는 증거는 나오지 않았는데, 뭘 더 조사할 건가요?"

"살인 사건이었다고 가정하고 당신 알리바이부터 물어볼까요?"

"순서가 이상하네요. 그건 마지막에 묻는 것 아니에요? 드라마에서는 그러던데."

그렇게 말하면서 쓰유구치는 술술 말해주었다. 그날 밤 묵은 곳은 305호. 부모님 댁에서 오후 10시가 넘어 호텔로 돌아와 캔맥주를 마시며 DVD를 보고 있었다고 한다.

"이 호텔, 각 방에 DVD 플레이어가 있어서 좋아요. 친구한테 빌린 걸 겨우 봤어요."

"영화였나요?" 옆에서 내가 물었다.

"네. 〈초고속! 참근교대〉라는 사극 코미디요. 재미있었어요. 전 그런 신나는 영화가 좋아요. 무섭거나 슬픈 건 너무 싫어요."

약 두 시간짜리 영화를 보고 나니 시간은 14일 0시 30분경. 바로 침대에 들어가 잠들었다. 이상한 일은 전혀 없었다는 것이 증언 내용의 전부였다. 전에 내게 했던 이야기와 다르지 않다.

어이, 어쩔 거야, 잘나신 히무라 선생. 야쿠자처럼 물어보고 싶어졌다. 몇 시 몇 분쯤 복도에서 발소리를 들었다거나 몇 시 몇 분에 어딘가 문이 열렸다거나 하는 의미심장한 증언

은 전혀 나오지 않았다. 이래서야 명탐정도 실력을 자랑할 길
이 없다.

나시다에 대해 물어봤지만 새로운 이야기는 나오지 않았
다. 새로운 이야기를 해줄 의무는 없는데 쓰유구치는 미안해
하는 눈치였다.

"죄송해요. 막혔어요?"

"당신 탓은 아닙니다. 살인 사건이라면 범인은 어지간히
철저하거나, 운이 좋았던 거겠지요. 어디에도 증거나 흔적을
남기지 않았으니."

"살인 사건이 아닐지도⋯⋯."

"자살이라는 것도 영." 히무라는 머리 뒤로 깍지를 꼈다.
"결정타가 없습니다. 동기가 확실치 않아요."

"사람 마음속의 수수께끼는 간단히 풀 수 없어요. 〈초고
속! 참근교대〉에서 사사키 구라노스케도 그러던걸요."

"허, 그렇습니까?"

"거짓말이에요."

안 되겠다. 희극 무대에 있는 기분이 들기 시작했다.

"살인 사건이었다 치고, 선생님 눈에 수상하게 보이는 사
람은 있나요?"

"섣불리 말씀드릴 수 없습니다."

자물쇠 잠긴 남자

"혹시 없다거나? 흐음, 굉장히 난항을 겪고 있군요. 지금까지 알아낸 사실을 알려주시면 저도 추리해볼게요."

"눈에 보이는 동기를 가진 인물은 없습니다. 사건 당일 밤도 이 호텔은 극히 평온했습니다."

숨길 만큼 중대한 사항은 없어, 히무라는 방범 카메라에 대해 말했다. 그러자 찻잔의 녹차를 마시며 듣고 있던 쓰유구치가 대뜸 말했다.

"요로즈 씨가 범인이 아니에요?"

"어째서 그렇게 생각하십니까?"

"단팥죽을 사러 갔으니까요. 나시다 씨가 목을 매단 거랑 무슨 상관이 있는지는 모르겠지만."

뭔가 놓친 게 있나 싶어 묻지 않을 수 없었다.

"······단팥죽과 살인에 상관관계가 없으면 요로즈 마사나오 씨가 범인이라는 근거가 안 되잖아요?"

"그건 그렇지만 혼자만 외출한 게 수상해요. 논리를 따지는 게 아니에요. 읽어본 적은 거의 없지만 추리소설에서는 대개 그런 사람이 범인이잖아요? 혼자만 ○○한 사람."

창문을 열고, 눈에 보이지는 않지만 도지마가와 강을 향해 버럭 외치고 싶었다. '추리소설을 읽어본 적이 거의 없는' 사람에게 여기까지 간파당하면 미스터리 작가의 체면이 말이 아니다.

"요로즈 마사나오 씨가 범인이라면 동기는 뭘까요?"

히무라가 서늘한 얼굴로 의미를 요구했다.

"주식이려나? 그 사람이 영업하려고 했던 거 다 알아요. 나시다 씨에게 살짝 들었거든요. 거절하셨다고 했지만 다른 돈벌이 제안에는 넘어갔고, 그게 잘 풀리지 않아서 트러블이 생긴 것 아닐까요?"

"수사에 참고하겠습니다." 탐정의 말을 진심으로 받아들였는지 쓰유구치는 더욱 추리를 펼쳐나갔다.

"요로즈 씨 부인은 공범자일지도 몰라요. 앗, 부인의 단독 범행일지도! 남편이 단팥죽을 사러 간 사이에는 알리바이가 없잖아요. 그사이에 4층으로 올라가 냉큼 해치웠을지도. 동기는…… 나시다 씨가 추근거려서 난처했다거나. 나시다 씨가 그러는 건 이상한가? 그럼 반대로 부인이 나시다 씨에게 추근거렸는데 거절당해서 자존심이 상해 복수했다거나."

"과연. 동기라는 건 여러모로 생각해볼 수 있군요. 다른 사람에 대해서도 조금 더 검토해보는 게 나을지도 모르겠습니다. 뭔가 떠오르는 게 있습니까?"

히무라가 부추기자 쓰유구치는 더욱 허공에서 판타지를 만들어냈다.

"시카우치 씨도 마찬가지라고 할 수 있죠. 여자니까. 저도 여자지만, 하지 않았으니 제외할게요. 가게우라 선생님도 여자인가. 그 사람의 경우는 소설을 쓰기 위한 취재였을지도 몰라요. '사람을 죽이는 경험을 해보고 싶었다' 이거죠." 황당무계하다. "히네노야 씨는 어쩌지? 좀더 성실하게 일하라는 말을 듣고 화를 냈으려나? 부모한테 '언제까지 집안에만 틀어박혀 있을 게냐!' 하고 혼나서 살인까지 저지르게 됐다는 뉴스도 있으니 현실성 있지 않나요?"

마지막 가설만큼은 나도 생각해본 내용이었다.

"모두 단칼에 쓰러뜨리셨군요. 당신 상상력에는 감복했습니다. 칼을 거두는 김에 호텔 직원들도 싹둑 베어주시겠습니까?"

히무라는 불씨만 붙인 게 아니라 연료까지 투하했다.

"종업원 중 누군가가 그랬다면 접객 태도 때문에 싸워서 그런 것 아닐까요? 아니면 나시다 씨에게 엄청난 실수를 들켰는데 '이걸 들키면 너는 해고야' 하고 협박당해 입을 막으려고 저질렀다거나."

"복수부터 입막음까지, 다양한 동기가 나왔군요. 하지만 해고가 두려워 저지른 범행이라면 오너와 지배인 두 사람은 해당되지 않겠군요."

"다른 이유가 있었겠지요."

"어떤?"

"나시다 씨가 이 호텔에서 나가길 바랐던 거예요. 아무래도 체크아웃하지 않기에 죽인 거죠."

막무가내에도 정도가 있다고 생각했는데 맹점을 찔린 기분이었다. 황당무계한 가설이긴 하지만 몇 가지 요소가 거기에 얽히면 동기로 성립할 것 같기도 했다.

"아리스가와 씨 진지한 표정 짓지 말아요!" 쓰유구치가 당황했다. "머릿속에서 지워주세요. 게임하듯 대충 말했을 뿐이지, 저도 진심으로 하는 소리는 아니니까요."

이윽고 5시가 다가오자 쓰유구치가 슬슬 가봐야 한다고 했다. 니시노미야의 부모님 댁에 가야 할 시간이 된 것이다.

"채비를 해야 하니 방으로 돌아갈게요."

"도와주셔서 감사했습니다." 히무라가 인사했다.

"친족 회의, 잘 끝나면 좋겠네요."

내 격려에 쓰유구치가 눈동자 속의 별을 반짝 빛내더니 "다정하시군요"라고 했다. 미팅이었다면 내게도 승산이 생긴 걸까? 참고로 그런 쪽으로 히무라와 경쟁한 적은 없다.

발길을 붙들어서 미안하지만 궁금한 점이 있었다.

"마지막으로 한 가지만 여쭤봐도 될까요?"

자물쇠 잠긴 남자

"아, 추리 드라마에 자주 나오는 대사. 아리스가와 씨가 그 말씀을 하시다니 뜻밖이네요. 뭔데요?"

"아까 프런트에서 미나에 씨에게 '그럼 못써!'라고 하시던데, 호텔 측에 실수라도 있었습니까?"

"아니에요." 쓰유구치는 자동차 와이퍼처럼 두 손을 흔들었다. "전혀 그런 게 아니에요. 거짓말 같으면 개한테 물어보세요. 우편물로 묵직한 짐이 와서 미나에가 그걸 영차, 하고 배로 받쳐서 나르려고 하기에 '배달부한테 카운터 안까지 옮겨달라고 해. 왜 무거운 상자를 직접 옮겨? 그럼 못써!' 하고."

"쓰유구치 씨."

히무라의 목소리가 옆에서 돌팔매처럼 날아들었다.

"……예?" 쓰유구치가 돌아보았다.

"미나에 씨는 임신하셨습니까?"

"맞아요."

"아아……." 나는 신음했다.

여기에도 작은 지그소퍼즐이 숨어 있었다. 요즘 미나에가 몸이 좋지 않아 보였는데 병은 아니라고 했다. 평소에도 그럴지 모르지만 남편은 그런 그녀를 실로 다정하게 챙겼다. 어젯밤은 담배 냄새가 나는 방문 앞에서 고개를 돌렸다. 그리고 지금, 쓰유구치의 행동. 이런 일들이 무엇을 가리키는지는 명백하다. 명백한데도 놓치고 있었다.

"당신은 그걸 언제 알았습니까?"

히무라가 동요한 기색을 보이며 묻자 쓰유구치는 의아한 표정으로 대답했다.

"지난번에 여기 왔을 때예요. 일월 말. 힘들어하는 걸 보고 '왜 그래?' 하고 물었더니 '실은 아기가 생겼어. 지금 석 달째야'라고 했어요. '입덧이 가벼워서 일은 할 수 있어'라고 하기에 무리하지 말라고 주의는 줬는데…….'"

그게 뭐 문제라도 있는지 묻고 싶은 눈치다.

히무라는 손가락으로 입술을 어루만지며 상대를 뚫어져라 보면서 물었다.

"미나에 씨의 임신은 또 누가 알고 있습니까?"

"남편 말고는 니와 씨한테만 말했다고 했어요. 업무에 영향이 생기니 당연한 일이겠지요. 아, 그리고 나시다 씨도."

"엇!" 무심코 소리가 튀어나왔다. "그건 처음 듣는 이야기인데요."

"네, 처음 말했으니까요. 나시다 씨가 돌아가신 원인을 조사하는데 미나에에게 아이가 생긴 건 아무 상관 없잖아요? 걔도 아리스가와 씨에게 말하지 않았죠?"

나시다의 죽음에 관계가 없으니 손님에 대한 예의로 사적인 일은 털어놓지 않았던 것이다.

"언제, 어떤 경위로 나시다 씨에게 말씀했을까요?"

히무라는 조용히 심호흡으로 숨을 고르고 물었다.

"글쎄요. 자세한 건 미나에에게 물어보세요. 저…… 그만 가도 될까요? 5시 반에는 여기서 출발하고 싶어서."

"그러시지요."

쌀쌀한 대답을 뒤로하고 그녀가 떠났다. 문이 닫힌 순간 나는 "앗!" 하고 외쳤다. 아주 근소한 차이지만 또 히무라에게 뒤처지고 말았다. 쓰유구치 요시호의 증언이 대단히 중요하다는 사실을 이제야 깨달았다.

"어둠 속에, 검은 고양이는 있었어." 히무라의 바리톤이 방 안에 울렸다. "모습은 보이지 않지만 고양이 냄새가 나."

히네노야가 한 말이지만 고양이를 좋아하는 부교수에게는 잘 어울리는 비유다.

"나도 확실하게 냄새를 맡았어. 나시다가 쾌활했던 이유는, 그거지?"

"손주가 생긴다는 걸 알았으니 기쁘기도 하겠지. 나도 너도 경험은 없지만, 자식보다 귀엽다는 사람도 있으니."

"확신이 들어?"

"이보다 더할 수 없을 정도로, 확실히."

정체를 밝히지 않고 아들 옆에서 사는 행복을 곱씹고 있던 남자에게 어떤 심경의 변화가 있었다 해도, 손주가 태어난다는 걸 안 이 타이밍에 죽음을 선택할 리 없다.

이 결론에 도달하기까지 얼마나 발버둥쳤나. 증명하기 불가능할 줄 알았던 명제를, 우리는 마침내 풀었다.

나시다 미노루는 살해당한 것이다.

6

미나에의 임신을 정말 나시다가 알고 있었는지 가쓰라기 부부에게 확인하고 싶었지만 프런트에 가보니 미즈노가 미나에는 몸 상태 때문에 펜트하우스에서 잠시 자고 있고, 다카시는 외출중이라고 했다.

"오너에게 할 이야기가 있으니 조금 괜찮아지면 알려주실 수 있습니까?"

히무라가 묻자 일본 인형은 알겠다고 대답했다. 우리는 402호에서 한동안 대기했다. 7시가 넘어서야 미즈노에게 "이제 일어나셨다고 합니다"라는 내선 전화를 받았다.

우리가 펜트하우스를 찾아갔을 때, 미나에의 얼굴은 말짱했다.

"죄송합니다. 조금 쉬고 있었어요."

"요점만 간결하게 여쭙고 빨리 물러나겠습니다. 차도 커피도 괜찮습니다. 앉으시지요."

히무라가 주방에 들어가려는 미나에를 말리고 다 함께 비어 있는 의자에 앉았다. 갑자기 쳐들어왔으니 무슨 일인가 궁금할 만하다.

"실례되는 질문이지만 수사에 상관이 있다고 생각하고 양해해주십시오. 임신하셨다고요. 방금 전 쓰유구치 씨에게 들었습니다."

"예. 이제 막 13주째가 됩니다. ……그게 뭔가 문제라도?"

"조만간 설명해드릴 테니 지금은 질문에만 답해주십시오. 그 사실을 아는 사람은 누구입니까?"

"정말 한정된 사람들한테만 말했어요. 남편과 니와 씨, 옷짱뿐입니다."

"쓰유구치 씨에게 이야기한 건 언제입니까?"

"일월 말입니다. 우연히 몸이 안 좋은 걸 들켜서 사실은, 하고 털어놨어요. 친구라고는 해도 손님이라 조심스러워 그때까지 이야기하지 않았습니다."

"호텔의 다른 종업원들에게는?"

"슬슬 말하려던 차입니다. 다행히 입덧도 거의 없어 평소

대로 움직일 수 있었으니까요."

"숨기고 계셨다?"

"일찍부터 너무 염려를 끼치는 것도 죄송해서 잠자코 있었습니다. 정말 아무렇지도 않아요."

"건강히 순산하시길 바랍니다. 지배인을 보좌하는 니와 씨에게는 당연히 말씀하셨다고 들었는데, 언제 전하셨습니까?"

"작년 12월 26일입니다. 바쁜 크리스마스가 지난 다음에 말씀드렸어요."

"그 밖에도 누군가에게 말씀하시지 않았습니까?"

"아니요. 아이가 태어나면 알리고 싶은 친구나 지인, 먼 친척은 있지만."

나시다에게 이야기한 걸 숨기려는 걸까? 어째서? 그렇게 생각하는데 히무라가 직접 물었다.

"나시다 씨도 알고 계셨던 것 같은데 아닙니까?"

"아아."

사실을 들이대도 미나에는 놀라는 기색 없이 말했다.

"깜빡했습니다. 나시다 씨께는 제가 직접 말씀드린 게 아닙니다. 저와 남편이 서서 이야기하는 걸 우연히 들으신 거예요."

"몇 월 며칠이었습니까? 그때 상황을 상세히 말씀해주십시오."

"잠시만 기다리세요."

미나에는 천천히 일어나 안쪽 방으로 사라졌다가 일 분도 지나지 않아 표지가 붉은 책을 들고 돌아왔다. 책이 아니라 일기장이었다. 필요한 기록을 찾아내더니 그대로 우리 쪽으로 내밀었다.

"일기를 봐도 되겠습니까?"

"상관없습니다. 여기에는 남들이 볼 때 부끄러운 일은 쓰지 않았으니까요. 1월 10일 마지막 쪽을 보세요."

여성스러운 유려한 글씨로 이렇게 기록되어 있었다.

라운지에 나시다 씨가 계신 줄도 모르고 다카하고 이야기하다가 임신을 들키고 말았다. "축하해요"라고 축복해주셔서 감격.

부부 사이에서 다카시의 애칭은 '다카'인가. 가타카나로 적혀 있는데 한자는 획수가 많으니 어찌 보면 당연한 일이다. 아니, 그런 건 아무래도 좋다. '나시다 씨'라고 적은 것으로 보아 일기에 '나시다 님'이라고 쓰면 너무 정이 없다고 여겼을지도 모른다.

"1월 10일 토요일이네요. 분명 이날은 밤 10시쯤 마지막 손님이 체크인하셨습니다. 엘리베이터까지 안내해드린 뒤에

'당일 취소가 아니라 다행이야' 하고 남편하고 기뻐했습니다. 라운지에 나시다 씨가 계신 줄 모르고……."

긴세이 호텔에 조용한 밤이 내려왔다.

현관에서 사람들의 모습이 사라지고 코멧에서 사람들 목소리와 잡음이 파도 소리처럼 들려올 뿐.

프런트 카운터 안에서 한숨을 놓은 부부는 둘만의 대화를 나누었다.

"아이고, 이걸로 오늘 객실 가동률은 70퍼센트에 도달했네. 고생하셨습니다, 오너."

"아직 오늘이 끝난 건 아니잖아. 호텔은 잠들지 않아요."

"나도 알지만 일이 한 단락을 맺었으니 고생했다고 한마디 주고받아도 되잖아. 위에 올라가지? 솔직히 너무 움직이지 말았으면 좋겠어."

"괜찮다니까. 우리 어머니 말씀으로는 순산하는 집안이라고 하셨어. 어머니는 서른다섯에 출산하셨는데 주위 사람들만 걱정했다고 하시던걸. 나도 그럴 거라는 예감이 들어."

"그러면 좋겠다."

미나에가 라운지 쪽을 돌아보니 관엽식물 너머에서 나시다가 일어섰다. 기척도 없이 책을 읽고 있었던 모양이다.

"실례. 그만 주워듣고 말았는데 사모님께 경사스러운 소식이?"

이미 들어버렸다면 어쩔 수 없다. 미나에는 카운터 안에서 반듯하게 서서 "예" 하고 대답했다.

"아이구야, 거 축하드립니다. 평소하고 다름없이 건강하게 일하시기에 전혀 눈치 못 챘습니다."

나시다는 카운터로 다가와 "정말 축하드립니다" 하고 고개를 숙였다. 정중한 태도에 가쓰라기 부부가 민망할 정도였다.

다카시도 등을 곧게 펴고 공손히 말했다.

"나시다 님께서는 저희가 결혼했을 때도 축하 선물을 주셨지요. 설마 손님께 선물을 받을 줄은 생각도 못 했는데, 감사합니다. 그로부터 사 년이나 흘렀는데 이제야 아이를 얻게 되었습니다. 지금 또 축하한다고 축복해주시니 감격스러울 따름입니다."

"아이가 태어나면 또 축하 선물을 드리겠습니다."

"천만의 말씀을!" 다카시가 당황했다. "마음만으로 충분합니다. 긴장이 풀려 뒤에서 할 이야기를 들려드리고 말았습니다, 죄송합니다."

"축하하고 싶은 제 마음도 존중해주세요, 지배인. 어차피 소소한 것밖에 못 드립니다. 받아주시는 대신 귀여운 아기를 한번 안아볼 수 있다면 기쁘겠습니다만."

"그야 물론, 당연하지요." 미나에가 말했다. "앞으로 일곱 달은 더 기다려야 하지만 꼭 안아주세요."

나시다는 함박웃음을 지었다.

"사모님, 부디 몸을 아끼세요. 호텔 일은 힘드니까요."

"예. 그것도 약속드리겠습니다. 저…… 이 일은 비밀로 해주시면 감사하겠습니다."

"프라이버시에 속하는 일이니 함구하겠습니다. 편히 쉬세요."

나시다는 빙글 몸을 돌려 엘리베이터로 향했다.

죽기 이삼일 전부터 나시다가 쾌활해 보였다고 몇 명이 증언했다. 굴 요릿배에서 히네노야에게 들은 바에 따르면 '뭐 좋은 일이라도 있으셨어요?'라는 질문에 나시다는 '아니, 제 신상에 좋은 일이 있었던 건 아닙니다'라고 대답했다고 한다. 모든 것이 완벽히 맞아떨어진다.

그나저나 귀여운 아기를 한번 안아볼 수 있다면 기쁠 거라는 그의 바람이 깨졌다는 사실이 너무 안타까웠다. 눈시울이 뜨거워졌지만 다른 생각을 하며 참았다.

지금 이야기를 들으니 확신은 더욱 강해졌다. 히무라 말대로 미나에의 임신은 어떤 물적증거보다도 확실하게 나시다가 자살할 리 없다는 사실을 뒷받침한다. 스스로를 포함해 사람의 마음은 때로 수수께끼지만, 의심할 수 없는 경우도 있는 것이다.

"저는 나시다 씨 죽음의 진상이 무엇인지 조사를 부탁하고 싶었지만 니와 씨는 소극적이었습니다. '경찰은 자살이라고 했습니다. 끝난 일로 고민하는 건 그만둡시다. 심신을 아껴야 할 시기입니다'라고. 남편도 같은 의견이었지만…… 니와 씨만큼 냉정해질 수는 없었는지 저를 말리지는 않았습니다. 진실은 무엇일까요? 자살이었는지, 그렇지 않은지, 알아낼 수 있을 것 같은가요?"

"아직 모르겠습니다."

히무라는 시치미를 뚝 뗐다. 누구에게도 수중의 카드를 보여주고 싶지 않다는 뜻인가?

냉철한 것도 정도가 있지. 물러터진 나는 여기서 미나에에게 전부 털어놓고 싶었다. 나시다 씨는 다카시 씨의 친아버지입니다. 당신의 임신을 그렇게 기뻐했던 건 손주를 안아볼 날이 왔다고 믿었기 때문입니다, 라고. 다카시의 아내로서, 그녀에게는 그 진실을 알 권리가 있다.

"히무라 선생님." 미나에가 말했다. "나시다 씨가 돌아가신 것과 제 임신 사이에 무슨 관계가 있는지, 언제 알려주실 건 가요?"

"되도록 빨리 말씀드릴 수 있기를 바라고 있습니다."

쌀쌀한 대답을 끝으로 우리는 펜트하우스를 뒤로했다.

1층으로 내려가는 엘리베이터에 올라타는 히무라의 표정이 어두웠다. 나는 묻지 않을 수 없었다.

"왜 그래?"

"DNA 감정 결과를 알고 싶어."

"그렇게 초조해할 필요 없잖아. 나시다가 다카시의 부친이라는 사실은 일단 틀림없어."

"인공수정 시술을 한 걸로 추측되는 다케히사 리오코의 증언도 얻지 못했고, 나시다와 다카시의 새끼발가락 특징이 일치한 건 우연이었을 가능성도 있어."

"어째서?"

이 녀석의 생각을 이해 못 하겠다. 미나에의 이야기를 듣고서도 어째서 그런 말을 하는 거지?

"어째서 친자 관계를 의심해? 인공수정으로 다카시가 태어났다는 견해를 뒤엎을 정보는 없잖아."

엘리베이터는 천천히 내려가 3층을 통과했다. 1층에 도착해 문이 열리기 전에 얼른 대답해.

"인공수정 성공률이 몇 퍼센트인지 모르지만 백발백중은 아니겠지. 나쓰코의 계획이 틀어졌을 가능성도 있어. 나시다는 다카시가 자기 아들이라고 믿고, 손주가 태어난다는 사실에 환희했어. 만약 그게 착각이었다면?"

"……다카시는 아들이 아닌 거야?"

"내가 대답할 수 있겠어?" 히무라가 짜증을 냈다. "하지만 뭔가를 단서로 자기가 착각하고 있었다는 사실을 나시다가 알았다면? 쾌활하게 굴 요릿배에서 맛있는 음식을 먹고 돌아온 뒤에."

가벼운 기계음과 함께 문이 열렸다. 우리는 사무실 안쪽으로 돌아왔다.

프런트에 다카히라가 있어서 그가 들을까 경계한 우리는 현관문을 열고 코트도 없이 도사보리가와 강가로 나갔다.

"굴 요릿배에서 정든 401호로 돌아온 뒤에, 혹은 돌아오자마자 나시다는 그때까지 몰랐던 정보를 접하고 다카시가 아들이 아니라는 사실을 알았다고 가정하자. 그럼 어떻게 되지? 지난 오 년 동안 품어왔던 애절한 마음도, 자기 손주가 태어난다는 감격도, 모든 게 오해였던 셈이야. 그걸 안 그는……."

몸이 떨린 건, 차가운 바람 탓이 아니었다.

"굉장히 낙담했을 거야."

"낙담으로 끝날까?"

어떻게 이럴 수가. 회심의 역전 홈런을 때린 이닝 말에 바로 재역전을 당하는 건가?

"……그렇게 가볍지 않았겠지."

절망했으리라.

죽고 싶을 정도로.

7

전에 만났을 때와 똑같다. 요로즈 마사나오는 히무라나 나의 사소한 거동에도 민감하게 반응하는 것은 물론이고 시선의 움직임까지도 일일이 눈으로 좇았다. 그가 자기 버릇을 아는지 모르는지, 그게 버릇이 아니라 의도한 행동인지 아닌지도 잘 모르겠다.

"전화로 십오 분쯤 늦는다고 했으니 십 분만 있으면 올 겁니다. 어젯밤은 급한 용건으로 갑자기 취소했는데 오늘밤은 한쪽이 지각하다니 정말 죄송합니다. 일단 와인부터 맛보시지요. 이거, 꽤 괜찮습니다."

나는 권해주는 대로 와인잔을 들었다. 애초에 와인을 품평할 수 있는 미각은 없지만 지금은 정신 상태 때문에 맛을 잘 모르겠다. 나시다가 누군가에게 살해당했다고 확신했는데 바로 히무라가 이상한 소리를 하는 바람에 몹시 혼란스럽다. 상황의 진폭이 너무 크다.

이 미로를 타파할 단서를 적극적으로 구하고 있지만 나시다와 관계가 깊지 않았던 요로즈 부부가 과연 제공해줄지 불안하기만 하다. 큰 기대는 하지 말자.

"한신·아와지 대지진이 있은 지 지난달로 꼬박 이십 년째였는데, JR 후쿠치야마선 탈선 사고도 이제 곧 십 년째가 됩니다. 그건 사월 하순이었지요. '벌써 십 년인가' 하고 직장에서 화제에 올랐습니다."

제한 속도를 크게 초과한 전철이 쓰카구치 역—아마가사키 역 사이의 급커브를 제대로 돌지 못하고 탈선해 철로변에 있던 아파트에 격돌했다. 운전사를 포함한 백일곱 명이 사망한 대형 사고다.

"안타까운 사고였지요."

그렇게 말할 수밖에 없다. 히무라는 말없이 증권맨이 선택한 와인을 마시고 있다.

"십 년 전에 역사적 탈선 사고. 이십 년 전에 역사적 대지진. 삼십 년 전에는 무슨 일이 있었는지 기억하십니까?"

그렇게 물어도 네 살 때였으니 기억할 리 없다. 나시다가 체포당한 해지만 물론 마사나오는 그 사실을 모를 테니 여기서 할 말은 아니다.

"하네다발 오사카행 일본항공 점보기가 오스타카 산 능선에 추락해 승무원, 승객 도합 오백이십 명이 사망했습니다. 저녁 6시대 비행편이라 오사카로 돌아오는 사람이 많이 타고 있었지요. 오백이십 명의 장례식을 치렀으니, 진짜인지 거짓말인지 오사카에서 상복이 동났다는 말을 들은 적이 있습니다. 간사이에는 십 년마다 비극이 일어나는 것 같습니다."

그냥 그 말을 하고 싶었던 모양이다.

"그렇다면 올해 간사이는 큰 사고나 재해를 특히 조심해야겠군요. 아무 일도 없어야 할 텐데."

"그렇죠? 그래서 사십 년 전 1975년에도 간사이에 큰 사고나 사건이 없었는지 인터넷으로 검색해봤습니다. 그랬더니…… 오사카 시영 지하철이 노선별 컬러링을 도입했더군요."

마무리는 그건가. 십 년마다 일어나는 비극은 걱정할 필요가 없다는 뜻이다.

"1985년은 나쁜 의미로 오사카가 대박 난 해였던 겁니다. 한 해 전부터 범죄사에 남을 글리코 모리나가 사건◆이 이어

◆ 1984년부터 1985년까지 일본 교토와 한신 지역을 중심으로 식품 기업들을 대상으로 발생한 연쇄 협박 사건.

자물쇠 잠긴 남자

졌고. 악덕 상술로 문제가 되었던 토요타 상사 회장이 언론 취재진이 에워싼 방에서 칼에 찔려 죽질 않나, 한신 타이거스가 일본 정상에 오른 건 밝은 뉴스였지만 어쨌거나 오사카를 무대로 한 큰 뉴스가 많았어요. 추락한 일본항공 비행기는 도쿄에서 출발했지만 오사카의 충격은 컸지요. 타이거스나 하우스 식품 사장도 타고 있었잖아요. 오본 전…… 8월 12일이었나."

나시다가 차로 사고를 내기 나흘 전이다. 나쓰코가 하와이 여행을 떠나기 사흘 전이기도 하다. 말할 내용이 많아서 그랬는지 노부에는 생략했지만 그만한 비행기 사고 직후에 하와이로 날아간다는 건 기분 좋은 일은 아니었으리라. 그리고 일본항공 기체 추락 현장에서 다급히 유해 수습 작업이 벌어지고 있을 때, 나시다는 과오를 저지르고 도주해 다케히사 레이디스 클리닉에서 고통을 감내했던 것이다. 그의 머리에서 일본항공기 추락 뉴스는 싹 날아갔을 게 분명하다.

'나시다 씨, 당신은 한신 타이거스 팬이었습니까? 만약 그렇다면 타이거스가 일본 정상을 차지한 보기 드문 경사를 기뻐할 수 없었겠군요. 8월 16일 이후, 당신에게는 세상 모든 것에 눈 돌릴 겨를이 없었을 테니.'

환영에 물어보려 했지만 나시다는 나타나지 않았다.

나시다를 불러내야 한다. 소환해서 진상으로 통하는 마지막 열쇠를 받아내는 것이다. 그러기 위해서 할 수 있는 일은 뭘까? 발버둥치면서 찾는 수밖에 없다.

"그 사람에게 투자를 권한 적이 있느냐고 물으신다면, 있습니다. 전혀 관심이 없는 것 같아 권한 건 딱 한 번뿐이었습니다. 가망 없는 영업은 서로에게 시간 낭비니까요."

히무라의 질문에 마사나오는 순순히 대답했지만 역시 유익한 정보는 없었다. 당일 밤 행동에 대해서도 단팥죽을 사러 외출한 게 하이라이트였다. 당신이란 사람, 정말 그게 다야?

"나시다 씨는 자살하셨다는 결론으로 막을 내리는 게 좋을 것 같은데요. 어폐가 있지만 그게 원만하잖아요. 유족이 불만을 호소하는 것도 아니니."

세상에는 사람들을 사로잡는 수수께끼나 신비도 있지만 나시다의 죽음에 얽힌 수수께끼에는 그 정도 힘이 없다. 무슨 일이 있었던 걸까, 고민하는 사이 관계자들은 진력이 나기 시작한 것이다.

이윽고 아내 기와코가 도착하자 남편은 손을 들어 웨이터를 불러 요리를 내오라고 했다.

"바로 강 건너편이 회사인데 늦어서 실례했습니다. 어머나, 민망해라."

바짝 짧게 자른 헤어스타일의 부인은 목에 걸고 있던 사원증을 허둥지둥 풀었다. 어지간히 서둘러 달려온 것이다.

자택 리모델링 공사에 하자가 있어 새로 공사하게 되었다는 불평을 한바탕 듣고 나서 히무라는 또 1월 13일 밤으로 화제를 돌렸다.

"몇 번을 물어보셔도 같은 대답밖에 못 하는데……."

그렇게 전제를 달면서 그녀가 말한 것은 이미 아는 사실뿐이었다. 히무라가 손가락으로 입술을 어루만질 장면은 없다.

"당신, 그 얘기는 안 해도 돼? 말씀드리려면 지금이 기회야."

마사나오가 운을 떼자 기와코가 떨떠름하게 망설였다.

"기분 탓일지도 모른다고 했잖아. 확실하지 않은 이야기를 해서 선생님을 혼란스럽게 하면 어쩌려고."

"어떤 얘기든 괜찮으니 듣고 싶군요. 불확실해도 상관없습니다. 정보에 굶주려 있으니까요."

히무라가 바구니에서 빵을 집던 손길을 멈추고 말하자 기와코가 대답했다.

"그럼 말씀드리겠지만 나시다 씨가 돌아가신 시간대하고 차이가 있어서 아무 상관도 없을 거예요. 그분이 돌아가신 건 13일 오후 11시부터 14일…… 몇 시였죠?"

"새벽 2시입니다."

"역시 차이가 커요. 제가 말씀드리려는 건 새벽 3시 이후에 있었던 일이라."

"상관없습니다. 그런 심야에 무슨 일이 있었던 겁니까?"

"아까 말씀드렸다시피 전 밤 12시 반에 잠들었는데, 두 시간쯤 지나 잠이 깼어요. 가끔 그럴 때가 있는데 일단 잠이 깨면 다시 잠을 못 이루는 체질이라. 한동안 책을 읽으면 잠이 잘 와서 전날 산 문고본을 펼쳤는데 상권을 산 줄 알았는데 하권이더라고요. 제대로 보지 않고 계산대로 가져간 거죠. 실수를 깨달으니 괜히 더 책을 읽고 싶어졌어요. 이 사람이 잠옷으로 갈아입은 뒤에 '단팥죽이 먹고 싶어!' 그러는 것과 같은 심리죠. 달리 가져온 책은 없었지만 라운지에 가면 재미있어 보이는 책들이 있어요. 그래서……."

카디건을 걸치고 일부러 1층에 내려가기로 한 것이다. 그날 밤 부부가 묵은 방은 301호로 복도로 나가면 바로 옆에 엘리베이터와 계단이 있다.

"엘리베이터 단추를 누를 때, 4층으로 이어지는 계단에서 인기척을 느꼈어요. 이런 시간에 누가 있나 살펴봤지만 사람은 보이지 않았어요. 바로 엘리베이터가 와서 기분 탓이었나 하고 라운지로 내려갔습니다."

그래서?

"그게 다예요. 3시 10분쯤이었으니 나시다 씨가 돌아가시고 한 시간 이상 지났을 때라, 말씀드릴 필요 없다고 생각했는데……."

마사나오가 끼어들었다.

"저도 이 얘기는 이틀 전에 겨우 들었습니다. 저녁 식사를 마치고 '모레부터 또 긴세이 호텔에 묵겠네' 하고 이야기하다가 나시다 씨 화제가 잠깐 나와서 '사실은 그날 한밤중에' 하고 이렇게. '경찰이나 아리스가와 씨한테 말씀드릴 만한 얘기도 아니잖아'라고 하기에 저도 '그렇지' 하고 쓴웃음을 흘렸습니다. 저희를 뒤집어서 탈탈 털어도 이젠 이런 얘기밖에 안 나옵니다."

전혀 의미 없는 정보도 아니다. 나시다의 죽음이 타살이었다면 범인은 사후 처리 등 해야 할 일이 많았을 테니 사망 추정 시각 이후의 상황도 무시할 수 없다.

"인기척을 느낀 건 무슨 소리를 들었기 때문입니까?"

히무라도 이 이야기를 가볍게 넘기지 않았다.

"확실한 소리를 들은 건 아니지만 의식이 그쪽으로 쏠렸다는 건 희미하게라도 소리가 났던 걸지 몰라요. 옷자락이 스치는 소리랄까."

"계단만 슬쩍 살펴본 바로는 아무것도 보지 못했습니까?"

"예."

"누가 있었다고 생각하신 건 향수 냄새 같은 게 났기 때문은 아니었습니까?"

"아니에요. 오감 이외의 감각이 반응했던 건지도 모르겠네요. 그저 착각이었을 가능성이 크겠죠."

"그래서 제가 이렇게 말했어요." 마사나오가 또 나섰다. "'어쩌면 나시다 씨의 유령 아니었을까? 오랫동안 정든 긴세이 호텔에 마지막 이별을 고하려고 천천히 호텔 안을 둘러본 거겠지'라고요. 경솔한 괴담은 그만두라고 혼났습니다. 경솔한가요? 나시다 씨의 유령이 아무도 없는 프런트에 다가가 제대로 체크아웃을 하고 현관을 빠져나가는 모습을 상상하니 저는 마음이 찡한데."

거리로 나간 유령이 발길을 멈추고 신세를 진 호텔을 올려다보는 모습까지 떠올랐다. 주식이나 투자와는 인연 없는 나지만 마사나오와는 의외로 마음이 통할지도 모른다.

기와코는 라운지에서 고른 책을 가지고 돌아왔는데 겨우 십오 분쯤 읽자 졸음이 찾아왔다. 방으로 돌아올 때는 복도에서도, 계단에서도 인기척은 느끼지 못했다고 한다.

오늘밤 부부는 206호에서 묵는다며 "계단으로 가겠습니다" 하고 떠났다. 히무라와 나는 엘리베이터로 향했다.

"내 방에서 맥주라도 마실래?"

내 권유에 히무라는 말없이 고개를 끄덕였다. 요로즈 부부에게 들은 정보를 반추하고 있는 모양이다. 기와코가 말한 심야 3시의 기척이 마음에 걸리는 정도지, 새로운 사실은 없었는데.

"결국 나시다 미노루의 죽음이 자살인지 타살인지는 아직 결정지을 수 없다고 보면 될까?" 나는 엘리베이터 안에서 물었다. "미나에 씨가 임신한 사실을 알았을 때는 타살이 확실하다고 생각했지만 그후에 네가 이상한 소리를 해서 또 모르게 됐어."

"그게 왜 이상한 소리야. 일말의 가능성은 있어."

"있어도 한없이 제로에 가깝잖아. 방으로 돌아가 텔레비전을 켰더니 나시다와 다카시가 생판 남이었다고 말하는 뉴스라도 흘러나왔다는 소리야? 뭐가 나시다를 절망의 나락에 빠뜨렸는지, 있을 법한 가설을 하나라도 말해주면 좋겠군."

4층에 도착했다.

히무라는 내 질문에 답하지 않고, 402호로 향하지도 않고 계단 쪽으로 걸어갔다. 역시 기와코의 증언이 마음에 걸리는 모양이다.

카펫이 깔린 계단에 이상한 점은 없고, 계단참 벽에 이 호텔에 어울리는 유화가 한 장 걸려 있을 뿐이었다. 몇 호 사이즈인지 모르겠지만 가로 80센티미터 세로 60센티미터 정도 되는 가로로 긴 풍경화로 사막 위에 별이 반짝이는 웅대한 밤하늘이 펼쳐져 있었다.

"한밤중에 그림이라도 감상했나?"

"그건 아니겠지."

히무라는 그렇게 말하더니 주위 벽지나 카펫에 이상이 없는지 확인한 뒤에 지시를 내렸다.

"이 그림을 벽에서 떼어보자. 아리스, 그쪽을 잡아."

"떼어내서 어쩌려고?"

그렇게 물으면서도 나는 앤티크 골드 액자를 잡았다. 혼자 다룰 수 없는 크기는 아니었지만 호텔 비품에 흠을 내지 않도록 신중을 기해 도와달라는 거겠지. 양쪽에서 조심스레 들어 올려 고리에서 끈을 벗겨냈다.

앞면 유리는 깨끗하게 닦여 있었지만 뒷면에는 먼지가 약간 묻어 있었다. 딱히 이상한 부분은 없어 보였다.

"아무것도 없군……. 아니, 있어."

한가운데에서 조금 내려간 곳에 변색된 부분이 있었다.

"만져봐."

히무라가 그 자리를 가리키기에 손끝을 뻗자 풀을 바른 자국인지 끈적거렸다. 뭔가 붙여두었던 모양이다.

"그렇게 오래된 것도 아니네. 이건 뭐야?"

"글쎄. 시원하게 대답할 수 없어서 안타깝군."

우리는 그림을 바닥에 내려놓고 액자에서 캔버스를 빼내보았다. 보물이 숨겨져 있을 리도 없거니와 사각형 밑판용 판지에 비밀 메시지가 적혀 있지도 않았다.

"허탕인가?"

"풀 자국을 발견했잖아. 나중에 의미를 알 수 있을지도 몰라."

그림을 제자리에 걸어놓고 4층으로 올라간 나는 고개를 돌려 계단참을 보았다. 그림 앞에 우뚝 선 나시다의 환영은, 역시 없었다.

8

2월 13일.

9시에 1층으로 내려가보니 라운지에 누가 있었다. 관엽식물 틈새로 히무라의 옆얼굴이 살짝 보였다.

"오늘 아침은 이르네."

그는 펼치고 있던 신문에서 고개를 들고 말했다. 본인은 훨씬 일찍 일어나 아침 식사도 마쳤다고 한다. 신문 날짜를 보았다. 오늘은 13일의 금요일인가.

어젯밤은 내 방에서 하루의 성과를 갈무리할 셈이었지만 맥주를 마시는 사이 사고력이 떨어져 잡담만 하다가 끝났다. 취기가 돌면서 졸음이 쏟아져 구체적으로는 기억나지 않지만 시시한 소리를 지껄였다는 자각이 있다.

"어제는 너한테 주정을 부린 것 같은데."

"그래, 부렸지. '히무라 히데오의 과거 따위, 내가 진지하게 조사하면 열흘이면 만천하에 다 드러나. 폭로당하기 싫으면 냉큼 네 입으로 불어' 하고 눈앞에 집게손가락을 들이대던데. 너, 내 과거에 무슨 일이 있었다고 생각하는 거야?"

"가설은 몇 개 있지만 이거다 싶은 게 없어. 친구가 입을 다물고 말해주지 않으니 일부러 풀 것까진 없나, 이런 느낌일까. 하지만 내가 진지하게……."

히무라는 신문을 무릎에 내려놓고 한숨을 쉬었다.

"그런 것보다 아침이나 먹고 와. 안 그래도 늦었으니까."

계단참의 그림. 그 액자 뒤에 있던 풀 자국에 대해 히무라는 이미 지배인과 청소 담당 직원에게 물어보았다. 대답은 모두 "모르는 일입니다"였고 히무라가 어째서 그런 것에 관심을 보이는지, 애초에 무슨 계기로 액자 뒤를 조사했는지 의아해한 모양이다.

코멧에서는 히네노야 아이스케와 쓰유구치 요시호가 한자리에서 가정식으로 죽을 먹고 있었다. 시카우치 마리카가 멀찍이 떨어진 자리에서 혼자 프랑스빵에 버터를 바르고 있다.

나는 히네노야와 쓰유구치의 옆 테이블에 앉아 "어제는 어떠셨어요?" 하고 쓰유구치에게 물어보았다.

"친족 회의 말인가요? 실이 뒤엉켜서 한 번에 해결하긴 어려울 것 같아요. 하지만 오늘이나 내일 중으로는 마무리되지 않을까나. 저희 부모님께 그럭저럭 좋은 형태로."

"다행이네." 히네노야가 끼어들었다.

"네. 오늘밤 저희 가족끼리만 의논할 예정인데 낮에는 할 일이 없으니 '아베노 하루카스' 전망대에나 가보려고요. 아직 가본 적이 없거든요. 히네노야 씨는 어쩔 거예요?"

"나도 안 가봤는데, 하루카스."

숙박객이 오늘 일정을 짜고, 라운지에서는 조식을 마친 남자가 신문을 읽고 있다. 이 모습이야말로 호텔의 아침이다.

레스토랑 안에는 어제보다 손님들이 많았다. 구정인 춘절에 접어들면 중국 관광객이 우르르 몰려와 긴세이 호텔도 예약이 꽉 차는 모양이다. 다들 호텔이 부족하다고 하니 이 호텔 경영 상태가 좋아지길 기도해본다. 호텔이 너무 부족하면

장사에 밝은 사람들이 눈독을 들여 '저길 사들여서 새로 짓자'라고 할 우려도 지울 수 없지만.

식사를 마치고 라운지로 가보니 히무라는 소리를 낮춰 전화를 하고 있었다. 경찰 관계자와 통화하는 듯했다. "또 연락 드리겠습니다" 하고 바로 끊었다.

"시게오카 씨였어."

"무슨 일이라도 있었어?"

나는 히무라의 맞은편에 앉았다.

"DNA 감정 중간 보고야. 어제 대략적인 결과가 나온 모양이더군. 밀린 검사가 없어서 생각보다 빨리 알아냈어."

느릿하게 스마트폰을 안주머니에 넣는다. 그런 중대한 보고를 받고도 얄미울 정도로 침착해서 멱살을 잡고 싶었지만, 주위에 이목이 없는지 잘 확인해야 한다. 이 라운지는 조심해야 한다.

"그래서 어땠어?"

니시다와 다카시가 부자지간이었다면 손주를 안아보기 전에 자살할 리 없으니 타살. 부자지간이 아니라면 믿고 있던 세계가 붕괴한 충격으로 인한 자살. 판정을 내릴 수 있다.

"'친부 친자가 틀림없어 보이나 확실성을 높이기 위해 다른 샘플이 필요'하다는군. 만세를 부르기는 조금 그렇지?"

"'틀림없어 보이나'라는 일본어가 잘못된 거야. 확실히 말하라고 따지고 싶네. 다른 샘플이라면 다카시의 모발이 더 필요하다는 뜻이야?"

"그렇다면 사정을 말하고 본인에게 제공해달라고 하면 돼. 과학수사연구소 말로는 한쪽 부모만으로는 감정 정확도가 떨어지니 모친 쪽 샘플도 필요하다는군."

"뭐야, 그런 거야? 다카시에게 부탁하면 뭔가 나오겠지. 탯줄이나."

"그건 안 돼. 탯줄에서 검출할 수 있는 건 아이의 DNA뿐이야."

배움이 모자라 그건 몰랐다. 히무라는 거듭 말했다.

"모친이 애용했던 물품도 쓸 수 없어. 이십 년 이상 지나면 보통은 샘플로 쓰기 어렵고, 아무리 이런저런 검사법을 써도 컨태머네이션이 발생할 우려가 있어."

"너라는 녀석은 어쩜 그리 눈치가 없냐. 일반 시민인 내가 컨태머네이션이라는 용어를 알 것 같아?"

"이 경우에는 이물질 혼입에 따른 샘플 오염을 뜻해. 문맥으로 유추할 수 있잖아?"

나시다와 다카시의 친자 관계는 완벽하게 증명해야만 한다. 여기까지 왔는데 난제에 부딪혔다는 사실에 히무라는 당혹스러운 모양이다.

"있어."

단호하게 말해주자 히무라가 내 얼굴을 뚫어지게 보았다.

"있다니 뭐가?"

"실크 모자 속에서 토끼를 꺼내주지. 감정 샘플이 될 만한 게 다카시의 수중에 있어. 유품 중에 어머니가 애용하던 모자가 있는데 사고 때도 쓰고 있었기 때문에 혈흔이 남아 있댔어."

히무라가 주먹으로 내 어깨를 때렸다.

"그런 건 빨리 말해. 경위를 설명하고 그걸 빌리자. 무례하게 모발을 채취한 것도 사과하면서."

사무실에서 그 이야기를 들은 지배인이 기절초풍한 것은 말할 나위도 없다. 나시다가 자기 아버지일지도 모른다는 말을 듣고 "정말입니까?" 하고 대여섯 번은 되풀이했다.

"믿을 수가 없군요. 마치 소설이나 영화 이야기를 들은 기분입니다. 오 년이나 곁에 있었는데 그런 생각은 한순간도 해보지 못했습니다."

우리에게 질문하거나 망연자실할 시간을 오 분쯤 주고 나서 히무라가 "어머님 유품이라는 모자를" 하고 재촉했다. 다카시는 펜트하우스로 올라가 십 분쯤 지나 돌아왔다.

"많이 기다리셨지요, 실례했습니다. 모자는 바로 찾았는데 선생님들께 들은 이야기를 아내에게 전하느라 늦었습니다."

"부인께서는 뭐라고?"

"'설마'라는 말만 연발했습니다."

그럴 만도 하다.

꼭지가 편평한 베이지색 포크파이 해트. 사진 속 나쓰코가 쓰고 있던 모자를 히무라가 손에 들었다. 다카시에게 들었던 대로 안쪽에 몇 군데 검게 변색된 얼룩이 묻어 있었다.

"혈흔이라고 해도 이렇게 작은 자국인데, 소용이 있을까요?"

"오 제곱밀리미터 크기면 충분합니다. 이거라면 괜찮습니다."

"다행입니다." 다카시가 손으로 가슴을 쓸며 우리에게 물었다.

"선생님들은 이제 어쩌실 겁니까?"

"쇠뿔도 단김에 빼랬으니 주오 구 히가시 경찰서에 있는 과학수사연구소에 지금 빌린 모자를 직접 가져가겠습니다. 결과가 나오면 바로 알려드리겠습니다. 승낙 없이 모발을 채취한 무례를 저지른 점은 진심으로 사과드립니다."

다카시는 사과를 받아들였지만 감정 결과의 충격이 너무 커서 그런지 그런 자잘한 일은 아무래도 상관없다고 말하고 싶은 눈치였다.

히가시 경찰서로 향하는 자동차 조수석에서 히무라는 시계 오카에게 전화를 걸어 알맞은 샘플을 구했으니 과학수사연구소로 가져가겠다고 요령 좋게 전했다.

요도야바시 다리에서 오른쪽으로 꺾어 은행나무 가로수가 있는 미도스지 도로를 남쪽으로 내려가자 주위 경치가 평소와 다르게 보였다. 현실의 미도스지를 똑바로 달리고 있는데, 회전목마를 타고 빙글빙글 맴도는 기분이 들었다. 기묘한 비현실감 속에서 핸들을 단단히 고쳐 잡았다.

"히무라."

"왜?"

"나, 서킷을 폭주한 것처럼 굉장히 흥분한 상태거든. 피가 들끓어. 감정 정밀도가 이러쿵저러쿵해도 친자가 거의 확실한 거지? 나시다의 죽음이 타살이었다는 건 확정적이지? 여기까지 와서 '아니, 아직 몰라'라고 하면 박치기 할 거야."

"운전 도중에 박치기는 위험하니까 그만둬. 타살이야. 물적증거는 없지만."

"야, 괜한 소리는 덧붙이지 마. 고양감에 찬물을 끼얹었다니."

"너, 너무 흥분해서 조금 위험한데. 난 잠시 입다물고 있도록 하지."

미도스지, 오사카 시 중심부를 우메다에서 난바까지 남북으로 가로지르는 전체 거리 약 사 킬로미터의 메인 스트리트. 도로변 빌딩은 도로에 접한 부분의 높이가 오십 미터로 제한되어 있어 이 정도 거리에 걸쳐 이만한 빌딩이 똑같은 높이로 가지런히 서 있는 광경은 세계적으로도 찾아보기 힘들다고 한다.

원래는 폭이 겨우 5미터밖에 되지 않았던 이 길을 43.6미터까지 확장한 것은 바로 세키 하지메 시장이다. 공사를 시작한 건 1926년이지만 그 한 해 전부터 구역 확장으로 동양 최대 도시가 된 오사카는 대오사카로 불렸다.

어젯밤 요로즈 마사나오는 십 년마다 간사이에 참화가 일어난다고 불길한 소리를 했지만 거슬러 올라가보면 경사스러운 일도 있다. 올해는 그레이트 오사카 성립으로부터 구십 년째 되는 해가 아닌가?

히가시 경찰서 과학수사연구소에 도착하자 히무라는 면식 있는 검사 기사를 찾아가 지참한 포크파이 해트를 맡겼다.

"이 정도로 결과를 알 수 있을까요?"

히무라가 성급히 묻자 곱슬머리에 검은 테 안경을 쓴 담당자는 태평하게 대답했다.

"시게오카 씨에게 연락을 받았습니다. 히무라 선생님이 샘플을 가져오시다니 보통 일이 아니군요. 서두르시는 것 같으니 바로 시작하겠습니다. 저녁에는 결론을 내겠습니다. 저기 앉아서 기다려달라고 할 만한 속도의 검사는 아닙니다."

예스인지 노인지 판정이 궁금한 것뿐이니 관내에서 기다릴 필요는 없다.

"결과가 나오는 대로 전화로 연락해주시면 됩니다. 이걸로 확정 지을 수 있겠지요?"

상대는 모자에 묻은 혈흔을 보며 말했다. "예. 할 수 있겠어요."

"지금까지 실시한 검사로도 두 개의 샘플 주인이 친부 친자일 확률은 높다고 들었습니다만."

"몇 퍼센트 정도 확률로 일치하는지 궁금하신 거지요? 만일의 경우도 있으니 시게오카 씨에게는 신중히 대답했지만 부자지간이 거의 확실합니다. 바로 검사하겠습니다."

"부탁드립니다." 그렇게 말하는 히무라는 그 등을 꾹 떠밀고 싶은 눈치였다.

호텔로 돌아가는 차 안에서 물어보았다.

"나시다하고 다카시의 친자 관계가 확실하게 증명됐다고 치자. 그러면 나시다의 죽음이 타살로 확정돼. 인정해?"

"끈질기게 따지네. 그래, 나는 아무 불만 없어. 하지만 가능하다면 물적증거도 있으면 좋겠어."

"있는 걸 바라야지. 농서를 얻고 촉을 탐한다. 그런 걸 망촉지탄望蜀之歎이라고 하는 거야."

그건 끝없는 욕망을 가리키는 말이니 조금 뜻이 다른가?

"또 중국 고사 강의야? 망촉지탄은 영어로 말하면 크라이 포 더 문이로군."

"앗, 그 숙어는 처음 듣는데. '보름달 하나 따서 달라고 우는 아이로구나'라고 읊은 고바야시 잇사와 같은 발상이로군."

"그래. 그런데 달을 향해 울부짖는 건 나뿐인가 봐."

히가시 경찰서에는 십오 분도 머물지 않아 정오 전에 호텔로 돌아왔다. 배가 고프지 않아 일단 또 커피나 마시러 갈까 하며 현관문을 미는데 프런트에 있던 미즈노 유키가 깜짝 놀라는 표정을 지었다. 그리고 우리에게 "잠시 기다려주시겠어요?" 하고 사무실 안으로 사라지더니 지배인과 함께 바로 나왔다.

"무슨 일이라도 있었습니까?"

히무라가 긴장한 표정으로 물었다.

"선생님께 전화드리려던 참이었습니다. 생각도 못 한 일이 생겨서. 직접 보시는 게 빠르니 안으로 들어오십시오."

사무실 안에는 미나에와 니와도 있었다. 다들 똑같이 진지한 표정이라, 어지간히 큰일이 터졌다는 것을 알 수 있었다.

"나시다 씨가 보낸 편지가 왔습니다. 방금 전 11시 반에 배달됐습니다."

다카시는 하얀 장갑을 끼고 테이블 위에 있던 봉투를 들어 히무라에게 내밀었다. 가위로 깔끔하게 개봉되어 있었다.

"맨손으로 만져서 지문을 묻히면 안 되는 물건이군요?"

범죄학자는 그렇게 말하며 검은 실크 장갑을 끼고 받아들었다.

"그럴 것 같습니다. 우편물을 분류할 때 미즈노가 무심코 만지고 말았지만."

히무라와 함께 봉투를 들여다보자 겉에는 긴세이 호텔 가쓰라기 다카시 님 귀하라고 되어 있었는데, 필적을 숨기려는 것처럼 부자연스럽게 각진 글씨였다. 뒤집어보니 발신인 주소는 없고 역시 악필로 나시다 미노루라고만 적혀 있었다. 다시 뒤집어 소인을 보니 "오사카 중앙 2.12 18 – 24"라고 찍힌 스탬프 자국이 확실히 보였다. 어제 저녁 6시 이후에 수거된 편지다.

"천국이 아니라 이 부근 우체통에 넣은 편지야. 뜯겨 있는 걸로 보니 이미 읽으셨군요?" 히무라가 물었다.

"예. 깜짝 놀랄 내용입니다. 읽어보십시오."

봉투 안에는 접힌 편지지가 아홉 장. 긴세이 호텔 비품으로, 대충 봐도 유언장임을 알 수 있었다. 그리고 야마다 나쓰코가 찍힌 사진이 한 장.

"말도 안 돼." 히무라가 신음하듯 말했다. "이제 와서 왜 이런 게 나오는 거야?"

그도 예상하지 못한 사태인 것이다. 예상했다면 그게 더 놀랍다.

아홉 장의 편지지에는 자잘한 글씨가 빼곡하게 차 있었는데 그 필적은 봉투에 있던 글씨와는 전혀 달랐다. 히무라와 나는 선 채로 득달같이 읽어 내려갔다.

"저, 나시다 미노루는 긴세이 호텔 지배인 가쓰라기 다카시 님의 친부입니다. 생전에 그 사실을 고백하지 못한 점 다카시 님께 진심으로 사과드립니다."

히무라와 이마를 맞대고 고개를 뻗어 작은 글자의 나열을 따라가는 것은 힘들었지만 나는 장갑이 없었다. 섣불리 편지지를 만질 수도 없어 갑갑한 자세를 견뎌가며 읽었다.

나시다는 모든 것을 글로 남겼다. 자신과 다카시의 관계뿐만 아니라 어째서 그 사실을 밝히지 못했는가 하는 심중까지도, 여기에서는 일절 숨기지 않았다. 히무라와 내가 생각했던 이야기가 그대로 소박한 문장으로 면면히 기록되어 있었다.

기나긴 고백에 이어 다카시에 대한 사죄. 그 뒤로 유산 처분 방법이 이어졌다. 그리고 마지막으로 자기 여생을 따뜻하게 보듬어준 미나에와 호텔 직원들에 대한 감사 인사, 끝으로 다카시와 미나에 부부의 영원한 행복을 바라는 말로 끝을 맺었다. 말미에는 헤이세이 24년(2012년) 6월 1일이라는 날짜와 서명.

"친필로 적은 날짜와 서명, 도장까지 찍혀 있으니 필적감정으로 본인이 직접 작성한 것이 증명되면 이 유서는 완벽한 효력을 가져. 지배인. 당신은 유산상속인입니다."

"제가…… 상속인."

오늘 아침에야 겨우 나시다가 자기 아버지일지도 모른다는 말을 들은 다카시는 거액의 유산을 물려받는다는 것까지는 생각이 미치지 못했던 모양이다.

두 사람이 부자지간이라는 말을 듣지 못한 니와는 당황스러운 눈빛으로 물었다.

"히무라 선생님, 이게 어찌된 일입니까? 나시다 씨가 지배인의 아버님이었다니. 이거 혹시 누가 장난친 건 아닐까요?"

"나시다 씨의 필적이에요." 미나에가 말했다. "니와 씨도 알 텐데요. 나시다 씨가 쓰신 거예요, 이건."

"지배인은 알고 계셨습니까?"

"아니, 저도 오늘 아침에야 히무라 선생님께 듣고……."

"저도 믿을 수 없어서……."

"그 사진은 지배인의 어머님입니까?"

"저는 처음 보는 어머니 사진입니다."

"나시다 씨가 앨범에 붙여두었던 사진이 그거였구나!"

흥분한 닭처럼 수선스러운 세 사람을 묵살하고 히무라는 입술을 어루만지며 생각에 잠겼다. 누가 무슨 목적으로, 어째서 지금, 나시다의 유언장을 보냈는지 알 수가 없어 오싹할 정도다. 그 수수께끼는 해명해야 하지만 그래도 일단 기뻐해야겠지.

나시다 미노루가 한 통의 편지로 변신해 긴세이 호텔에 돌아왔다.

"영문을 알 수 없는 전개지만 이걸로 확실해졌군." 내가 말했다. "그의 죽음은 자살이 아니야. 누군가가 사건의 그늘 속에 존재한다는 물적증거가 나왔으니까."

히무라가 다카시가 자기 아들이 아니었다는 사실을 알고 나시다가 자살했을 가능성도 있다는 말을 꺼냈을 때는 재역전 홈런을 먹은 기분이었지만 이런 편지가 나온 이상 자살일 리 없다. 홈런이 아니라 파울이었다.

"야, 히무라."

대답이 없다.

그를 내버려두고 호텔 측 세 사람을 향해 경찰에는 연락했는지 물었다. "아직입니다." 다카시의 대답을 듣고 내가 시게오카에게 알리기로 했다.

전화를 걸려는데 미나에가 휘청거렸다.

"죄송해요. 기분이 조금……."

"그거 큰일입니다!" 니와가 평소의 그답지 않게 큰 소리를 냈다. "지배인. 오너를 방으로."

부부가 안으로 향하려는데 멀찍이 떨어진 책상에서 전화가 울려 부지배인이 헐레벌떡 달려갔다. 수선스러운 분위기 속에서 묵고하던 히무라가 나를 보며 중얼거렸다.

"검은 고양이는, 있었어."

그건 굳이 말하지 않아도 안다. 무슨 속셈인지 모르겠지만 지금까지 어둠 밑바닥에서 몸을 숨기고 있던 고양이는 눈을 부릅뜨고 사악한 눈동자를 번득인 것이다.

"다 아는 소릴 왜 해? 나시다가 자살했다면 이런 편지가 올리 없잖아. 틀림없는 물적증거야. 이번에야말로, 이번에야말로 확실해."

"그래."

히무라는 뭔가를 붙잡는 시늉을 하더니 그 손을 천천히 들어올렸다.

자물쇠 잠긴 남자

"꼬리를 잡았어. 봐, 이 녀석이야. 이제 놓지 않을 테다."

"……너, 무슨 소릴 하는 거야?"

"이 레토릭은 와닿지 않아? 그럼 표현을 바꾸지. 자물쇠는 풀렸어."

히무라는 나시다의 죽음이 타살이라는 것을 안 동시에, 누가 범인인지 알아낸 것이다.

9

가쓰라기 다카시 님

저, 나시다 미노루는 긴세이 호텔 지배인 가쓰라기 다카시 님의 친부입니다. 생전에 그 사실을 고백하지 못한 점 다카시 님께 진심으로 사과드립니다.

정체를 밝힐 수 없었던 이유를 설명드리겠습니다.

저는 한때 야마다 나쓰코 님과 가까이 지낸 적이 있습니다. 결혼도 생각했지만, 제가 일으킨 중대한 사건 때문에 저는 육 년 반 동안 오카야마 형무소에서 복역했습니다.

그 사건이란 음주운전으로 연고자가 없는 노인을 치어 죽게 하고, 뺑소니로 잡힐까 두려워 달아날 때 지인에게 큰 부상을 입힌 일입니다. 큰 죄를 깊이 반성하고 있습니다.

저는 도주중에 하와이를 여행하고 있던 나쓰코 님(당시 서른네 살이었습니다)과 의논해 경찰에 출두하기 전에 나쓰코 님의 친구인 산부인과 의사 선생님(다케히사 리오코 선생님)의 도움을 받아 인공수정으로 나쓰코 님과 저의 아이를 갖기로 했습니다. 그렇게 제가 복역중에 태어난 게 다카시 님입니다. 저희는 제가 형무소에서 나오면 결혼하기로 약속했습니다.

입소하고 나서 많은 편지를 주고받았지만, 어째선지 그녀의 소지품에는 남아 있지 않았던 모양입니다. 제가 받은 편지나 다카시 님의 사진은 화재로 불에 타버려서 남아 있지 않습니다.

복역중에 나쓰코 님은 당신을 이모님께 맡기고 면회를 온 적이 있습니다. "만나지 못하는 것도 벌이니 함께 참아요"라며 딱 두 번. 떨어져 있어도 저희 마음은 하나였습니다.

하지만 형기(1987~1993년)를 마치고 나왔을 때, 나쓰코 님은 불행한 사고로 세상을 떠나고 없었습니다. 가슴이 찢어지도록 슬퍼서 통곡했습니다.

여자 혼자 몸으로 키웠던 다카시 님은 이모님 댁에서 데려갔습니다. 저는 "그 아이의 아비입니다. 거짓말 같으면 다케히사 선생님께 물어보십시오"라고 했지만 이모님은 믿어주지 않으셨습니다.

저는 이모님이 안심하실 만한 생활력을 갖추고 다카시 님을 데리러 가기로 결심했지만, 그걸 이루기 전에 한신 대지진이 닥쳐서 다케히사 선생님이 돌아가시고 말았습니다. 인공수정 기록도 화재로 타버려서 저와 다카시 님의 관계를 증명할 수 없게 되었습니다.

마음이 약한 저는 희망을 잃고 제 아이를 되찾기 위해 노력할 기력도 잃었지만, 친절한 분이 도와주셔서 간신히 극복하고 뜻밖의 거금도 얻을 수 있었습니다.

예순이 넘으니 내 인생은 무엇이었을까 되돌아보는 일이 잦아지고 괜히 나쓰코 님과 저의 아들인 다카시 님이 마음에 걸려 사립 탐정에게 의뢰해 행방을 찾았습니다.

아들이 훌륭하게 성장해 호텔맨으로 열심히 살고 있다는 걸 알게 되자 그 호텔 손님이 되면 곁에 있을 수 있다고 생각하게 되었고, 아예 거기 살면 되겠다는 생각까지 했습니다.

다카시 님이 미나에 님이라는 훌륭한 여성과 결혼하셨을 때는 얼마나 기뻤는지. 두 분이 힘을 합해 호텔을 꾸려나가는 모습을 지켜보는 것만으로도 저는 행복했습니다.

한 지붕 아래에서 살 수 있다는 사실에 만족하며 제가 아비라는 사실을 밝히는 건 그만두었습니다. 이제 와서 아비라고 나설 자격은 없다고 생각했기 때문입니다.

평범한 손님으로 머물기로 하고, 매일 제 손에 딱 한 장 남은 나쓰코 님의 사진을 보며 "오늘도 다카시는 미나에 씨하고 열심히 일했어. 웃으며 이야기를 나누더군" 하고 말을 걸곤 했습니다.

(니시와키에서 찍은 사진입니다. 그 사진은 앨범 마지막 페이지에 붙여놓았습니다.)

죽은 뒤에 이런 형태로 진실을 털어놓게 되었지만 이기적인 저를 부디 용서해주십시오. 아무것도 쓰지 않는 게 낫다는 생각도 했지만 아비였다는 걸 알아주길 바라는 마음에 져서 이렇게 글을 남깁니다.

정말로 죄송합니다. 이기적인 행동과, 소중한 나쓰코 님에게 고통을 준 것을 거듭 사과드립니다.

제가 사망한 시점에 돈이 얼마나 남아 있을지 모르겠지만 그건 이등분해서 절반은 다카시 님께서 받아주시고, 나머지 절반은 공익법인 교통유아交通遺児육영회에 기부하겠습니다. 친아들에게 전부 물려주지 못하는 제 심정을 헤아려주시면 고맙겠습니다.

장례식은 필요 없습니다. 유골은 무연고자 묘지에 보내주십시오. 방에 남은 물품까지 처리를 맡기게 돼서 죄송합니다.

처분에 드는 비용은 남은 돈에서 사용해주십시오.

긴세이 호텔에서 보낸 나날은 즐겁고 쾌적했습니다. 니와 씨를 비롯해 짐 덩어리 같은 손님을 성심성의껏 돌봐주셨던 호텔 여러분께 깊이 감사드립니다. 온정에 묻혀 살 수 있었습니다.

끝으로 도리가 아닌 줄은 알지만 아비로서 한마디하겠습니다.

다카시.

네 이름을 지은 건 나란다. 난카이 호크스◆ 팬이었기 때문에 다카鷹라는 글자를 넣었다.

나는 멍청하고 어리석었지만 네 어머니를 진심으로 사랑했다. 언제 어디서 생명의 불꽃이 다해도 이로써 나쓰코 곁으로 갈 수 있다고 웃으며 죽을 수 있겠지.

미나에 씨와 서로 도와가며 언제까지고 행복한 인생을 보내렴.

안녕히.

◆ 1947~1988년에 오사카에 본거지를 두었던 구단으로 현재는 '후쿠오카 소프트뱅크 호크스'라는 이름으로 일본 프로야구를 대표하는 인기 구단 중 하나.

이상, 유언으로 기록하다.

헤이세이 24년 6월 1일
나시다 미노루

종장

진상

1

가게우라 나미코는 내용을 한차례 훑어보고는 안경을 벗고 아홉 장의 편지와 한 장의 사진 사본을 내게 돌려주었다. 한동안 말이 없어 402호는 쥐죽은듯 고요했다.

오늘밤 그녀는 보랏빛이 감도는 검은 블라우스에 같은 색조의 롱스커트. 어딘가 신비한 색으로 몸을 감싸고 있다.

나는 열흘 넘게 머문 이 방에서 토요일에 체크아웃했다. 오늘 15일 저녁에 체크인한 가게우라는 "아리스가와 씨가 신경 쓰실 필요 없었는데"라고 했지만 항상 이 방을 지정해 묵는 선배 작가의 눈치를 본 것은 아니다. 더이상 묵을 필요가 없어서 체크아웃했던 것이다.

바로 어제까지 이곳에서 생활했는데 어째선지 오늘은 분위기가 다르다. 이 방의 원래 주인이 돌아왔다고 내게 숨기고 있던 얼굴을 보여준 것도 아니다. 조명이 수명을 다해가는 것도 아닌데 어딘가 어둑한 것이다. 심리적인 이유가 원인으로, 우리가 주고받는 이야기가 결코 가슴 설레는 내용이 아니기 때문인지도 모른다.

9시가 넘어서 보고를 시작했는데 벌써 한 시간이 지났다. 가게우라가 등진 커튼 사이로 보이는 밤은 어둠을 더해가는 듯했다.

"굉장히 긴 편지인데 수정한 부분이 한 군데도 없었어요. 사라진 편지지 매수와 정확히 일치하는 아홉 장. 초안을 써서 정성스레, 정성스레 정서한 것 같군요."

그녀는 감개무량한 듯 말했다. 다 읽었을 때 나도 똑같은 생각을 했다.

"히무라 선생님과 아리스가와 씨가 조사해서 내린 추론은 전부 적중했던 거군요. 다카시 씨 출생에 얽힌 비밀도, 그 사람이 이 호텔에 머물렀던 이유도, 전부 그대로. 해답을 맞춰보라고 날아온 편지 같아요. 물론 그럴 리는 없겠지만."

"이 편지가 오지 않았어도 나시다 씨와 다카시 씨가 부자지간이라는 사실은 증명됐습니다." 히무라가 말했다. "그날 저녁, DNA 감정 결과가 나왔으니까요."

소파에 앉은 가게우라는 가슴 앞에 깍지를 끼고 숙이고 있던 시선을 들어 팔걸이의자에 앉은 남자를 보았다.

"이걸 읽은 순간 선생님은 범인이 누군지 알아내셨다고요."

"예."

범죄학자의 대답에 유명 작가는 가볍게 끄덕거렸다.

"과연 명탐정이시군요. 대체 어떻게 그런 추리가 가능했는지, 저 같은 보통 사람은 짐작도 가지 않는군요."

히무라는 약간 정정했다.

"범인을 알아냈다고 단언해도 될지 모르겠습니다. 누구를 의심해야 할지 보였다는 게 더 정확할까요."

"하지만 당신이 의심한 사람이 범인이었어요. 그렇죠?"

"아직 자백은 받아내지 못했습니다. 기소까지 끌고 갈 수 있을지 불확실합니다."

"강하게 부인하고 있나요?"

"아니요. 방금 전 경찰에게 들은 바로는 '마음의 준비가 되지 않았다'며 묵비하고 있다고 합니다."

"그렇다면 자백할 의사가 있으니 조금 시간을 달라고 말하는 거나 다름없군요. 그 사람이었을 줄이야……."

'그 사람'이 체포된 것은 가게우라가 이 호텔에 도착하기

겨우 두 시간의 일이다. 히무라가 '무서우리만치 감이 좋다'
고까지 말한 그 인물은 자기가 살인 혐의로 의심받는 것을 동
물적인 후각으로 감지했는지, 자해 행위 또는 자살을 감행할
징후가 보였다. 그것을 저지하려고 경찰은 일부러 체포 영장
을 받아 신병을 구속한 것이다.

"이 조치가 좋은 결과를 가져다줄지 나쁜 결과를 가져다
줄지. 좀더 증거를 확보한 뒤에 체포할 수 있었다면 좋았겠
지만……." 그렇게 말한 것은 후나비키 경감이었다. 그리고
"물증이 나오기 전에 자백할 겁니다"라는 것이 히무라의 견
해였다.

과연 그렇게 나약할까 의심스럽기도 했지만 히무라의 짐작
이 옳을 것 같다. 숨을 죽이고 어둠 속에 숨어 있던 것은 검은
고양이지, 사나운 검은 표범은 아니었다는 뜻이다. 존재의 불
확실성 덕분에 유지하고 있던 안전을 잃은 순간, 패닉에 빠졌
으니까.

"그 사람은 강에 뛰어들려 했던 거죠?"

가게우라가 물었다.

"예. 정오 넘어서 스이쇼바시 다리 위로 몸을 내미는 걸 미
행하던 형사가 붙잡았습니다. 보호라는 명목이었겠지요. 그
후 덴마 경찰서 안에서 나시다 미노루 살해 혐의로 체포했습

자물쇠 잠긴 남자

니다. 어제 오후에는 근처 편의점에서 커터나이프를 구입했고, 그 시점에서 경찰 내부에서 '내버려두면 위험하다'는 의견이 나와 서둘러 체포 영장을 청구했던 겁니다."

"어제 시점에서 체포 영장을 청구했다면…… 선생님이 '말도 안 돼'라고 말씀하시고 겨우 하루 지난 거잖아요. 경찰이 그렇게 신속하게 움직일 수 있는 조직이었다니 놀랍군요."

"특이한 경우지요. 그 사람은 그 정도로 이상했습니다. 그때까지는 누구도 나시다 씨가 살해당했다는 증거를 찾지 못해 자살로 처리될 뻔했으니, 자기가 범인으로 의심받자 충격을 견디지 못한 겁니다."

"상황이 역전되자 격렬하게 동요했다는 건 상상하기 어렵지 않군요."

나는 두 사람을 비스듬한 각도에서 바라보면서 대화를 듣고 있었다. 가게우라는 그런 내게 말을 걸었다.

"눈치가 없어서 죄송해요. 지금까지 경위를 길게 설명해주시느라 아리스가와 씨는 목이 마르겠군요. 한 시간 가까이 말했으니 강연을 하나 한 거나 다름없어요. 뭔가 마실 걸 부탁할까요? 레스토랑은 아직 영업하고 있으니."

"이걸로 충분합니다."

나는 테이블 위의 찻잔을 들어 마시다 남은 식어버린 차를 홀짝였다.

"그나저나 그 편지를 보고 '말도 안 돼'라고 놀란 히무라 선생님이 그 편지를 단서로 범인을 밝혀내다니, 이상한 일도 다 있군요." 가게우라가 말했다.

히무라는 느슨하게 묶은 넥타이 매듭에 손가락을 걸며 말했다.

"말도 안 돼, 어째서 이런 편지가 왔는지 영문을 모르겠다, 처음에는 그렇게 생각했습니다. 하지만 잘 생각해보니 그게 엄청난 정보의 덩어리라는 걸 깨달았습니다."

"범인의 정체로 똑바로 이어지는 단서였단 말인가요?"

"예." 히무라는 그렇게 대답하고 나서 덧붙였다. "다만 그 편지 하나로 진상을 알 수 있는 건 아닙니다. 저와 아리스가와가, 아니 아리스가와가 거의 혼자 알아낸 사실도 그대로 단서가 되었다고 할 수 있습니다. 말하자면 아리스가와의 수사 활동이 열쇠 구멍이었고, 거기에 그 편지라는 열쇠가 찰칵 들어맞았던 거지요."

"확실히 아리스가와 씨의 활약은 컸어요. 그걸 인정하고 공적을 공유하는 우정. 아름답군요."

우정이라는 말을 들먹이면 근지럽다.

"아리스가와 씨가 조사한 사실도 그대로 단서가 됐다는 말인가요. 정말 기묘한 이야기라 제 부족한 머리로는 따라가지 못하겠어요. 마치 추리소설 같군요."

가게우라는 또 나를 쳐다보았다.

"아리스가와 씨 작품에 있던 '독자에 대한 도전'이 떠오르네요. 여기까지 읽었으면 범인이 누군지 알 테니 추리해보라고 작가가 뜬금없이 고개를 내미는 스타일 말이에요."

내가 고안한 스타일이 아니라고 말하려 했더니, 가게우라는 이미 알고 있었다.

"엘러리 퀸이 단골로 사용한 방식이죠? 옛날에 읽은 적이 있어요. '다로와 하나코는 서로를 용서할 수 있었을까요? 결말을 예측할 수 있도록 문학적 필연성을 곳곳에 뿌려두었으니 추리해보십시오'라는 호소가 작중에 들어가는 경우는 보통 없는데, 추리소설이라면 하나의 스타일이 되지요. 소설은 정말 자유롭고 재미있어요. 방금 전 아리스가와 씨의 이야기를 계속 듣다 보니 바로 지금 '독자에 대한 도전'을 받은 기분이에요. 흔치 않은 기회니 조금 고민할 시간을 주세요."

"가게우라 씨는 제가 지적한 범인이 누군지 이미 알고 계시잖습니까."

"맞아요. 하지만 어째서 그 사람이 범인이라는 결론에 이르렀는지 수수께끼니, 거기에 도전해보고 싶어요. 현실의 비참한 사건을 놀잇감으로 삼을 생각은 없습니다. 지금까지 도쿄에 떡하니 앉아 여러분께 전부 내맡겼으니 저도 머리를 써보고 싶어서요."

가게우라치고는 구차한 변명이다. 수수께끼를 보면 풀려고 하는 인간의 본성을 자극받은 것인지도 모르지만 그뿐일 리 없다. 아마도 이 사람은 히무라의 사고가 어떤 궤적을 그렸는지 추체험하고 싶은 것이다. 히무라 히데오라는 인물을 이해하기 위해.

탐정이 바로 대답하지 않자 가게우라가 말을 이었다.

"추리소설을 읽을 때도 드는 생각이지만 이런 거겠죠. 사건을 저지른 범인이 아무리 경찰이나 주위 사람들을 농락해도 마지막에는 목덜미를 붙잡혀 아연실색하잖아요. '어떻게 내가 범인인 걸 알았지?' 하고요. 수수께끼를 흩뿌리던 쪽이 사건을 관장하는 사제 자리에서 굴러떨어지면서 묻는 '어째서?', 그것이 바로 최대의 수수께끼가 되는 거예요. 이 부메랑 같은 주체의 역전이 추리소설의 핵심이겠죠?"

대답을 요구하기에 내 지론을 펼쳤다.

"추리소설의 핵심이 무엇인지 한마디로 설명할 수는 없지만 가게우라 씨 말씀대로 가장 수상한 건 탐정입니다. 마지막에 수수께끼의 화신으로 변하니까요."

"역시. 제게 수상한 탐정이 될 소질이 있을까요?"

"해보시겠습니까?"

도발하는 기색도 없이 히무라가 태연히 말했다. 가게우라와 나누는 대화를 즐기는 건 아닌 듯한데, 거부할 정도도 아니라고 생각했으리라.

"생각해보시지요. 질문할 게 있다면 대답해드리겠습니다."

"먼저 가장 기본적인 질문을 할게요. 선생님은 이 편지를 보낸 인물이 곧 범인이라고 생각하신 거지요?"

"예." 히무라는 그 대답만으로는 부족하다고 생각했는지 가게우라의 추궁을 가로막듯 덧붙였다.

"반드시 그렇다는 확증은 없었지만 분명 그럴 거라고 판단했습니다. 범인 이외의 인물이 그 편지를 보냈다면 어떤 사정으로 그랬는지 상상하기가 극히 곤란했기 때문입니다."

"뭐, 그렇겠지요. 합리적인 가설을 생각하기 어렵죠. 설마 나시다 씨가 유언으로 쓴 편지를 누군가가 맡아뒀다가 장난삼아 한 달 가까이 지나서 보냈을 리는 없을 테고, 어떤 실수가 있었다고 생각할 수도 없어요. 하지만, 하지만 말이에요, 선생님."

가게우라의 목소리가 높아졌다.

"그렇게 말한다면 나시다 씨를 살해한 범인이 그런 걸 보내는 게 더 이상하지 않나요? 경찰은 자살로 처리하려 했고, 오지랖 넓은 제 의뢰를 받아들여준 당신과 아리스가와 씨도 자살설을 좀처럼 뒤엎지 못했어요. 범인으로서는 최고로 바람직한 상황이죠. 숨죽이고 가만히 있으면 되는 거였어요. 그런데 어째서 그걸 스스로 망치는 짓을 한 거죠? 부주의한 그 행동에는 아무런 합리성이 없어요. 오히려 그걸 부친 건 범인이 아니다, 범인만은 그럴 리 없다, 그렇게 생각하는 게 합당하지 않나요?"

"지당한 말씀입니다. 하지만 편지는 도착했습니다. 범인의 사정이 뭔가 변했을지도 모릅니다."

"그건……." 가게우라가 실뜨기를 하듯 양손의 손가락을 꼬물거렸다. "범행 동기와 관계가 있을까요? 어째서 그 사람이 나시다 씨를 살해했는지, 이유는 아직 듣지 못했지만."

"관계가 있습니다. 하지만 그걸 차치하고서라도 누가 그걸 보냈는지 추리할 수는 있습니다."

"당신은 편지가 배달된 이유에서 발송인을 찾아낸 게 아니라는 말씀이군요?"

"예. 그 이유를 깨달은 건 누가 범인인지 알아낸 뒤였습니다."

가게우라는 옆에 둔 버지니아 슬림 담뱃갑과 라이터를 들어 우리를 방으로 초대한 뒤로 세 개비째가 되는 담배에 불을 붙었다.

"그럼 문제의 경중은 무시하고 떠오르는 대로 묻겠습니다. 나시다 미노루 명의로 도착한 봉투의 소인에서 어떤 걸 알 수 있죠?"

"목요일 18시부터 24시 사이에 오사카 중앙우체국이 관할하는 구역 내의 우체통에서 수거되었다는 사실입니다."

우체통에 넣은 우편물을 집하, 회수하는 작업도 수거라고 한다. 단어의 낯선 용법은 수없이 많은 법이라, 히무라도 나도 이번 필드워크에서 배웠다.

"선생님, 그 정도는 우편 제도에 정통하지 않은 저도 압니다. 편지를 우체통에 넣은 지역과 시간대 이외의 정보는 끌어낼 수 없는지 궁금한 거예요."

"일본우체국 사장이라도 그 이상의 정보는 모를 겁니다."

"오사카 중앙우체국은 오사카 역 옆에 있지요? 그곳 소인이 찍힌 지역이라면 나카노시마도 포함되나요?"

"포함됩니다."

"18시부터 24시라고 해도 심야 12시에 우체통 안의 우편물을 수거하러 다니지는 않겠죠. 저희 집 근처 우체통은 오후 7시 넘어서 가지러 오는 게 마지막이에요."

"오사카 중앙우체국 앞에 설치된 우체통의 경우, 오후 8시입니다."

"그 주변 우체통도 마지막 회수는 그와 비슷하거나 더 이른 시간이라는 뜻이군요. 범인은 늦어도 8시 전에는 편지를 우체통에 넣었다. 관계자의 당일 행동을 조사하면 누가 그럴 수 있었고, 누가 그럴 수 없었는지 알겠지만…… 선생님은 그런 걸 조사할 필요도 없이 답을 도출했죠. 흐음, 역시 모르겠네."

"각자의 행동을 경찰이 조사한 바에 따르면 모두가 관내 우체통에 그 편지를 넣을 수 있었습니다."

"저도 포함해서 말이죠. 형사님께서 전화로 묻더군요. 목요일은 도쿄의 작업실에 종일 틀어박혀 책을 읽었지만 혼자 있었기 때문에 오사카에 금방 다녀올 수도 있었어요."

"그러신 것 같더군요. 숙박객은 자유롭게 돌아다녔고, 호텔 직원들도 업무 짬짬이 근처 우체통에 얼른 다녀올 시간적 여유는 있었습니다."

가게우라는 담배를 피우며 혼잣말처럼 중얼거렸다.

"목요일 오후 8시 전에 보낸 편지가 금요일 정오 전에 긴세이 호텔에 도착했군요. 유난히 빠른데, 중앙우체국은 여기서 걸어서 고작 십 분 거리니 이상할 건 없겠지요. 금요일 오전 중에 편지가 호텔에 도착하도록 보내고 싶었다……. 아니, 아니야. 그렇다면 목요일 더 이른 시간에 보내는 게 무난한데."

히무라가 슬그머니 입을 떼려다가 결국 아무 말도 하지 않고 나를 쳐다보며 씩 웃었다. 모처럼 문제를 푸는 사람이 열심히 애쓰고 있으니 힌트는 필요 없다고 생각한 모양이다.

"아리스가와 씨."

"예." 나를 부르기에 대답했다.

"나시다 씨의 편지 사본 좀 다시 보여주세요."

사본을 건네자 가게우라는 다시 안경을 쓰고 찬찬히 읽었다. 두 번째는 숙독했으리라.

"단서가 될 만한 정보가 적혀 있나 했더니 그런 것도 아니군요. 이 편지의 어디가 '엄청난 정보의 덩어리'란 말인가요? 편지지는 긴세이 호텔 비품. 진귀한 우표가 붙어 있는 것도 아니고, 봉투는 어디서나 파는 문구점 노란 봉투. 호텔 봉투가 아닌 것에는 의미가 없어 보여요. 거기에는 나시다 씨가 '가쓰라기 다카시 님'이라고 큼직하게 겉에 써놨겠죠. 그래서 우편으로 보낼 때 시판용 봉투에 바꿔 넣었고."

"아마 그럴 겁니다."

히무라는 그렇게 대답하고 카멜을 머금었다. 히무라에게 한 대 얻어 피울 기분은 아니었던 나는 손이 허전해서 세 사람 몫의 차를 다시 끓였다.

"왠지 알 것 같아요."

가게우라가 재떨이에 담뱃재를 떨어뜨리며 히무라를 떠보기 시작했다.

"이 편지를 언제 어디서 어떻게 보냈는지 고민해봤자 소용없는 짓이에요. 선생님은 그런 걸 조사할 것도 없이 범인을 알아냈으니까. 편지 내용에도 단서는 없다면, 이 편지가 이제와서 도착했다는 사실 자체가 '엄청난 정보의 덩어리'라는 뜻이에요."

"정답에 한 걸음 다가가셨습니다."

그 말을 들은 가게우라의 눈에 순수한 희색이 감돌았다.

"실마리를 잡은 것 같군요. 다시 말해 주목해야 할 점은 이 편지가 도착한 타이밍인 거지요?"

"바로 그렇습니다."

"타이밍이구나, 타이밍."

창작에서 커다란 착상을 얻었을 때도 그녀는 이런 표정을 지을지 모른다. 부릅뜬 눈으로도 모자라 콧구멍까지 벌어졌다.

"목요일에 도착하도록 하고 싶었던 건 아니지요?"

"아닐 겁니다. 방금 전 가게우라 씨가 말씀하신 대로 그러고 싶었다면 전날, 보다 이른 시간에 우체통에 넣었을 테고 속달로 보내는 게 확실하니까요."

"반대로군요. 호텔에 도착할 시기가 아니라 목요일 저녁에 우체통에 넣는 게 중요했다. 어때요, 이 견해는?"

"나쁘지 않군요. 하지만 아직 조금 어긋나 있습니다."

네 개비째 담배에 불을 붙이는 가게우라. 줄담배를 피우는 걸 보니 금연은 완전히 실패다.

"선생님은 '범인의 사정이 뭔가 변했을지도 모릅니다'라고 하셨죠. 목요일에 뭔가 사태가 급변했나요? 그래, 그랬죠. 굉장히 큰 발견이 두 가지 있었어요. 그 전날 수요일에 선생님과 아리스가와 씨와 지배인이 도요나카까지 가서 야마다 나쓰코 씨의 옛친구에게 여러 이야기를 들었죠. 그리고 선생님과 아리스가와 씨는 나시다 씨와 지배인이 진짜 부자지간일 가능성을 처음으로 깨달았어요. 하지만……."

가게우라가 뜸을 들이자 히무라는 "하지만, 뭡니까?" 하고 물었다. 이야기에 능숙한 숙달된 작가는 히무라도 조종할 수 있나?

"두 분은 그 발견을 타인에게 발설하지 않았죠?"

"대단히 중요한 포인트니 자세를 가다듬고 대답하겠습니다. 예, 저희는 일절 발설하지 않았습니다. 수사에서 저희가 입수한 데이터를 함부로 공개하고 싶지 않았기 때문입니다."

나도 거들어야겠다.

"히무라의 말이 맞습니다. 두 사람의 친자 관계를 깨달은 제가 지배인 앞에서 놀란 표정을 짓는 것조차 금지했을 정도니까요."

"당사자인 다카시 씨에게도 숨겼단 말인가요. 그렇다면 두 분의 첫 번째 발견은 범인에게 아무런 영향도 주지 않았겠군요. 그게 아니라면 다른 쪽 발견일까요? 오너인 미나에 씨가 임신했다는 사실."

"그것도 정말 놀랐습니다. 당사자에게는 굳이 말할 필요 없는 사적인 일이라고 목요일 밤까지 말해주지 않았으니까요. 설마 나시다 씨의 자살설을 무너뜨릴 중대성을 가진 사실이라고는 생각도 못 했겠지요."

"그럴 만도 하지요. '내 아이를 안아보기 전에는 나시다 씨가 자살할 리 없어'라는 발상을 어떻게 하겠어요? 미나에 씨나 지배인이 어쩌다 무심코 입에 담았어도 이상할 건 없지만 말하지 않은 데에도 마땅한 이유가 있었죠."

"예, 어째서 그걸 빨리 말하지 않았느냐고 탓할 수 있는 문제는 아닙니다."

"게다가 나시다 씨와 다카시 씨의 친자 관계와 달리 미나에 씨의 임신은 선생님과 아리스가와 씨에게만 새로운 발견일 뿐이었어요. 여러 사람이 그걸 알고 있었죠."

자물쇠 잠긴 남자

다카시, 니와, 쓰유구치, 그리고 나시다. 나시다는 넣어봤자 범인을 찾는 데 아무 의미 없지만.

"세 사람이었던가요? 하지만 그 사람들은 십이월에, 또 일월에 미나에 씨에게 직접 들었죠. 미나에 씨가 임신했다는 사실을 목요일에 처음 안 인물은 존재하지 않아요. 제 착각인가요?"

"아닙니다, 가게우라 씨는 사실관계를 정확히 인식하고 계십니다."

그녀는 세로로 돌돌 만 머리카락을 쓸어 올리더니 목덜미를 쓰다듬었다. 아이디어가 막힐 때는 흔히 저런 동작을 하는 건지도 모른다.

그냥 해답을 물으면 끝날 문제인 줄 알면서도 아직 기권하지 않는 것을 보면 상당히 승부욕이 강한지도 모른다. 히무라가 순식간에 구축한 추리는 까다로운 설명이 필요 없는 실로 단순한 것이었는데, 밤이 점점 깊어간다.

"애를 태울 만큼 대단한 추리는 아닙니다. 말씀드려도 되겠습니까?"

히무라가 말했지만 가게우라는 거절했다.

"잠깐만요. 아무래도 범인의 지식이나 정보량이 열쇠인 모양이군요."

"예. 성별이나 체격, 알리바이 유무는 문제가 되지 않습니다."

"지식…… 정보량……."

괜한 힌트를 주면 불평을 살 것 같아 잠자코 있었더니 가게우라가 나에게 물었다.

"아리스가와 씨, 저를 포함한 열 명의 용의자 가운데 특별한 정보를 독점적으로 가졌던 사람이 있었나요? 머릿속 데이터베이스를 검색해도 못 찾겠는데요."

가게우라가 그렇게 말하며 고개를 젓자 곱게 세팅한 머리가 조금 흐트러졌다.

"범인이 누구인지 이미 아는데 이런 뻔한 연극은 그만두죠. 그 사람은, 쓰유구치 씨는 뭔가 특별한 사실을 알고 있었나요?"

"예."

내가 대답하자, 가게우라는 또 목덜미를 천천히 쓰다듬었다.

2

─흐음, 굉장히 난항을 겪고 있군요. 지금까지 알아낸 사실을 알려주시면 저도 추리해볼게요.

402호에서 이야기를 들었을 때 그녀는 그렇게 말했다. 추리 게임을 즐길 셈인가 했는데 더없이 진지했던 것이다. 우리 수사가 어디까지 진행됐는지 떠보고 막다른 길에 부딪혔다는 걸 알고 안심하고 싶었다는 걸 이제는 알 수 있다.

—전 그런 신나는 영화가 좋아요. 무섭거나 슬픈 건 너무 싫어요.

그 말이 위를 짓누르는 것처럼 무겁다.

히무라의 반성이 시작되었다.

"저를 명탐정이라고 자꾸 추켜세우시지만 과찬이라고밖에 할 수 없습니다. 저는 쓰유구치 씨가 범인일 가능성이 농후하다고 경찰에 지적했을 뿐이고, 그 범인 앞에서 실수를 저질렀습니다. 어떤 데이터를 갖고 있는지 숨겨야 한다, 수사상 커다란 발견을 해도 섣불리 감정을 드러내서는 안 된다고 아리스가와에게 눈짓으로 윽박질러놓고 용의자 앞에서 요란한 반응을 보이고 말았습니다. 망신스러울 따름입니다."

"선생님이 그런 실수를? 이거 또 모를 일이군요."

"그 문제를 방금 전 아리스가와가 이야기했을 때 '이 미숙한 녀석!' 하고 비웃어도 어쩔 수 없었는데…… 아직 모르시겠습니까? 미나에 씨가 임신한 사실을 들었을 때의 반응입니다."

나시다 자살설을 날려버릴 새로운 사실을 접하고 히무라는 냉정함을 잃었다. 동요하는 그를 쓰유구치가 의아한 얼굴로 보았던 것을 떠올렸다.

　"실수라고 할 만큼 큰일인가요?" 가게우라가 물었다. "본인의 신조에는 어긋났겠지만 그렇다고 수사에 지장을 끼친 것도 아닌데."

　히무라가 처음으로 미소를 지었다. 상쾌함은 찾아볼 수도 없는, 자조였다.

　"수사에 지장을 끼쳤는가 아닌가는 결과론일 뿐, 제가 실수를 저지른 건 분명합니다. 다만 그 덕분에 기묘한 현상이 생겼습니다. 가게우라 씨 표현을 빌리자면 쓰유구치 요시호가 특별한 정보를 독점적으로 얻음으로써 그 피드백으로 저도 알게 된 겁니다. 전화위복이라 해야겠지요."

　수많은 필드워크를 경험한 히무라에게도 그것은 처음 경험하는 일이었다.

　"하지만 쓰유구치 씨는 미나에 씨의 임신도 처음부터 알고 있었어요. 특별한 건 전혀…… 아아."

　가게우라도 히무라가 무슨 말을 하려는지 짐작한 것 같았다. 그때까지 미간에 있던 주름이 사라졌다.

　"저도 이제야 알겠어요. 그러니까 이런 거죠? 미나에 씨가

자물쇠 잠긴 남자

임신했다는 사실에 선생님이 놀라다 못해 동요하는 모습까지 보였다. 그 반응이 바로 쓰유구치 씨에게 큰 의미를 가졌다."

"그렇습니다. 미나에 씨가 임신했다는 말을 들은 제가 그것만으로 냉정함을 잃을 정도로 놀라는 건 이상합니다. 하지만 만약 쓰유구치 씨가 범인이었다면 제가 놀란 이유를 알고도 남지요."

"선생님 반응을 직접 본 쓰유구치 씨는 어떤 반응을?"

"어리둥절해했습니다."

"그것 자체는 자연스러운 반응이네요. '미나에한테 아기가 생긴 것 정도로 이 사람 뭘 저리 깜짝 놀라는 걸까?' 하는 표정이었을까요."

"예. 그래서 저도 그때는 이상하다는 생각을 하지 않았습니다."

"하지만 사실은 쓰유구치 씨도 내심 격렬하게 동요했던 거죠? 그걸 연기로 애써 숨긴 거예요."

"혹은 쓰유구치씨도 그때는 어떤 상황인지 파악하지 못하고 저희와 헤어진 뒤에 이해했을지도 모릅니다. 어쨌거나 결과는 마찬가지입니다."

"그러네요."

히무라의 추리의 기반은 범인이 나시다와 다카시의 숨은

관계를 알고 있었다는 사실이다. 생전 나시다 본인에게 듣지 못했다 해도 범행 후에 유언장을 읽었다면 전부 적혀 있으니 알 수 있었다. 따라서 나시다가 사망한 뒤 그와 다카시의 친자 관계를 아는 사람은 세상에서 범인 단 한 사람뿐이었을 것이다. 수요일 오후에 히무라와 내가 그 사실을 꿰뚫어 보기 전까지는.

"당신과 아리스가와 씨가 조사하던 건 나시다 씨의 죽음이 정말 자살이었나 하는 문제였죠. 그 수사가 생각처럼 진전되지 않는 것을 범인은 알고 있었어요. 그런데 미나에 씨의 임신을 안 선생님이 너무 놀라니 '이거 자살이 아니라는 걸 들켰구나' 하고 눈치챈 거군요?"

"바로 그렇습니다. 들켰다는 걸 깨달은 건 미나에 씨 뱃속에 있는 아이가 나시다 씨의 손주라는 걸 알고 있었기 때문에. 손주인 걸 아는 이유는 바로 다카시 씨가 나시다 씨의 아들임을 알고 있었기 때문입니다."

나시다와 다카시의 친자 관계를 아는 사람은 세상에서 범인뿐. 따라서 쓰유구치가 범인이라는 논리가 성립하는 것이다.

히무라가 말을 이었다.

"그 편지를 저희에게 보여주면 나시다 씨의 죽음이 자살이 아니라는 사실이 발각됩니다. 범인은 어째서 그런 행동을 했는가, 그 의문의 답은 이렇습니다. 자살이 아니라는 사실을 들켰으니까. 숨길 필요가 사라진 겁니다. 편지를 우체통에 넣은 건 목요일 오후 8시 이전. 그 시점에서 나시다 자살설 붕괴를 알 수 있었던 건 쓰유구치 씨뿐입니다."

가게우라가 고개를 끄덕였다.

"알고 있을 리 없는 정보를 알고 있는 게 범인이라면, 추리소설 속 범인은 무심코 말을 흘리죠. 그리고 형사나 탐정이 '당신은 어떻게 그걸 알고 있습니까?' 하고 급소를 찔러요. 하지만 이번 사건에서 쓰유구치 씨는 실언을 하지 않았습니다. 그 대신 행동으로 치명적인 실수를 저질렀어요. 나시다 씨로부터 빼앗은 유언장과 사진을 보내지 않았다면 그의 죽음이 타살이라 확신할 수 있어도 범인의 정체는 여전히 수수께끼였을 텐데."

"예. 그 편지가 없었다면 저희는 오도 가도 못하고, 한 걸음도 전진하지 못했을 겁니다."

"어리석은 것도 정도가 있지." 가게우라가 내뱉었다. "그 사람은 어째서 편지와 사진을 호텔 앞으로 보냈던 거죠? 나시다 씨의 죽음이 자살이 아니라는 게 탄로났어도 그냥 내버려두면 됐을 텐데. 그런 쓸데없는 짓을 하니 제 무덤을 판 거죠. 굳이 탐정에게 단서를 서비스한 쓰유구치 씨라는 사람의 정신 구조를 이해할 수가 없군요. 그렇지 않나요?"

나를 향한 질문이었다.

"지당한 말씀이지만……. 범인은 저희에게 서비스할 셈이 아니었을 겁니다."

"서비스할 셈이 아니었어도 자기 명함까지 곁들여서 한상 차려준 격이잖아요."

"히무라의 추리를 들은 뒤라 대단히 어리석은 사람이 하는 짓으로 보이는 거지, 히무라가 없었다면 양상은 전혀 달라지지 않았을까요? 실제로 그 편지를 읽자마자 히무라가 범인을 알아냈다는 말을 듣고 가게우라 씨도 의아해하셨으니까요."

"그야…… 그렇지만."

가게우라의 독설이 누그러들었다.

"그 편지가 도착해 나시다 씨가 자살한 게 아니라는 것이 백 퍼센트 틀림없는 사실이 되었지만, 누가 살해했는지 알아낼 단서는 되지 못했습니다. 우연히 히무라가 이 사건에 관여해 날카로운 추리를 발휘했기 때문에 마각을 드러낸 거죠. 범인에게는 불운한 일이었다고밖에 할 수 없습니다."

가게우라의 미간에 깊은 주름이 다시 돌아왔다.

"아직 모르는 점이 많아요. 지금까지 한 말씀은 이해했어요. 범인이 두 분에게 서비스하려고 편지를 보낸 건 아니었다고 해도 굳이 쓸모없는 행동을 했다는 건 부정할 수 없어요. 타살임을 들켰다는 걸 안 쓰유구치 씨는 무슨 목적으로 편지와 사진을 보낸 거죠?"

그 해설은 히무라에게 맡기기로 했다.

"극히 단순하게 생각해볼까요. 그 편지가 불쑥 튀어나와서 어떤 일이 벌어졌는가? 나시다 씨와 나쓰코 씨의 낭만적인 과거나 숨겨진 친자 관계가 폭로된 건 아닙니다. 그것들은 저와 아리스가와가 이미 알아냈으니까요. 설마 다카시 씨 이름의 유래를 반드시 공개하고 싶었던 것도 아니겠지요. 그렇다면 남은 가능성은 단 하나. 유산 배분 방법입니다."

가게우라는 그게 어쨌냐는 표정을 지었다.

"본인이 사망한 시점에서 남아 있는 돈을 이등분해 다카시 씨와 교통유아육영회에 절반씩 양도해달라고 했지요. 나시다 씨가 음주운전으로 죽게 한 분에게는 연고자가 없었다지만, 교통사고로 부모를 잃은 아이들을 위한 기금에 유산의 절반을 기증하는 건 그리 이상한 속죄는 아닐 텐데요. 양심이 그렇게 만든 거겠지요."

히무라가 문제로 삼은 것은 그 점이 아니었다.

"저도 동감합니다. 유언에는 속죄하려는 나시다 씨의 마음이 담겨 있었고, 상속분이 반으로 줄어드는 것을 다카시 씨가 이해해주길 바라고 있었습니다. 이상한 점은 없지만, 그걸 일단 수중에 넣었다가 이제 와서 보낸 범인에게서는 눈곱만큼의 선의도 찾아볼 수 없습니다. 반대로 강렬한 악의가 느껴집니다."

"악의……."

가게우라는 새로운 키워드를 되뇌었다.

"그렇습니다. 단 한 명의 법정상속인인 다카시 씨를 향한 악의입니다. 그 편지가 나오지 않았다면 다카시 씨는 유산을 전액 상속할 수 있었을 테니까요."

"이억 이천만 엔의 상속분이 일억 천만 엔으로 줄어든 건 큰 문제죠. 하지만 그래도 막대한 유산이에요. 나시다 씨가 친부라는 사실을 다카시 씨 본인도 몰랐으니 편지가 나오지 않았다면 한 푼도 얻지 못할 뻔했잖아요."

"그건 아닙니다. 아리스가와와 저의 조사로 두 사람이 부자지간일지도 모를 가능성을 추정했고, DNA 감정으로 증명을 앞두고 있었습니다. 과학수사연구소에서 DNA를 조사하고 있다는 사실까지는 몰랐더라도 저희가 의혹을 품으면 감정을 의뢰할 건 당연하니 범인이 계속 유언장을 지니고 있을 경우 다카시 씨는 정당한 수속을 밟으면 이억 이천만 엔을 상속할 수 있었습니다. 악의라고 말한 이유를 이해하시겠습니

자물쇠 잠긴 남자

까? 유언을 기록한 편지를 보냄으로써 범인은 다카시 씨로부터 일억 천만 엔을 빼앗고 싶었던 겁니다."

"빼앗는다고 해도 자기가 가로챌 수도 없잖아요. 그래도 상관없었다?"

"예. 쉽게 말하자면 목적은 심술이었습니다. 상속인의 이익을 반토막내고 싶었을 뿐. 다른 이유는 생각해볼 수 없습니다."

"범인…… 쓰유구치 씨는 그 정도로 다카시 씨를 증오했던 건가요? 제 관찰력도 못 믿겠군요. 질렸어요. 그렇게 보이진 않았는데."

"다카시 씨를 증오했던 건 아닐 겁니다."

"증오의 대상이 다카시 씨가 아니라면 긴세이 호텔 자체인가요? 지배인이 거금을 얻어 이 호텔이 리뉴얼되는 걸 막으려고?"

"그렇다고 할 수도 있겠지만 단적으로 말해 쓰유구치 씨가 악의를 쏟고 싶었던 상대는 미나에 씨였다고 생각됩니다. 학창 시절부터 오래 교류가 있었고 부득이한 용무로 오사카에 왔을 때 호텔에 저렴하게 묵게 해주는 친절한 친구를, 쓰유구치 요시호는 남몰래 증오했습니다. 그래서 미나에 씨의 남편이 상속할 유산의 절반을 빼앗으려고 그 편지를 보낸 겁니다."

히무라의 말이 끝나기가 무섭게 가게우라가 말했다.

"그건 놀랍네요. 쓰유구치 씨는 미나에 씨에게 친구의 탈을 쓴 적이었다고 말씀하시는 거군요. 그런 관계를 나타내는 영어가 있었던 것 같은데."

"친구와 적, 프렌드와 에너미를 합성한 프레너미를 말씀하시는 건가요? 저는 그렇다고 단정지은 건 아닙니다만……."

"맞아요, 그거."

가게우라는 "프레너미" 하고 작게 되풀이하고 히무라에게 물었다.

"친구에게 악의를 품는 건 추한 일이니 가면을 쓰고 친한 척 굴기도 했겠지요. 하지만 선생님께서 쓰유구치 씨가 미나에 씨를 증오했다고 말씀하시는 근거는 뭔가요? 어떤 원한이 있었던 걸까요?"

"증오했을 거라는 건 추측입니다."

그런 말로 끝날 문제는 아니지만 가게우라는 따지지 않고, 작가의 본능 때문인지 지나치게 간단한 히무라의 대답을 보충하려 했다.

"아리스가와 씨의 보고에 따르면 현재 쓰유구치 씨는 어쩐지 불우한 상황인 모양이더군요. 친족 간 유산상속 문제로 고민했고, 도쿄에서 혼자 살기 위해 어떤 수단으로 입에 풀칠했는지도 알 수가 없어요. 히네노야 씨가 암시한 것처럼 성적인 서비스 제공처럼 본인 의사에 전혀 맞지 않는 일로 생계를 유지했던 것 아닐까요? 한편 미나에 씨는 호텔 오너의 외동딸로 자라, 다정한 반려를 얻고, 부모님이 돌아가신 불행의 결과이긴 하지만 젊은 나이에 긴세이 호텔을 물려받아 고생스럽긴 하지만 부부가 힘을 합해 경영해나가고 있어요. 그걸 시샘하면서 겉으로 드러내지 않으려 꾹 참고 있었을 가능성은 있을 법해요. 학창 시절에는 심술쟁이였다는 본인의 말이 꼭 거짓말이 아니었다면 미나에 씨에게 약한 모습을 보이는 굴욕감도 참을 수 없었을 테고, 그게 엉뚱한 원한으로 이어졌다고 상상해볼 수도 있지요. 하지만…….."

여기서 '하지만'이 나올 줄은 쉽게 예측할 수 있었다.

"하지만 그런 쓰유구치 씨의 감정을 어떻게든 이해한다 처도 미나에 씨의 배우자에게 넘어갈 유산을 반토막 내려고 개인적으로는 아무 원한도 없는 나시다 씨를 살해하다니, 그런 일이 있을까요? 이상심리라는 안일한 말로 치부하시면 곤란합니다. 아니, 다카시 씨가 상속할 유산의 절반을 빼앗으려고 그랬다는 것도 이상해요. 유언을 쓴 편지를 품에 지니고 있었던 게 이상해요. 그러지 않고 나시다 씨를 살해한 직후에 찢어버리거나 태워버려 변기에 흘려보낼 수도 있었잖아요. ……이 사건, 아직도 영문을 모르겠어요."

"제 설명이 서툰 걸지도 모르겠군요."

"그게 아니라 선생님이 어떤 추리를 거쳐 범인을 꿰뚫어 보았는지 먼저 여쭤본 게 실수였던 것 같네요. 잠시 잠자코 있을 테니 1월 13일 밤에 그 방에서 무슨 일이 있었는지, 순서대로 설명해주시겠어요?"

'그 방'이라고 했을 때, 가게우라는 문 쪽으로 시선을 던졌다. 두 개의 문과 복도를 사이에 둔 401호는 지금 그녀가 앉은 소파에서 겨우 육칠 미터 거리다.

"그럼 말씀드리겠습니다. 쓰유구치 요시호가 자백하기 전에는 확언할 수 없는 부분도 많으니 소설가 두 사람을 앞에 두고 반쯤 픽션을 말하는 꼴이 될 것 같습니다만."

"상관없어요. 선생님과 아리스가와 씨는 나시다 씨의 흔적을 열심히 찾아 그 반생을 알아냈지만, 범죄가 일어난 경위를 구체적으로 재현하는 건 지금 시점에서는 대단히 어렵겠지요. 이렇지 않았을까 하는 줄거리로 충분합니다."

"또 한 가지, 미리 말씀드리고 싶은 게 있습니다."

"뭔가요?"

"쓰유구치 씨는 판단 실수로 정체를 드러내고 말았지만 꼭 어리석은 범인은 아닙니다. 오히려 제가 지금까지 만난 상대들 중에서도 손에 꼽을 만큼 강인한 적이었습니다. 어쨌거나 타살을 자살로 위장해 경찰을 속였고, 그 계획이 성공을 눈앞에 두고 있었으니까요. 타살로 판명되고 사건을 되돌아봐도 수면제 약봉지를 가져갔다는 작은 실수를 저질렀을 뿐, 증거라 할 만한 증거가 나오지 않았습니다. 운이 편을 들어주었다 해도 혀를 내두를 만큼 능란하게 모든 것을 해냈습니다."

임상범죄학자는 그 점을 강조하지 않을 수 없었던 모양이다. 범행을 저지를 때 작은 실수를 했다고는 해도 큰 실수는 없었다. 그건 '덜렁거리는 성격이라 사소한 실수가 많아'서 '언젠가 큰 실수를 저지를 것만 같아' 무서워서 간호사를 그만둔 신중함에 기인한 건지도 모르겠다.

"과대평가 아닌가요? 겨우 나시다 씨의 죽음이 타살이라는 걸 들켰다고 자멸한 범인이잖아요. 선생님은 그보다 훨씬 교활하고 집요하고 무서운 범죄자들을 상대해왔을 텐데요."

"예, 주도권을 잃은 뒤에는 대단히 나약했습니다. 하지만 저는 범죄가 있었는지 없었는지조차 좀처럼 파악하지 못했습니다. 그것만큼 까다로운 일은 없어, 농락당했다고 인정하지 않을 수 없습니다."

"싸울 보람이 있는 강한 적이었군요. 선생님이 그렇게 말씀하신다면 그렇겠지요. 어째서 마지막에 그렇게 허점을 보였는지 이해가 가지 않습니다만."

인과응보랄까, 나시다는 예기치 않게 덫을 쳤던 것이다. 유언에 유산의 절반을 기부한다는 내용이 없었다면 쓰유구치는 주저 없이 그 유언장을 파기했을 테고, 히무라가 추리 재료를 얻을 일은 없었다. 나시다의 양심이 낳은 그 한 줄이 그를 살해한 범인을 옭아매 파멸로 이끌었다.

"편지와 사진을 보낸 것 자체는 치명적인 실수는 아닙니다." 히무라가 말했다. "타이밍이 최악이었던 셈입니다. 가령 편지를 우체통에 넣는 게 하루만 늦었다면 나시다 씨와 다카시 씨가 부자지간이라는 사실을 아는 사람이 늘었을 테니 쓰유구치 씨를 범인으로 특정할 수 없었습니다. 목요일에 편지를 보내고 만 것도 그녀 나름대로 다급한 사정이 있었다고 생각합니다. 순서대로 설명해드리지요."

가게우라는 오른쪽 손바닥을 위로 올려 슥 내밀었다. 자, 시작하세요, 라는 신호였다. 히무라는 바이올리니스트가 지휘자의 지휘봉을 따라 활을 긋듯 이야기를 시작했다.

"많은 분들이 나시다 씨가 쓰유구치 씨에게 친밀감을 느끼고 자기 방으로 초대했다는 증언을 했습니다. 일방적인 호의였겠지만 쓰유구치 씨는 그걸 노골적으로 거북해하지도 않았던 모양입니다. 나시다 씨와는 가끔 호텔에 올 때 얼굴을 마주할 뿐이니 모나지 않게 적당히 맞춰주었던 거겠지요. 그러

자물쇠 잠긴 남자

는 사이 결정적인 일이 벌어집니다. 401호에서 단둘이 있을 때, 나시다 씨가 자기 비밀을 그녀에게 고백했던 겁니다."

"실제로 그런 일이 있었던 건가요? 아직 자백은 하지 않았잖아요?"

잠자코 있겠다고 했던 가게우라였지만 못 참겠는지 벌써부터 질문을 던졌다.

"예. 시카우치 마리카 씨는 비밀을 지켜온 나시다 씨를 물이 가득찬 댐에 비유했고, 그 댐이 당장이라도 터질 것 같다고 했습니다. 그 말을 바탕으로 한 억측입니다만, 불만스러우십니까?"

"나시다 씨가 쓰유구치 씨에게 비밀을 털어놓은 게 원인이 되어 사건이 일어났다고 말씀하시려는 거죠? 그렇다면 가장 근본적인 전제니 억측이라 해도 뭔가 그럴듯한 재료가 있으면 좋겠군요."

"그럼 나시다 씨의 고백은 없었던 일로 쳐도 상관없습니다. 그래도 사건은 일어나고 맙니다."

"어느 쪽이든 같은 결과가 나온다니 무슨 뜻인가요? 나시다 씨의 유산이 범행 동기와 밀접하게 얽혀 있는 게 아닌가요?"

가게우라는 점점 더 혼란스러운 듯했다.

"일단 근거 없는 억측을 바탕으로 말하겠습니다. 대강 말씀드린 뒤에 보충 설명을 하지요."

가게우라는 이번에야말로 정말 잠자코 있겠노라 약속했다.

3

쓰유구치 요시호는 복도에 아무도 없는지 충분히 확인하고 401호의 초인종을 눌렀다. 문이 열리자 나시다 미노루가 어서 오라고 인사할 겨를도 주지 않고 방으로 쑥 들어가 "안녕하세요" 하고 살가운 미소를 지었다.

"이렇게 늦은 시간에 찾아와서 죄송해요."

"늦은 시간이라고 해도 잠자리에 들 시간도 아닌걸요. 하실 말씀이 있다고 했는데 무슨 용건인가요? 뭐, 일단 앉으시지요. 뭐라도 좀 마시겠습니까?"

"그럼 주스를."

마주 앉아 오렌지주스를 마시면서 쓰유구치는 말하기 어려운 상담을 털어놓았다. 가공의 직장에서 생긴 트러블이었는지, 가공의 애인과의 불화였는지, 어쨌거나 나시다가 들어줄 법한 이야기를 지어냈다. 가짜로 지어낸 고민인 줄은 꿈에도 모르고 봉사 활동에 애쓰는 남자는 귀를 기울이며 '그런 식으로 받아들이면 좋지 않아요' 하고 조언을 했을지도 모른다.

고민 상담을 부탁하며 쓰유구치는 준비해 온 수면제를 나시다의 음료수에 탈 기회를 노리고 있었다. 나시다가 화장실에 가길 기다렸는지, 뭔가를 보여달라고 졸라서 그가 그것을 가지러 가도록 유도했는지, 이윽고 기회가 찾아온다. 재빨리 섞은 약은 나시다가 마시던 컵 안에서 조용히 녹았고, 그는 그것을 마셨다.

효과가 나타날 때까지 대화를 이어나가야 한다. 나시다가 전에 털어놓았던 다카시와의 관계에 대해 "그 일, 어쩌실 거예요?"라고 물었을지도 모른다.

"이제 와서 '내가 네 아버지다' 하고 말해도 어떻게 생각할지 모를 일입니다. '어머니를 괴롭게 하고 나를 내버려둔 남자가 무슨 낯짝으로' 하고 경멸당하기 십상이지요. 그래서 비밀은 무덤까지 가져갈 작정이었는데 마음이 크게 흔들리는군요. 죽은 뒤에 그 녀석이 사실을 알고 어째서 말해주지 않았냐고 속상해할지도 모르고…… 저도 역시 다카시를 아들이라고 부르고 싶습니다."

"음, 그 마음도 이해해요."

"끝까지 이기적인 남자랍니다, 저는. 미나에 씨가 임신했다는 소식을 듣고 손주를 품에 안고 뺨을 맞대보고 싶어지다니. 한두 번 안아보는 걸로는 참을 수 없어요. 할아버지로서 애정을 쏟고 싶습니다."

미나에가 임신한 것은 나시다에게 듣기 전까지 몰랐다. 첫 손주가 태어난다는 사실을 알게 된 나시다가 이 타이밍에 자살할 리 없다. 하지만 그렇게 단언할 수 있는 건 그가 다카시의 부친이라는 걸 아는 사람, 즉 쓰유구치 요시호뿐이다.

"손주를 만나는 날이 기다려지시겠어요."

"그런 날이 올 줄이야. 당신에게 비밀을 털어놓은 것도 세월이 흐르면서 침묵을 지킬 기력이 약해져서 그런 거겠지요. 전화 상담에 연락하는 사람들하고 똑같아요, 이미 결론은 나와 있는데 누군가 '그렇게 하렴' 하고 등을 떠밀어주길 바라는 것뿐일지도 모릅니다."

"나시다 씨가 원하는 대로 하는 게 가장 좋지 않을까요? 제가 할 수 있는 말은 그뿐이에요."

아직이야? 얼른 잠들어. 쓰유구치가 그렇게 바랐을지, 바랄 것도 없이 졸음이 나시다를 끌고 갔는지, 이윽고 그의 고개가 푹 떨어진다. 완전히 잠든 것을 확인한 뒤에 쓰유구치는 장갑을 끼고 흉행에 착수했다.

해야 할 일은 전부 머릿속에 들어 있다. 몇 번이나 순서를 확인했다. 먼저 나시다를 바닥에 굴리고 두 손목을 꽉 붙잡아 침실로 끌고 간다. 편한 작업은 아니었을 테지만 서두를 필요는 없다. 오히려 나시다가 깨지 않도록 천천히 하면 되는 일이었다. 축 늘어진 나시다의 몸을 질질 끌 때, 카펫에 떨어진 초콜릿이 그의 바지에 쓸려 얼룩이 묻고 말았지만 쓰유구치는 눈치채지 못한다.

침실로 옮기고 나서 우선 그의 몸이 침대와 평행을 이루도록 눕히고 커튼 태슬을 풀어 한쪽 끝을 헤드보드에 걸어 알맞은 높이에 고리가 생기도록 다른 한쪽도 묶는다. 교살을 위한 태슬을 미리 준비했을지도 모른다. 어쨌거나 그렇게 준비를 마치고 나시다의 상체를 들어올려 목을 고리에 걸었다.

성서를 들먹일 필요도 없이 살인은 인간에게 가장 중한 대죄다. 그 결행에 임하며 그녀는 주저했을까? 살의에 휩싸여 한순간도 망설이지 않았을까?

경부 압박으로 산소 공급이 끊긴 나시다가 의식을 되찾고 몸부림쳤는지, 허망할 정도로 간단히 죽음으로 빠져들었는지, 그것도 알 길이 없다. 의식이 돌아온 순간이 있었다면 가코 짱의 환영이 머릿속을 스쳤으리라.

별들이 나카노시마의 밤하늘을 흐르고…… 나시다 살해는 계획대로 달성되었다.

그의 죽음을 확인하기 위해 쓰유구치는 상당한 시간이 흐를 때까지 현장에 머물러야만 했을 게 틀림없다. 시신과 보내는 시간은 길었고, 나시다가 다시 살아나 움직일까 봐 두려웠을지도 모른다.

쓰유구치가 401호에 출입한 적이 있다는 건 모두 아는 사실이지만 매일 청소하는 장소에 지문을 남겨둘 수는 없다. 방에 들어와 어디를 만졌는지 정확히 기억했을 것이다. 거기에 묻은 지문을 닦고, 자기가 마신 컵은 개수대에서 씻어 물기를 싹 닦아서 식기 선반에 돌려놓는다. 나시다가 쓴 컵은 그의 지문을 지워버리지 않도록 조심하며 침실 테이블로 옮겨놓았다. 깜빡 잊고 그 옆에 약봉지를 두지 않은 것은 인간적인 실수라고 할 수밖에 없다.

현장을 떠나기 전에 해야 할 일이 아직 있었다. 나시다는 아들에게 편지를 써둔 듯했다. 어떤 내용인지는 듣지 못했지만 '지금부터 자살하겠습니다'라는 유서는 아닐 테니 이 방에 남겨둘 수 없다.

절대로 사람들 눈에 띄지 않도록 그 편지를 잠금장치가 달린 책상 서랍에 넣어두었다는 건 알고 있었다. 혹은 거기밖에 없다고 짐작하고 있었다. 방 열쇠와 함께 열쇠고리에 달려 있던 작은 열쇠는 금단의 서랍을 단번에 열어주었다. 예상대로 안에는 호텔 봉투에 든 편지가 들어 있었다. 겉에는 '가쓰라기 다카시 님'이라고 수취인명이 적혀 있었으리라. '나시다 미노루 사후에 개봉할 것'이라는 말이 함께 적혀 있었을지도 모른다.

쓰유구치는 장갑을 낀 채로 가위로 봉투를 뜯어 아홉 장이나 되는 편지를 읽었다. 언젠가 찾아올 죽음을 상정한 유언장이라는 건 예상대로였지만 뒤쪽에 생각도 못 한 내용이 적혀 있었다. 유산의 절반을 교통유아육영회에 기부한다는 것이었다.

"뭐야, 이게?"

가슴을 쿵 얻어맞은 듯한 충격에 무심코 그런 말을 흘렸을지도 모른다.

그 앞쪽에는 나시다가 매일 나쓰코의 사진을 바라보며 말을 걸었다고 적혀 있었다. 서랍 속 앨범 마지막 페이지를 펼쳐 보니 그런 사진이 붙어 있었다.

"어쩌지……."

그 편지는 반드시 파기해야만 했다. 나시다의 죽음을 자살로 꾸미기 위한 목적만은 아니었다. 예금통장을 훑어보고 거의 이억 이천만 엔에 이른다는 것을 알고 그가 남긴 막대한 유산을 미나에의 배우자가 상속받지 못하게 하기 위한 것이기도 했다. 친절이라는 형태로 굴욕을 준 미나에. 눈부시고 얄미운 친구가 더 큰 행운을 얻는 것을 용서할 수 없어서,

왕년의 심술쟁이 체면을 걸고 희희낙락 찢어버릴 셈이었는
데…….

나시다와 다카시의 관계를 증명해줄 앨범의 사진도 이대로
둘 수 없다. 숙박객이 지배인의 돌아가신 어머니 사진을 가지
고 있었다면 경찰은 이 일을 수사할 것이다.

어쩌면 좋을지, 그 자리에서 판단할 수 없었다. 모든 것이
바라는 대로 되면 나시다는 연고자 없는 숙박객으로 처리되
고 그 유산은 상속인이 없으니 국고에 환수될 것이다. 하지
만 경찰 수사 과정에서 그의 과거가 밝혀져 다카시의 부친으
로 인정될 가능성도 있다. 그 경우 유산상속이 자동으로 이루
어지는지, 수속이 필요한지는 모르겠지만 어쨌거나 다카시와
미나에 부부는 복권에 당첨된 것이나 마찬가지 아닌가? 그것
도 하필 내 덕분에.

"싫어. 그건 안 돼."

오랜 시간 숙고한 끝에 쓰유구치는 두터운 편지를 파기하
지 않기로 결심한다. 있어서는 안 될 일이지만 그녀가 범인
으로 지목받지 않더라도 나시다의 죽음을 자살로 꾸민 공작
이 탄로나 그와 다카시의 관계가 드러날 수도 있다. 그때는
이 편지를 어떠한 수단으로든 공표하면 된다. 그러면 다카시
에게서 일억 천만 엔을 빼앗는 셈이 되니까. 이리하여 계획은

자물쇠 잠긴 남자

일부 변경되었다.

하지만 이 편지를 어쩌지? 그녀가 갖고 있는 건 위험하기 짝이 없다. 나시다의 시신은 내일 아침에라도 발견될 것이다. 경찰이 대번에 타살임을 꿰뚫어 보고 모든 숙박객의 방을 수사할 것 같지는 않지만 만일의 경우도 있다. 객실 어딘가에 숨기면 들켰을 때 그녀가 저지른 범행임이 탄로날 테고 나중에 회수하기도 힘들다. 그렇다고 이런 한밤중에 밖으로 나가 어디에 숨길 수도 없다. 프런트에 사람이 없을 때 출입해도 방범 카메라에 찍히고 만다.

그렇다면 호텔 안, 사람들 눈에 띄지 않는 장소에 숨길 수밖에 없다. 공용 구역이라면 필요할 때 회수하기도 어렵지 않겠지.

하지만 구체적으로 어디에? 성가시게도 호텔은 시설을 매일 꼼꼼하게 청소하고 정비한다.

방범 카메라가 어느 정도 범위를 감시하는지 모르니 1층은 피하는 게 낫다. 2층 위로는 카메라의 시선은 없지만 객실 문만 죽 늘어서 있을 뿐이니 숨기기 적당한 장소가 없었다. 카펫 모서리를 들춰 바닥 사이에 쑤셔넣으면 흔적이 남을 것 같고, 벽이나 천장도 쓸 만하지 않다. 호텔 안을 짚어가는 사이 계단참에 걸린 액자 뒤밖에 없다는 결론에 달했다. 아무리 세

심한 호텔이라도 액자 뒷면까지 청소할 리는 없고, 거기라면 숨길 때 어느 객실에서 갑자기 사람이 뛰어나와도 눈에 띄지 않는다.

"거기에 숨기자."

쓰유구치는 앨범에 있던 나쓰코의 사진을 떼어내 일단 봉투에 넣었다. 어째서 그걸 찢어버리지 않았는지는 모른다. 편지를 공개하는 게 나을 경우 나시다가 남긴 유언장의 신빙성을 보장하기 위해서 그랬다고 생각해볼 수도 있고, 변기에 흘려보내기에는 양심에 걸렸을지도 모른다.

현장에 유류품이 없는지, 자살을 의심할 만한 증거는 없는지 꼼꼼히 확인한 뒤에 그녀는 401호에서 빠져나왔다. 그리고 카펫이 흡수해주었겠지만 발소리를 죽이며 3층으로 내려오는 길에 계단참에 멈춰 서서 액자 뒤에 편지를 붙였다. 나시다의 책상 서랍에 있던 풀을 봉투에 발라놓았으니 몇 초면 끝날 작업이었지만 간담이 서늘해지는 순간이 있었다. 아래층에서 문이 열리더니 누가 나온 것이다. 황급히 계단을 올라가 4층에 몸을 숨겼다.

새벽 3시가 넘은 시간. 무슨 일인가 했는데 누가 엘리베이터를 부른 듯했다. 문이 닫히는 기계음을 듣고 나서 3층으로 내려가 자기 방으로 돌아왔을 때는 심장이 터질 듯 요동쳤으리라.

한밤중에 엘리베이터를 탄 사람이 요로즈 기와코였고, 라운지에 책을 가지러 갔다는 사실을 쓰유구치 요시호는 지금도 모른다.

4

히무라가 거기까지 이야기하고 말을 끊자 가게우라의 질문 시간이 시작되었다.

"계단참 액자 뒤에 편지와 사진을 숨겼다는 건 요로즈 기와코 씨의 증언으로 추측한 거겠지만 거기에 정말 문제의 봉투가 붙어 있었을까요? 붙어 있었더라도 쓰유구치 씨가 붙였다고 단정할 수는 없지 않겠어요? 기와코 씨 말이 어디까지 사실인지도 모르고, 착각이나 위증일 가능성도 무시할 수 없어요. 이렇게 말하면 실례일지 모르지만 선생님은 그냥 품에 뛰어든 정보를 끼워 맞추시는 것 같군요. 아리스가와 씨, 지금 웃었어요?"

실실거린 게 눈에 보였나.

"불쾌하게 여기지 마세요. 선생님, 아니, 가게우라 씨가 이상한 말씀을 하셔서 웃은 건 아닙니다. 오히려 그 반대라, 추리와 억측을 구별하는 데 민감하셔서 감탄했을 뿐입니다. 굉장히 엄격한 미스터리 독자를 연상하고 말았습니다."

그렇게 대답하자 가게우라의 표정이 누그러졌다.

"자각은 없었는데 제가 말 많은 타입의 미스터리 독자인가요? 한번 작정하고 써볼까요?" 잡담을 곁들이더니 바로 진지한 표정으로 돌아갔다. "그래서 어떻게 생각하시나요, 히무라 선생님?"

"단정할 수 없습니다. 요로즈 부인의 증언과 그림 액자 뒷면에 풀 자국이 묻어 있었다는 사실에서 뽑아낸 가설입니다. 어느 정도는 합리적이라고 생각합니다."

"어느 정도는 말이죠. 풀 자국이 위장 공작이라고 생각하진 않았나요?"

"풀을 쓱쓱 발라놓으면 제가 '아하, 어디 보자, 여기에 나시다 씨 편지를 숨겨두었구나' 하고 생각하리라 기대한 공작 말입니까? 수사 교란을 노린 것치고는 너무 번거로운 짓입니다. 기와코 씨가 신과 같은 예지와 악마 같은 간계를 가졌다 해도, 제가 어떤 추리를 할지 예측하고 쓰유구치 씨에게 누명을 씌우려 했을 리 없습니다. 제가 쓰유구치 씨를 의심하게 된 계기를 기와코 씨는 전혀 알지 못하기 때문입니다."

"기와코 씨가 위증했을 가능성까지 말씀드린 건 너무 극단

자물쇠 잠긴 남자

적이었어요. 얘기를 다시 돌릴까요. ……어디까지 했더라?"

내가 옆에서 끼어들었다.

"쓰유구치 씨가 액자 뒤에 편지를 숨겼다는 가설에 대해 이야기하고 있었습니다."

"아아, 그랬죠. 액자 뒤는 편지를 숨기기 쉽고, 회수하기도 쉬우면서 들키기 어려운 장소 같기는 해요. 만약 접착력이 약해져도 액자와 벽 사이에 껴서 바닥에 떨어질 리도 없을 테고. 하지만 누가 목격할 위험을 무릅쓰고 그런 짓을 할 것 없이 다음날 아침에 호텔 밖으로 빼돌리면 되잖아요. 나시다 씨가 시신으로 발견되기 전에 산책이라도 다녀오는 척하고."

"예를 들어 지하철이나 게이한 전철 역 물품보관함에 말입니까? 그런 짓을 하면 스물네 시간 이상 방치할 수 없으니 일이 귀찮아집니다. 호텔 주변에는 적당한 장소가 없고, 쓰유구치 씨에게는 이른 아침 산책하는 습관은 없어 보입니다. 평소와 다른 행동은 피하고 싶었을 겁니다."

히네노야에게 위화감을 주지 않는 태도로 조식을 먹으며 나시다가 내려오지 않아 의아하게 여긴 종업원이 당장이라도 시신을 발견하지 않을까 긴장했으리라.

"쓰유구치 씨는 언제 편지를 회수했을까요?"

"물론 미나에 씨의 임신을 안 제가 멍청한 얼굴로 놀란 직후입니다. 친족 회의로 부모님 댁에 가야 했던 그녀는 방으로 돌아가 외출할 준비를 하면서 재빨리 편지를 회수했습니다. 저희가 미나에 씨에게 임신 사실을 확인하기 전이었습니다."

"몇 시쯤?"

"5시가 조금 넘었습니다."

"그리고 바로 편지를 우체통에 넣었군요."

"예. 부모님 댁으로 가는 길에 내용물을 다른 봉투에 바꿔 넣고 우체통에 넣은 겁니다."

"쓰유구치 씨가 예상하지 못한 사태였을 텐데 미리 봉투를 준비했을 리 없지 않나요?"

"사용한 건 극히 일반적인 봉투입니다. 오사카 역으로 가는 길에 우표나 풀과 함께 사서, 어디 화장실에 들어가 주소를 썼겠지요. 몇 분이면 가능합니다."

문구나 우표를 파는 가게도, 이용할 수 있는 화장실도 찾아보면 금방 나온다.

"그게 치명타가 된 거군요."

"예. 이중의 치명상이 되었습니다."

"이중이라는 건 무슨 뜻인가요?"

"하나는 이미 말씀드린대로 편지를 보낸 게 최악의 타이밍이었다는 점. 제가 나시다 씨와 다카시 씨의 관계를 알아낸

자물쇠 잠긴 남자

직후였기 때문에, 제가 그 사실을 눈치챘다는 걸 알아차릴 수 있었던 사람이 그녀뿐이라는 걸 들키고 말았습니다. 또 하나는 봉투와 풀을 구입한 가게를 찾아내기 쉬웠던 점. 이 호텔과 오사카 역 사이에 조건에 맞는 점포가 아무리 많다 해도 숫자는 빤하니까요."

"그 사람이 물건을 구입한 가게를 알아냈어요?"

"예. 제가 쓰유구치 씨로 표적을 좁힌 게 금요일 정오가 지났을 때였습니다. 나시다 씨의 편지가 도착했다는 소식을 듣고 덴마 경찰서에서 헐레벌떡 달려온 시게오카 씨에게 '쓰유구치 요시호의 사진을 가져가서 이 부근에서 문구와 우표를 파는 가게나 편의점을 조사해달라'고 요청했습니다. '점원의 기억이 또렷할 때' 조사해달라고 재촉했고 다행히 바로 전날 일이라 비교적 쉽게 알아냈습니다. 문구처럼 자잘한 제품을 파는 가게에는 대개 방범용 카메라가 설치되어 있지요. 거기에도 쓰유구치 씨의 모습이 남아 있었다고 합니다."

가게우라는 코로 한숨을 내쉬었다.

"부주의하다는 말밖에 나오지 않는군요. 호텔에서 가지고 나온 편지를 일단 부모님 댁에라도 숨겼다가 이튿날 이후에 이 부근에서 멀리 떨어진 곳에서 봉투를 사서 발송했다면 치명상은 둘 다 피할 수 있었는데. 서둘러야 할 이유는 없었잖아요?"

"실로 그렇습니다. 그러지 않았던 이유는 편지를 가지고
있는 상황이 너무 불안했기 때문이겠지요. 부모님 댁에 몰래
보관해둘 장소가 없었을지도 모릅니다."

"액자 뒤에 숨겼던 편지와 사진을 그대로 내버려둬도 괜찮
았던 것 아니에요?"

"타살인 것이 탄로나면 공표하고, 자살로 단정되면 파기해
야 할 물건이니 자기 관리하에 두어야 합니다. 쓰유구치 씨가
이 호텔 장기 투숙자이거나 부정기적으로 묵으러 오는 손님
이라면 액자 뒤에 그대로 붙여놔도 자유롭게 관리할 수 있었
겠지만 그렇지 않았어요. 친족 회의가 마무리되면 당분간 이
곳에 올 이유가 사라집니다. 방치해둘 수는 없었습니다."

"그래서 허둥지둥 회수한 건 그렇다 칩시다. 굳이 우편으로
보내는 수고를 들이지 않아도 호텔 안 어딘가에 슬쩍 버려둘
수도 있지 않았나요? 그러면 누군가가 발견해줬을 텐데요."

"여긴 작은 호텔입니다. 타이밍을 잘 맞추지 않으면 편지
가 버려진 건 몇 시 몇 분부터 몇 시 몇 분 사이고, 그럴 기회
가 있었던 건 누구누구, 이런 식으로 걸리기 쉽습니다. 자기
가 체크인하고 얼마 지나지 않아 호텔 안에서 편지가 발견되
었다, 그렇게 보이는 것도 싫었겠지요. 그래서 우편이라는 수

단을 선택한 겁니다."

"우편이라도 쓰유구치 씨가 여기 오자마자 바로 보냈다는 걸 알 수 있으니 수상하긴 매한가지예요."

"적당한 짬을 두고 우체통에 넣는 게 가장 좋았겠지만 친족 회의가 마무리되면 쓰유구치 씨는 오사카를 떠날 예정이었습니다. 도쿄 소인이 찍힌 편지를 보낼 수는 없으니 호텔에 묵는 동안 일을 처리하려 한 거지요. 너무 서두르고 말았지만."

다방면에서 쏟아지는 가게우라의 질문에 히무라는 척척 대답했다.

"제가 떠올릴 만한 문제점은 이미 검토하셨나 보군요. 그나저나 범인이 직접 탐정에게 결정적인 단서를 줬다는 게 아이러니하네요. 미나에 씨가 임신한 사실이나 그걸 나시다 씨가 알고 있었다는 얘기를 왜 해서 긁어 부스럼을."

"그때의 대화 흐름으로는 숨기는 게 훨씬 부자연스러웠습니다."

"하지만 대충 둘러댈 수도 있었잖아요?"

"임신 사실을 숨겨도 언젠가 저희가 알게 됩니다."

"그야 조만간 말도 나올 테고, 미나에 씨 배가 불러오면 자연히 알게 되겠죠. 하지만 나시다 씨가 미나에 씨의 임신을 알고 있었다는 것까지 떠들 필요는 없었잖아요. 그 점도 미나에 씨의 임신을 선생님들이 알면 이야깃거리가 될 것 같으니 사실대로 말한 건가요?"

"예. 애초에 미나에 씨의 임신에 대해 쓰유구치 요시호는 숨길 필요를 전혀 느끼지 못했던 겁니다."

"어째서?"

"나시다 씨와 다카시 씨가 부자지간이라는 걸 저희는 간신히 눈치챘지만, 그녀는 저희가 그것을 안다는 사실을 몰랐기 때문입니다. 아리스가와가 악전고투하는 모습을 관찰하며 아직 아무것도 알아내지 못한 걸로 인식하고 있었습니다. 그래서 미나에 씨가 임신했다는 사실이나, 그것을 나시다 씨가 알고 있었다는 말을 해도 아무 영향이 없을 거라 믿었던 겁니다."

"오호라, 그래서." 가게우라가 수긍했다. "선생님은 이렇게 말씀하셨죠. 아리스가와가 거의 혼자 알아낸 사실 자체도 그대로 단서가 되었다고요. 쓰유구치 씨가 나시다 씨와 다카시 씨의 관계가 아직 탄로나지 않았다고 믿고 있었던 게 큰 의미를 지녔던 거군요."

"바로 그렇습니다."

"경찰이 이례적인 속도로 체포에 나선 건 단순히 쓰유구치 씨에게 자살이나 자해를 할 우려가 있어서 그런 게 아니고,

봉투와 풀을 산 가게를 알아냈기 때문이군요?"

"예. 그리고 또 한 가지."

히무라는 집게손가락을 세웠다. 가게우라가 몸을 내밀었다.

"뭐죠?"

"쓰유구치 씨가 나시다 씨를 살해한 동기를 알아냈습니다. 이것도 제 수훈은 아닙니다. 어제 시게오카 씨가 그녀의 신변을 조사하다가 찾아낸 겁니다."

"약간의 겸손이 섞여 있지 않나요? 조사한 건 시게오카 형사일지 모르지만 '쓰유구치 요시호의 신변을 철저히 조사하라'고 지시한 건 선생님이죠?"

"지시라니 천만에요. 기껏해야 제언 정도입니다."

"어느 쪽이든 상관없어요. 하지만 조사했더니 바로 알 수 있었던 거군요. 하루 만에 정답에 도달하다니."

"답을 빨리 찾았다고 시게오카 씨의 유능함을 폄하하진 마십시오. 그저 답이 비밀의 숲 깊숙한 곳이 아니라 가까운 수풀 속에 떨어져 있었을 뿐입니다. 쓰유구치 씨는 이쪽 출신이라 신변 조사를 할 때도 옛친구나 지인에게 정보를 얻으러 가기 쉬웠어요. 그때 어느 인물에게서 귀중한 정보를 얻을 수 있었습니다."

나도 마음만 먹으면 오사카나 니시노미야에 있는 쓰유구치 요시호의 친구, 지인을 찾아 돌아다닐 수는 있었다. 하지만 나시다의 죽음이 자살인지 타살인지 판단조차 내리지 못하고 있던 상황에서 그녀의 신변 조사는 고려 대상이 아니었다.

히무라가 숙연히 말했다.

"쓰유구치 씨는 나시다 씨에게 강한 살의를 품고 있었을 것으로 생각됩니다."

"개인적인 원한인가요? 어떤 원한인지 상상이 가지 않는군요. 그걸 이 호텔에서 함께 지낸 사람이 아니라 옛친구인지 지인인지가 알고 있었다는 것도 받아들이기 힘들어요. 그 사람은 나시다 씨와 관계가 있나요?"

"아니요, 전혀 없습니다."

가게우라는 잠시 입을 다물고 천장을 멀리 올려다보았다. 이윽고 시선을 그대로 두고 말했다.

"나시다 씨가 자기 비밀을 쓰유구치 씨에게 털어놓은 게 사건의 원인은 아니다. 고백을 했는지 안 했는지는 중요하지 않다, 선생님은 그렇게 말씀하셨지요. 그럼 이런 뜻인가요? 쓰유구치 씨가 나시다 씨를 살해한 건 개인적인 원한 때문에."

"예, 동기는 원한입니다. 다카시 씨가 나시다 씨의 유산을 받지 못하게 하고 싶었던 건 부차적인 이유였을지도 모르고, 혹은 범행 후에 서랍 속 편지를 읽고 떠오른 생각인지도 모릅니다. 그건 본인의 입으로 듣는 수밖에 없습니다."

"원망하거나 증오했던 것 같진 않은데 말이에요. 나시다 씨가 친근하게 말을 걸어도 거부하지 않았고, 방에서 차를 한 잔하자고 부르면 응했으니까요. 그건 가면이고 상대를 방심하게 만들기 위한 연기였나요? 아니면 범행 직전에 살의가 생긴 걸까요?"

"직전에 방아쇠를 당긴 무언가가 있었을지도 모르지만 애초에 원인은 훨씬 이전으로 거슬러 올라갑니다. 살의를 억누르고 있었는지, 그걸 키우면서 기회를 노리고 있었는지는 자백을 기다리는 수밖에 없습니다."

"그 동기인지 뭔지는 이미 쓰유구치 씨에게도 말했나요?"

"아직입니다. 경찰이 거기까지 조사했다는 걸 알면 아마도 포기할 겁니다. 내일 안에 자백을 얻어낼 수 있을지도 모릅니다."

"포기하지 않는다면? 강인한 범인이에요."

"증거를 확보하는 수밖에 없겠지요. 수면제 입수 경로 등, 조사할 부분은 많습니다."

길고 농밀한 대화에 지쳤는지 가게우라가 소파에 몸을 깊이 묻었다. 살짝 숙인 얼굴이 실제 연령보다 늙어 보였다.

"포기할 거라 확신하시는군요. 해자를 잃은 오사카 성처럼 쓰유구치 요시호의 명운은 이미 다했다는 건가요."

히무라가 말한 추리에 불만이 있나 싶어 물어보았다.

"받아들이지 못하시겠어요? 의문점이 있으면 뭐든 말씀하세요."

"저야 받아들이고말고요." 가게우라는 뜻밖이라는 듯이 말했다. "답답했을 텐데 제게 맞춰 일일이 상세히 설명해주셨으니까요. 다만 애교로 가득한 그 여성이 계획 살인의 범인이라는 사실을 쉽게 받아들이지 못하는 것뿐이에요. 범행 동기를 들으면 오호라 하고 무릎을 탁 칠지도 모르지요. 히무라 선생님은 제가 생각한 것 이상으로 명탐정이었습니다."

마지막 한마디는 범죄학자에게는 듣기 싫은 소리 같았다.

"이번에 저는 대단한 일은 하지 않았습니다. 사건의 전모를 파악했다고 생각했지만 억측을 섞지 않고 설명할 수 없어, 간신히 체포에 이를 수 있었던 건 시게오카 씨의 힘 덕분입니다."

"하지만 나시다 씨의 죽음이 자살인지 타살인지도 모르는 상태에서 여기까지 끌어오셨잖아요? 아리스가와 씨도 고생하셨겠지만 범인이 누군지 지적한 건 선생님입니다. 그 편지만 보고도 진상을 알아내다니 마치 발도술을 보는 것 같았어요."

적절한 비유다. 사실 히무라는 검을 칼집에 넣고 가만히 앉아 있었던 게 아니라 현장에 들어온 뒤로 정력적으로 움직였지만 베어야 할 적이 있는지 없는지도 확실치 않아 어둠과 눈씨름을 하는 상태였다. 하지만 적이 존재한다는 것을 감지한 순간 번득이는 추리로 상대를 단칼에 해치웠다.

"그렇게 깔끔한 활약은 아니었습니다. 제가 베었다기보다 사건이 알아서 풀린 거지요."

"쓰유구치 씨의 거동이 이상해졌으니 직접 추리하지 않아도 범인이 밝혀졌을 거라는 말씀이라면 그렇지 않아요. 쓰유구치 씨가 정신적으로 궁지에 몰린 건 선생님의 지시인지 제언인지로 형사가 미행하기 시작한 걸 눈치챘기 때문이에요. 그렇지 않았다면 여기까지 버틴 계획 살인의 실행자가 갑자기 허둥대는 건 이상하죠. 선생님이 개입하지 않았다면 타살로 밝혀진 것만으로는 항복하지 않고 태연한 얼굴로 수사가 끝나길 기다렸을지도 모릅니다."

히무라는 가게우라의 코멘트를 가로막았다.

"그녀가 나시다 씨를 살해한 동기를 말씀드리겠습니다."

"마지막으로 그걸 들어보도록 하죠. 왠지 두렵지만요."

가게우라는 숨을 깊이 들이마시고 담뱃갑으로 손을 뻗었다.

이튿날 오후.

히무라와 내가 덴마 경찰서를 찾아가자 후나비키 경감이 맞아주었다. 쓰유구치 요시호의 신문에 진전이 있었다는 사실은 그 얼굴에 떠오른 웃음으로 알 수 있었다.

우리는 인기척 없는 회의실로 들어가 그 구석에서 경감에게 이야기를 들었다.

"오전에 자기가 그랬다고 시인했습니다. 지인에게 입수한 동영상을 보여주려 했더니 체념하고 '전부 말할게요'라고. 피해자와의 접점을 알아냈으니 더이상 달아날 곳이 없었겠지요."

그녀는 수면제 입수 경로까지 자백했다. 약 반년 전, 롯폰기의 바에서 다가온 남자가 칵테일잔에 수상한 가루를 넣으려 하기에 손목을 붙잡고 "이거 뭐야? 편리해 보이는데 나한테도 좀 줘. 안 주면 비명을 지르고 아무 말이나 떠들어댈 거야"라고 협박해 빼앗았다. 조사해보니 강력한 수면제였다. 딱히 쓸데도 없이 그냥 가지고 있었는데 나시다 살해를 계획할 때 약이 있다는 게 생각나 이용했다고 한다.

"나시다 씨가 지배인의 부친이라는 건 사전에 알고 있었나요?"

내가 묻자 경감은 반들반들한 머리를 쓱 문질렀다.

"12월 초순에 들었다더군요. 차 한잔하자기에 방에 갔더니 '저는 평소에 남들 고민 상담을 들어주는 입장이지만, 당신이 들어주었으면 하는 얘기가 있습니다' 하고요. 그런 거였나, 하고 놀랐지만 자기와는 상관없는 일이니 시큰둥했다고 합니다. 그런데……."

1월 11일에 또 티타임에 불려갔을 때, 나시다가 "미나에 씨에게 아이가 생겼다고 합니다. 이대로 죽을 때까지 잠자코 있을 셈이었는데 다카시의 아버지라는 사실을 밝히고 할아버지로서 손주를 안아보고 싶어요"라는 말을 꺼낸다. "어떻게 해야 할지 망설이고 있습니다. 아비라고 나섰다가 다카시에게 미움을 사게 되면 슬프기만 하니까요." 고민을 털어놓는 나시다에게 쓰유구치는 "일주일만 고민해보면 어때요? 그런 다음에 마음가는 대로 따르면 되지 않을까요?"라고 대답한다. 나시다는 "좋은 충고를 들었습니다"라고 기뻐했다고 한다.

"나쁘지 않은 대답 같지만……." 후나비키가 말했다. "일주일이라는 건 범행 계획을 짜기 위한 시간 벌이였고, 쓰유구치는 나시다를 살해할 결심을 굳혔다고 합니다. 첫 번째 동기는 복수. 두 번째 동기는 나시다가 정체를 밝혀 미나에 부부에게

커다란 경제적 이익이 돌아가는 것을 저지하기 위해서. 나시
다는 죽을 때를 앞둔 노인은 아니었으니 유산 문제는 아직 먼
얘기일지도 모르지만 거금을 가진 부친이 갑자기 나타나는
건 행운이지요. 쓰유구치는 일그러진 감정 때문에 그걸 두고
볼 수 없었던 겁니다."

범행 계획은 훨씬 전부터 막연하게 머릿속에 있었으리라.
아무래도 실행으로 옮기지는 못하고 망설이고 있을 때 다카
시의 부친임을 밝히고 싶다는 나시다의 말을 듣고 점차 구체
적인 계획으로 바뀌어갔을 것이다.

"문제의 동영상을 아직 보지 못했습니다만."

히무라가 말하자 "아아, 그랬나요" 하고 경감이 뜻밖이라
는 표정을 지었다.

"수사 회의 때 틀었으니 아직 저 안에 DVD가 들어 있습니
다. 모니터로 보시지요."

경감이 우리를 플레이어와 모니터를 얹은 긴 책상으로 안
내하고 재생해주었다. 익명으로 올릴 수 있는 동영상 사이트
에 올라가 있던 영상으로 지금은 쓰유구치 요시호의 요청으
로 삭제되었다. 그래도 디지털 기록 매체는 잔혹해, 우연히
발견한 그녀의 지인이 보존하고 있었다. 타이틀은 '전철에서
할아버지를 발길질'.

국철로 보이는 열차 안. 촬영자는 문가에 서서 녹화하고 있었다. 시작되자마자 나이 지긋한 남자와 젊은 여자가 다투는 소리가 났다.

"자리를 양보해줄 수 없느냐고 부탁했을 뿐입니다. 감기에 걸렸는지…… 몸이 무겁고 힘드네요."

침착하게 말하는 남자에게 여자가 험한 소리를 퍼부었다.

"부탁? 신사인 척하지 마. 냉큼 일어나라는 눈빛으로 노려봤잖아? 정말 무례하네."

"노려보지 않았습니다."

"주위 사람들을 자기편으로 만들려고 시치미떼기는! 나도 피곤해서 앉아 있는 거야. 앞에 서 있으면 짜증나니까 다른 데로 가."

"그렇게 말할 건 없잖습니까."

"끈질기네."

촬영자와 피사체의 거리는 약 오 미터. 여자의 험악한 태도에 놀라면서 몰래 찍고 있는 듯했다. 전철 안에서 심각한 폭력 사태가 발생해 경찰에 신고할 때 증거로 제출하려는 그런 의도가 아니라, 나중에 인터넷에 올리면 이야깃거리가 될 거라는 심산으로 녹화했으리라.

자리에 앉아 얼굴을 찌푸리고 화를 내는 건 쓰유구치 요시호였다. 내가 아는 살갑고 사랑스러운 모습은 조금도 없는데다가 지금과 다른 점이 한 가지 있었다. 긴 머리를 가슴께까지 늘어뜨리고 있었던 것이다. 머리카락 색도 지금보다 밝았다. 그래서 인상이 너무 달라 처음에는 누군지 알아보지 못했다.

남자는 등을 돌리고 있었지만 머리에 쓴 사냥모가 낯익었다. 나시다의 모자와 똑같다.

"양보해주실 수 없다는 거지요?"

"아직도 그 소리야? 바보 아냐? 저리 가!"

여자가 하이힐을 신은 발로 남자의 정강이를 걷어찼다. "윽" 하고 신음한 남자는 그녀의 공격이 닿지 않는 곳까지 물러났다. 다른 승객이 보다 못했는지 "여기 비어 있어요"라는 중년 여성의 목소리가 들리고 남자가 "고맙습니다"라고 말하며 동영상 오른쪽 밖으로 사라졌다. 그의 얼굴이 삼 초 정도 촬영자 쪽을 향한 덕에 그것이 사진으로 보았던 나시다임을 확인할 수 있었다. 물방울무늬 애스콧타이를 매고 있었다.

재생 시간 일 분 이십 초. 이 짧은 동영상이 그와 그녀의 운명을 크게 바꾸고 살인 사건의 피해자와 범인으로 만들 줄이야.

후나비키가 우리를 돌아보며 말했다.

"여자는 쓰유구치입니다. 남자는 생전의 나시다 미노루를

아는 사람에게 보여주고 확인할 예정이지만 본인이 틀림없을
겁니다."

"이런 걸 그 짧은 시간에 용케 찾아내셨네요."

나는 그 사실에 놀랐다. 지인이 우연히 발견했다는 게 마음
에 걸린다.

"이 동영상, 작년 1월 18일에 업로드되었는데 꽤 화제가
되었던 모양입니다. 인터넷에서 '전철 안에서 무례한 건 중년
인가, 젊은이인가?'라는 논의가 일었는데 '봐, 아저씨들은 이
렇게 무례해'라느니 '젊은 사람들이 고약해' 하고 동영상 업
로드 경쟁으로 발전했을 때 젊은 사람들이 고약한 쪽의 샘플
로 상당한 재생 수를 기록했어요. 뭐라고 할지, 이 동영상 속
에서 쓰유구치는 상당히 젊어 보여 이십 대 초반으로 보이는
게 화근이었습니다. 사회문제를 논하는 게 아니라 게임 정도
로 생각했겠지요."

처음 듣는 이야기지만 그렇다면 쓰유구치의 지인 눈에 띄
어도 이상하지 않다. 쓰유구치의 외모에 그런 말투가 전혀 어
울리지 않아, 그 격차가 재생 수를 쓸데없이 올린 것 같다. 이
윽고 쓰유구치 본인도 알게 되어 삭제를 요청했지만 그녀의
추태는 이미 몇만 명이 알게 되었다.

시게오카의 탐문에 응한 지인이 무슨 목적으로 이 동영상

을 다운로드했는지, 무슨 생각으로 형사에게 보여주었는지는 모르겠다. 적극적으로 수사에 협력해준 셈이지만 쓰유구치에게 호감이 있었다면 과연 나서서 보여주려 했을까? 심술쟁이였던 과거의 빚이 돌아온 건지도 모른다.

"2014년 1월 18일에 올라온 겁니까?" 히무라가 말했다. "촬영한 날짜는 언제일까요?"

"쓰유구치에 의하면 작년 12월 16일 저녁이랍니다. 뭐라더라, 인기 그룹 콘서트를 보려고 오사카에 왔을 때였다는데, 영상에 찍힌 전철은 JR 고베선 오사카행입니다. 붐비는 정도로 보아 러시아워가 시작되기 전, 네다섯 시쯤일까요."

16일이라면 나시다는 성묘에서 돌아오는 길이었다는 뜻이다. 월례 행사라고는 해도 먼 길을 나섰으니 피곤했으리라.

"전철 안에서 이 일이 있고 약 한 달 후에 촬영자가 인터넷에 올렸고, 나시다 미노루와 쓰유구치 요시호는 한 달 후에 긴세이 호텔에서 재회한 건가."

"맞아. 두 사람이 호텔에서 만난 건 작년 밸런타인데이 직후였어."

중얼거리는 히무라에게 대답해주었다. 단독 수사를 시작한 날에 들은 사실을 기억하고 있었다.

"여러모로 아이러니하군. 그 자리에서 두 사람이 '앗, 그때 그!' 하고 서로를 알아보았더라면 이번 사건은 일어나지 않았겠지. 나시다의 모자와 타이에 특징이 있었으니 서로 누군지 알아보지 못할 가능성은 적었겠지만."

"그랬겠지. 쓰유구치 씨 혼자 '앗, 그때 그!' 하고 깨달은 게 비극의 출발점인가."

비대칭성이 발생한 데에는 이유가 있다. 쓰유구치가 자랑거리였던 머리카락을 싹둑 잘라 쇼트 헤어로 변신했던 것이다. 나를 포함해 세상에는 여성이 헤어스타일을 바꾸어 이미지를 바꾸면, 하물며 머리카락 색까지 바꾸면 영 다른 사람인 줄 아는 남성이 많다. 발언에 책임을 지지 않아도 된다면 남자는 다 그래요, 하고 단언하고 싶을 정도다.

또한 단순히 사냥모와 애스콧타이만 인식표가 된 게 아니었다. 삭제 요청을 하기 전에 쓰유구치는 그 불쾌한 동영상을 똑똑히 보았을 테지만 컴퓨터나 스마트폰과 인연이 없는 나시다는 그것을 볼 기회가 없었다. 두 달 전에 전철 안에서 난동을 부린 여자에 대한 기억은 빨리 잊어버리고 싶을 뿐이라, 병원 자원봉사 동료에게 투덜거리기도 했지만 그녀의 얼굴은 기억에 남아 있지 않았던 것이다.

나시다가 쓰유구치를 기억해내지 못한 것은 상황이 너무나 달랐던 탓도 있으리라. 한쪽은 발길질까지 한 히스테릭한 여성, 또 다른 한쪽은 헌신적으로 상처를 치료해준 전직 간호사. 동일 인물이라고 생각하기 어렵다.

나시다를 본 순간 쓰유구치는 "힉!" 하고 숨을 삼켰다는데, 얼마나 놀랐을까? 보통 그러면 주위에서 이상하다고 생각할 텐데 그렇지도 않았다. 거친 청년에게 떠밀려 넘어진 나시다가 이마에 피를 흘리고 있었기 때문에 거기에 반응한 것처럼 보이고 말았다. 운명이란 이런 것인가.

"쓰유구치는 어떤 심정으로 나시다를 치료했을까요?" 경감이 말했다. "상대가 자기를 기억한다면 어떤 표정을 지어야 할지 모를 테니 내심 심란하지 않았을까 싶습니다만."

하지만 나시다는 전혀 눈치채지 못하고 쓰유구치의 친절한 간호에 기뻐하여 감사를 표했으니, 진심으로 안도했을 게 틀림없다. "가까이서 보니 당신, 그때 그!" 하고 나시다가 떠들어댔다면 그 자리에 있던 모든 사람들이 거북해질 뻔했다.

—큰맘 먹고 잘랐네.

오랜만에 만난 친구에게 미나에가 그렇게 말하자 쓰유구치가 대답했다.

—실연했다고 머리를 자르다니 노래 가사에나 나오는 얘기인 줄 알았는데 정말 그런 기분이 들더라. 처음 알았어.

미팅에서 만난 의사와 약혼 직전까지 갔다가 맞은 파국이

뼈에 사무치도록 괴로웠던 것이다. 나시다의 죽음을 조사하던 나는 당연히 쓰유구치가 연인과 헤어지게 된 이유는 아무래도 상관없는 일이라고 생각해 대수롭지 않게 여겼다. 설마 거기에 중대한 연결 고리가 있었을 줄이야, 두 사람이 어떻게 만났는지 들었을 때 그 자리에 히무라가 있었다 해도 간파하지는 못했으리라.

전철 안에서 한 행동이 인터넷에 퍼져 쓰유구치는 심각한 명예훼손의 피해를 입었지만 그것뿐이라면 나시다에게 살의를 느끼지는 않았을 것이다. 소문은 길어야 석 달이라는 말처럼 악평은 곧 잊혔고 마음에 입은 상처도 서서히 치유되었다.

하지만 일은 거기서 끝나지 않고 그녀가 평생 한 번이라고 할 만큼 천생연분이라 생각했던 상대가 손안에서 쓱 빠져나가고 말았다. 입 가벼운 누군가가 상대 남자에게 충고했던 것이다. "그 여자의 본성은 이래. 인터넷에 다 퍼졌어"라고. 남자를 염려해서 충고했다고 해석할 수도 있고 시샘으로 고자질한 것 같기도 하다. 어쨌거나 그 청년 의사가 쓰유구치와 헤어지는 이유가 되었다. 인생에서 가장 쓰라린 밸런타인데이를 보내지 않았을까.

상심해 머리를 자른 쓰유구치가 긴세이 호텔에 와서 나시다와 딱 맞닥뜨렸을 때 치밀어 오른 것은 두 달 전의 씁쓸한 기억과 함께, 이 남자 때문에 얼마나 많은 것을 잃었는가 하는 격렬한 앙심이었다. 호텔에서 친근하게 구는 나시다를 상대하며, 손에 넣을 뻔한 행복의 크기를 생각하자 원한은 누그러지기는커녕 점점 깊어지다가 급기야 살의로 자라나고 말았다.

어젯밤, 이 끔찍한 엇갈림을 듣고 가게우라 나미코는 탄식했다. 망연히 흘린 말이 귓가에 들러붙어 떠나질 않는다.

"나시다 씨의 인생은 커다란 사건, 사고의 연속이었어요. 그걸 극복해갈 수밖에 없는 인생도 있는가 하면 쓰유구치 씨처럼 돌부리에 걸리기만 해도 벼랑에서 떨어지는 인생도 있어요. 인간 세상은 어쩜 이리도 위태롭고 잔혹하고, 또한 엉뚱하고 신비로울까요! 그래서 우리는 소설을 읽고, 쓰는 거랍니다."

그 뺨은 고양되어 발그스름했고, 그 눈은 열대의 태양처럼 강렬하게 빛나고 있었다.

6

취조실 책상 맞은편에 초췌한 여인의 얼굴이 있었다. 약 스물네 시간 전에 보았을 때와는 사뭇 달라, 괴물에게 생기를 빼앗긴 듯했다. 솜씨 좋은 화장을 지워도 생김새 자체는 그리 달라 보이지 않았는데.

"히무라 선생님과 아리스가와 씨가 와 있다고 했더니 잠깐 만나고 싶답니다."

시게오카가 그러기에 찾아갔는데 우리가 취조실에 들어가도 몸을 웅크린 채로 고개를 들려 하지 않는다. 무슨 말을 해야 할지 몰라 나도 그저 무표정하게 있을 수밖에 없었다.

"······여러모로 폐를 끼쳐서 죄송했습니다."

이십 초 정도의 침묵 끝에 겨우 그녀의 입에서 나온 것은 사죄였다. 극히 일상적인 말로, 그것만 보면 업무 실수를 사과하는 것처럼 들리기도 했다.

전철 안에서 벌어진 트러블에 대해 해명하고 싶은 부분이 있을지도 모른다. 그녀도 심신의 상태가 좋지 않아 쉽게 일어날 수 없었다거나. 피곤해서 얼굴을 일그러뜨리고 머리 위에서 굽어보는 나시다의 표정이 너무 고압적이라 뭘 해도 생각대로 풀리지 않는 자기를 업신여기는 것처럼 보였다거나. 하지만 그런 내색은 조금도 하지 않았다.

"끔찍한 짓을 저질렀으니 변명할 여지도 없습니다. 나시다 씨께는 정말······."

모기 울음소리 같은 목소리는 거기서 끊겼다.

뒤에서 문이 조용히 닫히는 소리가 났다. 그때까지 벽 쪽에 서서 상황을 살피던 시게오카가 밖으로 나간 것이다.

"나시다 씨의 목에 태슬을 건 건 몇 시쯤이었습니까?"

히무라가 고개 숙인 쓰유구치의 이마 부근을 바라보며 물었다.

"12시…… 20분쯤이었습니다."

세세한 시간을 물은들 무슨 소용인가 했더니 범죄학자는 이렇게 말했다.

"1월 14일 오전 0시 20분이군요. ……나시다 씨의 기일이 확실해졌습니다. 가쓰라기 다카시 씨를 위해 그게 궁금했습니다."

한층 더 어깨를 움츠린 쓰유구치는 그대로 줄어들어 사라질 것만 같았다. "저……" 하고 떼려던 입을 몇 번이나 다물다가 겨우 목소리를 냈다.

"지배인은…… 다카시 씨는…… 나시다 씨가 친아버지이고, 제게…… 살해당했다는 걸 알고……."

"다카시 씨의 반응 말입니까? 대단히 놀랐고, 지금은 슬퍼하고 있습니다. 복잡한 감정이 소용돌이치고 있겠지만 아버지와 아들로 만날 기회가 사라진 것을 안타까워했습니다. 미나에 씨도 마찬가지입니다. 미나에 씨는 당신을 제대로 이해해주지 못한 것에 대해서도 후회하고 있습니다."

"죄송합니다."

쓰유구치가 두 손으로 책상을 짚고 고개를 숙였지만 히무라는 슬쩍 실눈을 떴을 뿐, 대답하지 않았다.

"이제 자살하려 하지 않겠습니다. 법률에 따라 속죄하겠습니다. 나시다 씨는 살아 돌아오지 않지만 제가 할 수 있는 일은 그것뿐입니다."

공기가 따가워서 심장이 아렸다. 히무라는 범인을 반드시 경찰의 손에 넘기고 법정에도 찾아가지만, 사람을 죽이면 제 목숨으로 갚아야 한다는 게 그의 본심이다. 그걸 알기 때문에 그가 가혹한 말을 내뱉지 않을까 걱정했다. 그런 의미 없는 소리를 한다면 말려야 한다.

하지만 자기 감정을 억제했는지, 그럴 생각이 없었는지, 히무라는 침묵했다. 쓰유구치가 뭔가 말하기를 기다리는 듯했지만 납보다 무거운 침묵이 이어질 뿐이었다.

사람을 죽이고 싶다고 생각한 과거가 있는 범죄학자는 이런 식으로 말한 적이 있다.

―한 명만 죽이면 유기형 혹은 무기징역. 두 명을 죽이면 사형 가능성이 생기지만 대개는 그래도 세이프. 세 명 이상 죽이면 아웃. 그런 규칙이라니, 어이없잖아.

그의 기준을 따른다면 쓰유구치 요시호는 교수대에 올라도 별수없지만, 사형 제도 자체에 대한 의문을 히무라처럼 선뜻 떨쳐버리지 못하는 내 입장에서는 아무리 중한 죄를 저질렀다 해도 그녀가 사형에 처해 마땅하다고 생각할 수는 없다.

히무라가 참고인으로 출석하는 재판을 방청하러 갔다가 재판관들이 법정에 들어오는 순간, 이 사람들은 국가의 이름하에 피고인의 생명을 끝낼 수 있다고 생각하니 등줄기가 오싹했다. 사람을 죽여서는 안 되는 인간 세상에 사형이라는 제도가 있다는 모순은 인간 존재의 모순으로 본다면 아슬아슬한 지점에서 용인의 여지가 있을지도 모른다. 인정한다 해도 남용되지 않도록 확실한 질서가 필요해 국가에 맡기는 수밖에 없지만, 여기서 국가가 끼어드는 것에 의문이 생긴다. 그렇다면 어떻게 해야 할까, 평범한 사나이는 알지 못해 천벌의 부재를 한탄하곤 하는 것이다.

그러자 무신론을 관철하는 히무라가 말했다.

—천벌이라고? 신이 가장 쓸모없어.

비를 맞고 시든 들꽃 같은 쓰유구치가 가여웠다. 어리석은 과오로 사람을 죽게 만들고 큰 부상을 입힌 나시다가 복역했을 때 담장 밖에는 희망이 있었다. 사랑하는 사람이 제 아이를 키우며 기다려주었지만, 쓰유구치에게는 그마저도 없다.

자물쇠 잠긴 남자

빛이 보이지 않는 미래는 암흑에 묻혀 있다.

—대단히 유감스럽습니다.

중요한 순간에 말문이 막히는 삼류 작가는 만감을 담아 겨우 그렇게 말했다.

402호에서 이야기했을 때, 그녀는 우리의 조사 상황을 궁금해하며 내일 밤 신치 부근에 가지 않겠느냐고 권했다. 자기가 안전하다는 사실을 확인하고 싶었으리라. 이튿날 밤, 함께 식사할 상황이 아니게 될 줄 어찌 상상이나 했을까.

"한 가지만 말씀해주십시오."

히무라가 고개 숙인 쓰유구치의 얼굴을 들여다보며 말하자 그녀는 살짝 턱을 들었다.

"……뭔가요?"

"당신이 나시다 씨를 살해한 동기는 첫 번째가 약혼을 파기당한 것에 대한 앙심이고, 두 번째가 가쓰라기 씨 부부로부터 경제적인 이익을 빼앗는 것이었습니다. 이 순서가 맞지요?"

"예. 다카시 씨는 물론이고 미나에게도 정말 미안한 짓을 했어요. 은혜를 원수로 갚다니……. 머리로는 고맙다고 생각했지만, 마음이 뒤틀려 있어 그 애를 싫어했다는 걸 깨달았습니다."

"나시다 씨를 살해한 동기는 그게 전부입니까? 미처 표현하지 못한 감정이 달리 있다면 표현하려고 노력해보십시오."

언젠가는 말할 수 있게 되더라도 지금은 아직 어렵지 않을까 싶었는데, 쓰유구치는 뭔가 말하고 싶은 표정이었다. 히무라가 물어볼 필요도 없이 자문하고 있었던 일인지도 모른다.

"히네노야 씨가 그랬어요." 쓰유구치가 불쑥 입을 열었다. "인간이란 뭔가 실행에 옮길 때 대개 세 가지 이유가 갖춰지면 결심이 서는 법이라고요. 옷감 장사를 할 때 뭐라고 하며 파는지 잡담을 하다가 말씀하셨던 걸로 기억해요."

그건 나도 들었다. 쓰유구치에게도 말한 것으로 보아 히네노야가 믿는 원리이리라.

"히네노야 씨의 말에 영향을 받은 건 아니지만…… 나시다 씨를 살해한 이유는 선생님이 말씀하신 두 가지 외에, 한 가지 더 있다는 생각이 들어요. 다만 제대로 설명할 수가 없습니다."

"어떤 요인입니까? 당신이 마음을 정리하고 싶다면 아리스가와와 함께 돕겠습니다."

나는 그녀를 향해 고개를 끄덕였다.

"……미나에가 임신한 걸 안 나시다 씨는 정체를 밝히고 싶은 마음이 커진 것 같았어요. 전 그 자체를 막고 싶었는데 이유는 잘 모르겠습니다. 지금까지 즐거움도 버리고 과거에 저지른 죄를 갚아왔는데 그런 짓을 하면 그냥 행복한 영감님이 되어버려요. 자기를 벌주려고 조용히 살며 얌전히 죽어갈 각오를 했다면 끝까지 관철하라는 심술궂은 마음이 있었던 건 인정하지만…… 그것과는 다른 감정도 섞여 있었습니다. 그게 정말인지 저도 잘 모르겠고, 말로 하면 가식적인 소리로 들릴 것 같지만……."

거기서 주저하기에 우리는 말없이 뒷말을 기다렸다.

"……아버지라고 털어놓았다가 다카시 씨가 불같이 화를 내면 어쩌려고 저러나 싶었어요. 나시다 씨는 귀여운 손주를 안아보기는커녕 호텔에서 쫓겨날지도 몰라요. 그래서…… 잠 자코 있는 게 나을 거라 생각했어요. 남의 일이라 그리 생각하는 거고, 본인으로서는 말하고 싶어서 참을 수 없었겠지만. ……말하지 않는 게 나아. 말하지 않고 죽는 게 나아. 그렇게. ……죽이고 싶을 정도로 미워했던 사람을 위해 그런 식으로 생각하다니 이건 역시 너무 거짓말 같죠. 죄송합니다."

상반되는 두 가지 감정이 뒤섞여 떼어낼 수 없는 듯했다. 히무라와 내가 분석할 수 있는 감정은 아니다.

나시다는 죽었고, 돌아오지 않는다. 그것만이 분명한 사실이었다.

7

3월 3일.

나시다 미노루의 사십구재는 삼짇날에 걸렸다. 이른 봄바람이 불어오는 화요일, 고인이 만년을 보낸 긴세이 호텔 401호에 제단을 마련하고 조촐하게 사십구재 법회를 열었다.

참석한 사람은 호박색 유니폼을 두른 가쓰라기 다카시, 미나에 부부, 니와 야스아키 외에 도쿄에서 달려온 가게우라 나미코, 그 담당 편집자이자 고인과 면식이 있었던 도이 사키에, 점심시간을 연장해 직장에서 빠져나온 요로즈 마사나오, 기와코 부부, 마찬가지로 가게에서 빠져나온 히네노야 아이스케, 호텔에 머물고 있던 시카우치 마리카, 그리고 덴마 경찰서의 시게오카와 나까지 열한 명이다. 네기시 사부로는 건강이 악화되어 오지 못했고 히무라는 일이 있어 빠졌다.

맨 앞 줄 가운데에 앉은 다카시의 무릎 위에는 돌아가신 어머니의 영정 사진이 있었다. 나시다의 앨범 마지막 페이지에 붙어 있던 사진이다. 다카시는 그것이 손안에 남았다는 사실을 몹시 기뻐했다.

스님의 독경과 참석자들의 분향이 조용히 이어졌다. 모두 함께 반야심경을 읊으며 창밖을 보았다. 흐리긴 했지만 유리 너머에서 쏟아지는 따사로운 햇빛이 실내에 봄의 향기를 날라주었다.

제단에는 유골과 나란히 나시다의 영정이. 조폐국에 벚꽃을 보러 갔을 때 가게우라가 찍은 사진이다. '이런 것까지 챙겨주시다니' 하고 고인이 과분해하는 것처럼 보였다. 무연고자 묘지로 들어갈 줄 알았던 유골은 돌봐줄 사람이 없는 나시다가 가족묘가 아니라 나쓰코가 잠든 야마다가 가족묘로 모시기로 했다.

화려한 가사를 두른 승려가 물러나자 다카시가 사람들 앞에 나가 정중히 인사했다. 사건에 대해 특별히 언급하지는 않았지만 '부친 사망의 진상 규명'을 위해 노력하고 협조해준 것에 대한 감사를 덧붙였다.

"조촐하나마 식사를 준비했으니 바쁘지 않으신 분들은 1층 레스토랑으로 와주시기 바랍니다. 그전에……"

미나에가 제단 옆에 파이프의자를 펼치자 시카우치가 톱을 들고 앉았다. 나시다를 추모하기 위해 두 곡을 연주하겠다는 것이었다.

첫 번째 곡은 〈고향〉. 연주가 끝나는 것을 아쉬워하기라도 하듯 느릿하고 소박한 연주로 세 악절을 연주했다. 아름다운 비가처럼 들렸다.

두 번째 곡은 슈베르트의 〈자장가〉였는데 물론 내가 들었던 호러 버전은 아니었다. 음색과 선율에는 어머니의 자애를 뛰어넘어 살아 있는 생명부터 죽은 자, 생명이 깃들지 않는 존재까지 삼라만상을 긍정하는 울림이 있어, 감동적인 연주에 미나에와 히네노야가 조용히 어깨를 떨었다.

"감사합니다."

시카우치는 영정과 청중을 향해 고개인사를 하고 악기와 함께 자리로 돌아갔다. 이 방에서의 의식은 끝났다.

니와가 일어나 빠릿빠릿한 발걸음으로 방에서 나갔다. 레스토랑에서 해야 할 준비가 있는 것이다. 법회가 시작되기 전 니와와 잠깐 이야기할 기회가 있었다. 일억 엔으로 긴세이 호텔을 탈바꿈시킬 훌륭한 안이 있다는데, 자세한 내용은 "아직은 비밀입니다"라고 했다.

살인 사건 현장으로 보도되어 긴세이 호텔은 달갑지 않은 주목을 받고 있다. 타격인 건 분명하지만 피해자와 가까웠던 단골손님으로 가게우라 나미코가 적극적으로 언론 취재에 응하고 있는 게 도움이 될지도 모른다. 가게우라가 "자택 다음으로 좋아하는 장소. 최고로 안락한 보금자리"라고 소개한 덕분에 긴세이 호텔에 긍정적인 관심을 보이는 사람도 나타났다. 정말 세심한 사람이다.

눈물을 글썽이며 일어나질 못하는 히네노야의 등을 옆자리에 앉은 요로즈 기와코가 다독이며 작게 속삭였다. 포목점 주인은 나시다의 억울한 죽음과 함께 쓰유구치가 죄를 저지른 것을 슬퍼하는 것이리라. 남편 마사나오는 그런 두 사람을 힐끔거리는 일 없이 영정만 똑바로 바라보고 있었다.

시게오카가 다가왔다.

"나시다 씨도 들어갈 무덤이 정해져서 다행입니다. 이런 날을 맞이할 수 있는 것도 아리스가와 씨와 히무라 선생님 덕분입니다. 고맙습니다."

"조사는 어떤 상황인가요?"

"기소 준비는 끝났습니다. 범행 당일 밤, 쓰유구치가 사용한 장갑에서 태슬 섬유 조각이 검출된 것을 비롯해 물증도 모였고, 범인만 아는 비밀도 털어놓았으니 법정에서 자백을 번복할 리도 없습니다. 문제는 없겠지요."

쓰유구치 요시호는 한때 건강이 악화되기도 했지만 지금은 심신의 안정을 되찾았다고 한다. 최근의 유행이라고 해야 할까, 어느 주간지는 그녀가 초등학교 졸업 문집에 낸 설문지 답변을 실었다. 장래 희망은 "부자가 되는 것". 이것이 세상의 쓴웃음을 사고 있는 모양이지만 백억 엔이 생기면 무엇을 하겠느냐는 질문의 대답은 "일본의 모든 집을 지진에 끄떡없도록 바꾸겠다"였다.

"저는 경찰서로 돌아가야 하니 이만 실례하겠습니다."

시게오카는 자리에서 일어나 가쓰라기 부부와 가게우라에게 인사하고 밖으로 나갔다. 가게우라에게는 사건 해결 공로자로서 경의를 표한 것이리라.

회사로 돌아가야 하는 요로즈 부부도 가쓰라기 부부에게 다가가 말을 나누었다. 레스토랑으로 발길을 옮기는 사람은 좀처럼 없어, 다들 뭉그적거리는 가운데 시카우치가 가죽 케이스를 어깨에 메고 쓱 일어났다.

"악기를 방에 두고 먼저 가 있을게요."

우연히 가까이 있던 내게 목소리가 날아들었다.

"멋진 연주였습니다."

"네." 대답이 쌀쌀맞다.

"다음에 히무라를 데리고 콘서트에 가겠습니다. 다음 공연은 언제인가요?"

"언제더라?" 그렇게 중얼거리더니 이런다. "당장은 기억이 안 나네요, 인터넷으로 찾아보세요. 와주면 저도 아리스가와 씨 책을 읽을게요."

뭐야, 교환 조건인가. 시카우치는 싱긋 웃으며 나갔다.

의기소침한 히네노야에게 이번에는 미나에가 말을 걸었다.

아저씨, 여성들에게 너무 의지하는 거 아닙니까. 그렇게 말하고 싶었지만 어쩐지 나도 위로받는 기분이었다.

가게우라와 도이가 나시다의 영정을 바라보며 뭔가 말을 걸고 있었다. 『요도도노』가 책으로 나오면 영전에 바치고 싶다고 말하는 듯했다.

다카시는 생전 어머니의 사진을 두 손에 들고 요로즈 부부와 서서 이야기를 나누고 있었다. 나시다의 편지에 동봉되어 있던, 그 사진.

나시다는 "니시와키에서 찍었다"고 했으니 배경에 찍힌 것은 가코가와 강일 것이다. 가코 짱이라는 애칭은 가코가와에 빗댄 것일지도 모른다. 강둑에 선 원피스 차림의 나쓰코는 사람이 어지간히 마음을 허락한 상대에게만 보이는 미소를 머금고 저녁노을 속에서 빛나고 있었다. 어떤 상황에서 찍은 사진인지 모르지만 휴일 데이트 때 찍은 건 아닌 듯했다.

그 사진을 본 순간, 내 머릿속에 뜬금없는 이미지가 펼쳐졌다. 배경에 작게 찍힌 것은 나쓰코가 일했던 직물 공장이 아닐까? 두 사람은 일을 마치고 돌아가는 길에 만나서 강둑을 산책했으리라. 거기서 이런 대화를 주고받는다.

'저녁노을이 참 곱네. 옳다, 예서 사진 찍자.'

'카메라 가져왔어?'

영혼이 속박에서 풀려난 탓인지, 나시다는 갑갑한 표준어를 벗어던지고 어렸을 때부터 입에 익은 말로 떠들었다.

'암, 가져왔제. 요전에 고베에 놀러갔을 때 찍은 사진, 아직 현상 안 맡겼다.'

'왜? 빨리 보고 싶은데.'

두 사람이 삼십 대였던 시절에 디지털카메라라는 존재는 없었으니 데이트할 때 찍은 사진을 그 자리에서 볼 수는 없었다. 몹시 불편하지만 사진 인화를 기다리는 즐거움이 있었다고도 할 수 있다.

'필름이 한 장 남았다 아이가. 아까우니 예서 다 쓰고 사진관에 가져갈란다.'

'한 장쯤이야 남기면 어때서.'

'구두쇠라 미안타. 찍을 테니 그쯤 서봐라. 역광 안 되게 좀 더 오른쪽으로 가라.'

'아, 스톱. 뒤 조심해.'

자전거가 지나간다.

'좋아. 찍는다, 가코 짱.'

공상 속 단편 영화 상영은 그쯤 하고 침실을 살펴보러 갔다. 나시다가 목숨을 잃은 방 앞에 서 있으려니 누가 다가왔다.

"다카시 씨는 피부도 하얗고 겉보기도 차분한 게, 꼭 귀공자 같네요."

가게우라였다.

"전 처음 만났을 때부터 그렇게 생각했습니다."

"그런가요. 전 방금 전에야 비로소 느꼈어요. 안 되겠네요."

"안 될 건 없지만요."

우리는 침실 앞에 나란히 서서 여운을 아쉬워하듯 실내를
둘러보며 말했다.

"히데요리 공도 저런 생김새였을까요. 살집이 있고 복스러
웠다는 기록도 있었던 모양인데." 가게우라가 말했다.

"사백 년도 더 옛날에 DNA 감정 기술이 있었다면 히데요
시는 친자 관계를 조사했겠지요."

"당연히 그랬겠지요. ······아니, 두려워서 망설였을지도 몰
라요. 권하는 가신이 있으면 참수."

"이시다 미쓰나리 같은 사람들의 목이 날아갔을 것 같군요."

"그는 의혹을 산 인물이기도 했으니 '주군, 그만두시는 게
나을 줄로 아뢰옵니다'라고 했을지도 모르지요. 결백했다면
'기필코 감정을'."

책상 서랍을 보며 내가 말했다.

"나시다 씨는 '자물쇠 잠긴 남자'였습니다. 비밀의 문에 걸
린 자물쇠를 푸느라 고생했지만, 안쪽에서 직접 열어줬다면

좋았을 텐데."

"그건 아쉽지만 잠긴 채로 끝나지 않아서 다행이에요. 아리스가와 씨와 히무라 선생님 덕분입니다. 그런데…….."

갑자기 말투를 바꾸기에 심부름이라도 시키려는 건가 했다.

"저는 '자물쇠 잠긴 남자'를 한 명 더 알고 있어요. 히무라 선생님이 가진 비밀의 문인지 서랍인지도 언젠가 아리스가와 씨가 열 건가요?"

이거 또 고민스러운 질문을 하시는군.

"열면 안에 든 게 망가질 수도 있어 섣부른 짓은 할 수 없습니다. 필요하다면 시도하겠지만 그건 나시다 씨와 마찬가지로 본인이 죽은 후일지도 모르겠군요."

"농담이겠지만 불길한 소리를 하게 해서 미안해요."

가게우라가 진지한 얼굴로 사과하는데 도이가 "선생님" 하고 불렀다. 레스토랑으로 내려가려는 모양인데 요로즈 부부를 포함해 아직 다들 제단 주변에 모여 있다. 도이가 귓속말을 했다.

"아리스가와 씨는 이번 사건이나 나시다 씨에 대해 책을 쓰실 생각은 없으신가요? 소설이라는 형태라도 좋고, 논픽션이라도 상관없어요. 그럴 마음이 있으시면 부디 저희 회사에서…….."

"전 쓰지 않을 겁니다. 가게우라 씨가 언젠가 쓰신다면 읽어보고 싶긴 하지만요. 그 경우에는 얼마든지 취재에 응하겠습니다."

사람들이 이룬 작은 원의 중심에 있는 것은 미나에였다. 혈색도 좋고 건강해 보인다. 가게우라는 그 어깨에 손을 얹고 말했다.

"히무라 선생님과 아리스가와 씨의 힘으로 진상을 밝혀냈지만 출발점은 당신과 나의 의문이었어요. 나시다 씨가 자살할 리 없다는 직감. 서로 그걸 자랑스럽게 여깁시다."

미나에는 평소보다 더 촉촉한 눈으로 말했다.

"저 혼자서는 아무것도 못 했을 거예요. 가게우라 선생님께서 행동해주신 덕분입니다. 아무리 감사드려도 모자랍니다."

단순히 해결을 기뻐하는 것은 아니리라. 나시다에 관한 중요한 진실에 다다를 수 있었던 한편으로 잔혹한 사실도 알아야만 했으니까.

"당신이 도와주지 않았다면 저야말로 아무것도 못 했을 거예요." 가게우라가 말했다. "어쨌거나 어깨의 짐을 내려놓았군요. 슬픈 결말로 끝난 사건은 잊고, 한동안 일도 쉬고 출산에 대비하도록 해요."

그때 기와코가 끼어들었다.

"선생님, 아기 성별을 벌써 알고 있대요. 이제 막 15주째에 들어서는데. 의사 선생님이 알려주었대요."

"이례적으로 빠르지만 아기가 다리를 벌리고 있으면 알 수 있다더군요. 제 첫 손주가 그랬어요. 하지만 즐거움이 줄었겠네요. 아들인지 딸인지 너무 일찍 들은 건 아닌가요?"

가게우라의 말을 듣고 미나에가 "괜찮습니다"라고 대답했다.

"태어날 아이의 성별을 알려주시면 미리 준비할 수 있으니 잘됐어요. 이름도 정했습니다."

"딸이면 미인 어머니를 닮으면 좋겠네요."

"아들이랍니다."

나는 얼른 끼어들어 한마디 충고했다.

"오지랖 넓은 소리지만 일본 남아다운 이름이 좋습니다. 귀로 들었을 때 국적이나 성별이 헷갈리는 이름은 평생 고생합니다."◆

히네노야가 크게 끄덕거렸다.

"묵직한 설득력이 있군요."

"걱정 없습니다." 가쓰라기 부부가 나란히 대답했다. 어떤

◆ '아리스'는 '앨리스(Alice)'의 일본식 발음이다.

자물쇠 잠긴 남자

이름을 지었나 했더니, 다카시가 아내의 배에 살며시 손을 얹으며 말했다.

"얘야, 들리니? 너를 만날 날을 손꼽아 기다리고 있단다, 미노루."

    농담 반 진담 반으로 본격 미스터리의 피해자는 "얌전히 죽어 있으면 된다"는 말이 있다. 실제로 그렇게 그려지는 경우도 많지만 등장하자마자 시체가 된 피해자를 철저하게 마주할 수도 있다. 이번에는 그것을 실천해보았다기보다……

    '작은 호텔에 장기 투숙하는 정체불명의 사나이'라는 모티프로 시작한 『자물쇠 잠긴 남자』는 써 내려가는 사이 어디까지나 피해자를 둘러싼 이야기로 바뀌었다. 초고를 완성한 뒤에 피해자의 이름을 검색해보니 그 결과는 천백오십팔 번. 이 정도로 피해자의 이름을 불러대는 미스터리를 쓸 일은 앞으로 없을지도 모른다. 쓰는 도중에 "언젠가 쓰려던 소설은 이

것이었나" 하고 깨닫는 경우가 있다는 것을 알았다.

두말하면 잔소리지만 작중 인물이나 무대에 모델은 존재하지 않는다는 사실을 덧붙인다.

수십 권의 자료를 썼지만 데이터를 확인하려고 훑어본 것들이 많아, 참고 문헌으로 무엇을 들어야 할지 망설여진다. 《오사카 춘추》(제115)를 자주 참조했고, 호텔에 대해서는 일도 잊고 『호텔 박물지ホテル博物誌』, 『호텔 기담ホテル百物語』, 『호텔 사회사ホテルの社会史』(전부 도미타 쇼지 지음) 등을 정신없이 읽었다. 『안개 속에 가라앉는 전함 미래의 성』(후쿠다 기이치 지음)은 집필에 들어가기 직전에 '나카노시마 이야기를 듣고 자극 좀 받을까' 하고 찾아간 오사카 대학 종합학술박물관 주최 이벤트에서 하시즈메 세쓰야 교수의 이야기에 나와서 알게 되었다. "이번에는 나카노시마를 무대로 쓰십니까? 궁금한 점이 있으면 뭐든 물어보십시오"라고 말씀해주신 하시즈메 선생님, 고맙습니다. 탈고하고 한 달도 채 지나지 않아 후쿠다 씨의 부고를 들은 것이 기이한 인연으로 느껴졌다.

이 소설을 쓴 덕분에 재미있는 책을 많이 읽어 기쁘다. 이런 게 작가의 부수입이리라.

꼭 써야 할 내용을 썼더니 당초 예상한 분량에 도저히 들어가지 않아, 히무라 히데오를 탐정으로 내세우는 시리즈에서 가장 긴 작품이 되었다. 책이 되어 무사히 서점에 깔릴 무렵, 어딘가로 휴양을 떠나 사건이 일어나지 않는 호텔에서 느긋하게 지내고 싶다.

집필에 큰 도움을 주신 분들께 감사드립니다.

도쿄의과 치과대학 법의학 분야 해부기사 고마쓰 아유미 씨는 법의학상의 지식을 전수해주셨고 귀찮은 질문에도 정중하게 답변해주셨습니다.

평소 친하게 지내는 변호사 와다 세이이치로 씨에게는 삼십 년 전의 사건 사고 형량에 대해 상세한 강의를 들었습니다. 그게 없었다면 이 소설은 기반이 허술해졌을 겁니다.

뮤지컬소 연주자 Andre(안도 레이코) 씨에게는 흥미로운 이야기를 들은 것은 물론이고 톱 음악 입문 레슨도 받았습니다.

모든 분들께 깊이 감사드립니다(만약 작중에 실수가 있다면 오로지 작가의 잘못입니다).

성함을 전부 쓸 자리가 없지만 그 외에도 많은 분들께 도움을 받았습니다.

장정을 맡아주신 오지 히로미 씨, "항상 고맙습니다". 덕분에 미스테리어스한 나시다 미노루를 만날 수 있었습니다.

원고가 완성되기를 끈기 있게 기다리고 지원해주신 겐토샤의 시기 야스히로 씨. 오래 기다리게 해서 죄송합니다. 기분 좋게 격려를 받으며 쓸 수 있었습니다.

　서양 작가들의 책을 읽으면 감사의 말에 배우자나 가족 이름이 꼭 나옵니다. 일본인은 쑥스럽기도 하고 눈치도 보여서 삼가기 일쑤지만, 말미에 한번 쓰겠습니다. 언제나 창작 의욕과 쾌적한 환경을 마련해주는 아내에게 감사를 표합니다.

2015년 9월 3일
아리스가와 아리스

/

    작중에 건설 도상의 모습이 살짝 나오는 나카노시마 페스티벌 타워 웨스트는 2017년 봄에 완성되어 높이 이백 미터의 트윈타워가 갖추어졌다. 이 빌딩에 '콘래드 오사카'가 들어서면서 나카노시마는 부쩍 '호텔의 섬'답게 변했다.

    또한 2018년에는 이 빌딩에 '나카노시마 고세쓰 미술관'이 오픈될 예정◆으로, 오사카 대학 의학부 옛터에 건설될 계획인 오사카 신미술관(가칭)이 생기면 '예술의 섬'으로서의 성격도 강해지리라.

◆ 아사히 신문사 창업자 무라야마 류헤이의 수집품을 소장한 미술관으로 2018년 3월 21일에 오픈했다.

예술이라고 하니 말인데, 이 책이 나왔을 때 하시즈메 세쓰야 교수님께 『전후 오사카의 아방가르드 예술』(하시즈메 세쓰야·가토 미즈호, 오사카 대학 출판회 편저)이라는 책을 받았다. 긴세이 호텔이 있는 부근은 과거 전위예술운동 조직 '구타이 具体'의 본거지로 창고를 개조한 '구타이 피나코테카'가 있었다. 그 당시의 모습을 전하는 사진이나 작품을 접하며 나카노시마의 매력과 깊이를 새삼 실감했다.

현재 그곳에는 '미쓰이 가든 호텔 오사카 프리미어'가 세워졌고 호텔 로비에는 '구타이 피나코테카'의 흔적을 보여주는 기념 사적 패널이 설치되어 있다. 『자물쇠 잠긴 남자』에서는 세계적으로 유명했던 예술운동을 없었던 일로 만든 것 같아 드릴 말씀이 없다. 작중에서 가쓰라기 부부에게 "옛날에 이 부근에 '구타이 피나코테카'가 있었는데……"라는 대사를 넣으면 '구타이'부터 설명해야 해서 생략했다.

이 책을 읽으신 분에게 "처음으로 나카노시마를 산책해봤다", "몇 번이나 다녔는데 보는 시각이 바뀌어 새로운 발견을 했다"는 말을 들었을 때는 정말로 기뻤다.

시간이 흐를수록 작중의 묘사와 어긋나는 부분도 나오겠지만(중앙공회당 지하 명물이었던 오므라이스는 나카노시마 북쪽에 있는 변호사회관 지하로 이전) 그 점은 용서해주시길.

장정을 담당하신 오지 히로미 씨께서 단행본과는 다른 이미지의 멋진 표지를 만들어주셔서 대단히 기쁘게 생각합니다.

　편집부 시기 야스히로 씨께는 단행본에 이어 이번에도 신세를 졌습니다. 감사드립니다.

　마지막으로 이 긴 수사와 추리의 이야기를 읽어주신 여러분께, 고맙습니다.

2017년 8월 24일

아리스가와 아리스

옮긴이 **김선영**

한국 외국어 대학교 일본어과를 졸업했다. 다양한 매체에서 전문 번역가로 활동했으며 특히 일본 미스터리 문학에서 왕성한 활동을 하고 있다. 옮긴 책으로는 '소시민' 시리즈, 『이제 와서 날개라 해도』, 『진실의 10미터 앞』, 『왕과 서커스』, 『야경』, 『엠브리오 기담』, 『쌍두의 악마』, 『인형은 왜 살해되는가』, 『살아 있는 시체의 죽음』, 『고백』, 『경관의 피』, 『흑사관 살인 사건』, 『꿀벌과 천둥』 등이 있다.

자물쇠 잠긴 남자(하)

초판 발행 2019년 3월 29일

지은이 아리스가와 아리스
옮긴이 김선영
펴낸이 염현숙

책임편집 지혜림 ㅣ **편집** 임지호 이송
디자인 김마리 이원경 ㅣ **저작권** 한문숙 김지영
마케팅 정민호 정진아 함유지 김혜연 박지영 김수현 ㅣ **홍보** 김희숙 김상만 이천희
제작 강신은 김동욱 임현식 ㅣ **제작처** 한영문화사

펴낸곳 (주)문학동네
출판등록 1993년 10월 22일 제406-2003-000045호
임프린트 엘릭시르

주소 10881 경기도 파주시 회동길 210
문의 031-955-1901(편집) 031-955-8896(마케팅) 031-955-8855(팩스)
전자우편 editor@elmys.co.kr ㅣ **홈페이지** www.elmys.co.kr

ISBN 978-89-546-5566-8 04830
      978-89-546-5564-4 (세트)

엘릭시르는 출판그룹 문학동네의 임프린트입니다.